中国教育四重奏

# 小舍得

鲁引弓

著

南方出版传媒
花城出版社
中国·广州

图书在版编目（CIP）数据

小舍得 / 鲁引弓著. -- 广州：花城出版社，
2018.1（2021.3重印）
（中国教育四重奏）
ISBN 978-7-5360-8533-6

Ⅰ. ①小… Ⅱ. ①鲁… Ⅲ. ①长篇小说－中国－当代
Ⅳ. ①I247.5

中国版本图书馆CIP数据核字(2017)第292757号

出 版 人：肖延兵
策划编辑：程士庆　林宋瑜
责任编辑：林　菁　揭莉琳　刘玮婷
营销编辑：麦小麦
技术编辑：薛伟民　凌春梅
装帧设计：刘　凛
封面供图：黄璐霜

| 书　　名 | 小舍得 XIAO SHE DE |
|---|---|
| 出版发行 | 花城出版社 （广州市环市东路水荫路11号） |
| 经　　销 | 全国新华书店 |
| 印　　刷 | 佛山市浩文彩色印刷有限公司 （广东省佛山市南海区狮山科技工业园A区） |
| 开　　本 | 880毫米×1230毫米 32开 |
| 印　　张 | 10.625　1插页 |
| 字　　数 | 219,000字 |
| 版　　次 | 2018年1月第1版　2021年3月第6次印刷 |
| 定　　价 | 49.80元 |

如发现印装质量问题，请直接与印刷厂联系调换。
购书热线：020-37604658　37602954
花城出版社网站：http://www.fcph.com.cn

# 目　录

| | |
|---|---|
| 1 | 引子 |
| 3 | 小算盘 |
| 9 | 补习班 |
| 14 | 一张试卷 |
| 22 | 数一数，多少人在学奥数 |
| 28 | 来吧，来吧 |
| 32 | 第一次进场 |
| 40 | 第二次进场 |

| | |
|---|---|
| 进班 | 48 |
| 家长会 | 59 |
| 争执初起 | 68 |
| 请回答，去哪儿上学？ | 73 |
| 上门打探 | 81 |
| 卧底 | 91 |
| 找老师 | 94 |
| 奇遇 | 104 |
| 不得了 | 113 |
| "坑班"里的妈妈 | 116 |
| 向宝贝投降 | 122 |
| "星光少年"风波 | 132 |
| 转身走了 | 138 |
| 离婚 | 147 |
| 亲爸后妈，以及亲妈 | 156 |

| | |
|---|---|
| 170 | 殊途同归 |
| 182 | 路径 |
| 197 | 都在忙 |
| 210 | "杯赛"场外 |
| 217 | 奔跑 |
| 224 | 广场舞大妈动起来 |
| 230 | 夏家坑班 |
| 248 | 大闹 |
| 255 | 小冲锋 |
| 271 | "面谈"AB面 |
| 284 | 余波 |
| 290 | 有转折 |
| 300 | 又有余波 |
| 307 | 每一种经受 |
| 323 | 深呼吸 |

# 引子

在南丽后来的回想中,最初的暗示,其实来自女儿班主任张雪儿老师的一个电话。

那是女儿夏欢欢三年级的一天,南丽接到了张雪儿老师的电话。

张老师先夸了欢欢学习认真、性格阳光,然后说了这么一句:

"从数学考试的卷面看,题目虽然她都做出来了,但我感觉她是没有在外面学的。"

如今的老师能从小学生的解题思路,一眼判断出这小孩有没在校外上培训班。

南丽对电话那头的张老师笑道,是啊,我们没给欢欢报培训班,才小学三年级呢,怎么,张老师,她需要吗?

张老师像如今许多老师一样,不会直接说出自己的倾向,而是问,你们没准备去读民办初中?

南丽笑道,这倒真没想过,我们对口的初中是蓝天中学。

蓝天中学是这座城市老牌的公办学校。

南丽心想,我们也是费了劲才对上这个学区的,怎么,还得去读民办初中?

张老师没回答该不该去读"民办",她只说,哦,这样呀。

要一年以后,南丽才会清楚张老师打来电话的意思。

到那时,她才恍悟自己对这事整个儿反应慢了。

到那时,她才知道这"小升初"连同"幼升小"是一出抓狂的戏。

到那时,她才体会到张老师的尽职。

到那时,她才明白自己可能让当时打来电话的张老师感觉"傻纯"了。

## 小算盘

一年以后，春光明媚的四月天，南丽通过竞聘，当上了城市早报的副总编辑。

对于南丽，这来之不易，因为她得票数第一。

当然，她也知道，这如果放在10年前，荣耀感会更强烈一些，而搁在纸媒步履艰难的今天，这其实也是一份苦活，各种运营压力会接踵而来。

她还知道，如果不是因为这几年报社受互联网冲击流失了不少骨干，她还不一定能拿下这一职位。

所以，这也算是对她20年勤勉驻守的一个交代。

南丽上任的第一天，新闻部的田雨岚在办公室里吐了，吐得翻江倒海。

几位女同事闻声过去，围着田雨岚乱作一团，有的捶背，有的递纸巾，有的拿着扫帚清理地面。

她们问，怎么了？身体不舒服？

田雨岚缓缓抬起头，手捂着嘴，眼睛里有奇怪的笑意，她说，没事，没事，我是怀孕了。

哦，原来要生二胎了呀。

女同事们放下心来，说笑起与"生二胎"有关的一切，办公室里气氛喜感。

20分钟后，田雨岚走进了副总编南丽的办公室。

她的脸上还有虚弱之色。她说，南总，我想请个假，回家养胎。

对于她要生二胎了，南丽没有诧异，但对于她今天改称自己为"南总"，南丽听着有些别扭，因为她俩是大学同班同学。

南丽说，哎呀，你别这么叫我好吧，好怪啊，我们是老同学。

田雨岚捂嘴而笑，眼睛弯弯的，她说，哎，南总，是老同学才更要叫南总，我这点职场情商还是有的。

一张团团的脸上，眼波流动，气色在回过来，俏皮＋调侃＋讥诮的表情。

南丽了解她。

可以说，方圆十里，没人会比南丽更了解田雨岚了。估计田雨岚对南丽也一样。

因为从大学时代直到如今，南丽都能感觉到这个叫田雨岚的女生一直在跟自己比，职级、业绩、薪水、房子、老公、小孩的成绩……

就像对着你，拿一把"噼啪"作响的小算盘。什么感觉？

呵，空气里都好像被渗进了不服气。

现在，南丽问田雨岚，请几天假呢？

田雨岚说，我想先请3个月。

南丽心里叫苦：妈蛋，新闻部目前已经有4个孕妇了，一个挨着一个，照顾都照顾不过来，你田雨岚才怀上，一上来就先3个月养胎，你这还才开场呢。

田雨岚在笑，说，南总，你也不用为难，我这3个月的工资、奖金就全扣好了，什么钱都不用发我了。

南丽心想，你以为扣钱就解决问题了？报纸还出不出？其他那几个孕妇学你的样怎么办？人手谁给我？

田雨岚看出了南丽的犹豫，于是她说了请3个月假的理由，如下四点：

1. 自己妊娠反应大，需要养胎，做梦都想有二孩，这把年纪了，不能有闪失。

2. 老公颜鹏创业不易，早出晚归，家里照顾不上。

3. 儿子颜子悠下月冲击奥数"华夏杯"，现在是关键期，需要大人紧盯督促，上次"向阳杯"才得了二等奖，二等奖对"小升初"没什么用。

4. 身逢眼下整个产业调整期，乱哄哄的，女人嘛，把自己安顿好了，也算是做贡献。

田雨岚面含歉意微微笑着，告诉南丽，自己是不能跟她这老同学比的，没她那样的毅力和格局，因为是老同学嘛，自己就说心里话了，这节骨眼上，自己还是安顿好自己和小孩吧，趁二宝还没生出来，赶紧让大宝颜子悠把该拿到的奖项拿到，到"小升初"时好省点力。

田雨岚向南丽递过来一张纸，是医院开的病假证明。

田雨岚叹了一口气，说，当妈的，没办法，还有什么事比小孩的事要紧呢？讲真的，小男孩你不盯牢还真不行。

南丽盯着病假条，想了想，建议田雨岚先请1个月保胎，到期后，再视具体情况续假。

南丽说，假也是可以续的嘛，雨岚，算你配合我工作好吗，你一上来一开口就要3个月，其他女生会摆不平，也会抱怨你的，因为你不在，你的活得她们来干了。

田雨岚想了想，点头。

南丽一边在请假条上签字，一边说，你家颜子悠成绩这么好，还要你盯着？

田雨岚说，当然得盯牢，希望他奥数"杯赛"能得个一等奖回来，南总啊，这全是为了"小升初"进民办中学，现在不盯，以后要搭半条命的。

她问南丽，哎，你家欢欢有准备申请"民办"吗？

南丽说，我们"公办"读读算了，蓝天中学又不差。

田雨岚点头，笑道，也是，也是，民办中学压得太紧，女孩学得轻松点也好，虽然蓝天中学这两年中考成绩掉得蛮厉害的，但学校氛围还是阳光的。

窗外是城市的高空，阳光明媚，难得透亮的蓝天。南丽站在窗边，窗玻璃上映着她的杏眼短发鹅蛋脸，一身浅格子套装，风姿绰约。

这是她上任副总编的第一天，一个原本明快的日子，但现在，她心里却被渗进了一丝纷乱。

这纷乱，隐隐约约，可能与刚才田雨岚言语中某些闪烁的暗示有关。

也可能来自南丽心里对这女人一向的不自在。

她知道这女人一直在跟自己比，从大学时争三好学生、奖学金，到工作后比发稿量、奖金、级别、受领导重视度。

然后是比男朋友。这是最令人受不了的。当初刚进报社，党群部的帅哥记者颜鹏先追的是南丽，两人才谈了两个月，田雨岚随颜鹏去北京采访了一趟"两会"，回来时田雨岚已将颜鹏收归囊中。

再然后是比老公。南丽后来所嫁的大学老师夏君山，性格恬淡，这些年来一直在学校执教。而田雨岚怎会甘心自己的老公颜鹏在单位混得毫无起色，甚至沦为南丽的下属，所以颜鹏前年被老婆激励下海创业去了。

还有，比生孩子。男孩、女孩、一胎、二胎，忙个不迭。

而到如今,是比孩子的成绩了。

刚才你听见她说的没有,什么奥数、"杯赛"一等奖二等奖,还有"女人安顿好小孩也是功劳"。

站在窗边的南丽晃了晃脑袋,想让心里的纷乱消退。

但奥数、"杯赛"、"民办"这些字眼,还是令直觉敏感的她生疑。

她想,它们是什么鬼,让田雨岚请假都把它们摆上了桌面?

# 补习班

颜鹏拎着一只黑色的电脑包,走在街边,擦肩而过的是匆匆的上班人潮。

走在"上班族"中的颜鹏身材削瘦,穿着休闲西装,牛仔裤,微长的头发,面容清秀,但有一些倦容。

早高峰的马路堵得水泄不通,就像他此刻无处可去的心情。

老婆田雨岚从前天起请假回家,一整天待在家里,让他有点不适。

原本,近期的每个早晨他拎包出门,在街上逛一圈,到8点半左右,估摸老婆去单位上班了,他就从街头溜回家来,待到下午,再到城东"众创空间"自己的创业公司里飞快地转一下。

是的,公司还在,只是人走得差不多了;"众筹""大数据""创意咖啡"……能试的也都试得差不多了;风投的钱烧得也差不多了;办公场地租期也差不多到期了。互联网创业哪有这么容易,15个人的团队,只剩4个了。

现在他尽量减少自己出现在公司里的时间,这是因为剩下的那几个在问他要钱。他给了,他们就走人。他现在给不了,价钱说不好,也因为没钱。创业不容易哪。

老婆田雨岚还不知道这些,因为他还不想告诉她,女人急起来,比什么都让人抓狂。

也正因为此,如今老婆待在家里养胎,他就只能一个上午都在街边溜达了。

这个上午,在街边走着的颜鹏,在心烦意乱中看见了长江大厦"加速度"培训机构的牌子,他走了进去,找堂弟颜青求助。

堂弟颜青是朵奇葩,原海港大学的贫困生,因为父母是锅炉厂下岗工人,所以他在校期间就给人做家教,结果做着做着琢磨出了一些门道,毕业后没找工作,单枪匹马直接步入"中小学生的课业补习"市场,几年下来,从"一对一"的家庭式辅导,竟然做到连锁规模,如今在全城拥有了16个校区,它们像星星一样散落在这城市东南西北各大厦的某个楼层里。

听着像传奇,但颜鹏一直觉得他low,给小孩补课赚钱,这是啥钱呢。

但这个上午,长着一张娃娃脸的颜青给他上了一课。

颜青打开自己的笔记本电脑,对堂兄颜鹏笑道,要不一起做吧,你那互联网创业公司说不定还因此有得一救。

这市场有多大?

颜青先给堂哥讲他人的例子,来点感性认识。

他说,雅德中学原先一个数学老师宗老师,在校外给学生补课,被学校知道后,不给做了,宗老师就辞职出来,几年下来,成为"补习界"的翘楚,学生上千,一个班就七八十号人,坐得满满当当,每次新开班,来报名的家长漏夜排队,那个火爆啊,不亚于北京"幼升小"变态场面,而宗老师是一个人在干,一年盈收1000万,当然,他做得很辛苦。

第二个例子,建国中学一个科学老师,才工作两年,就从学校辞职出来,拉了两个人,搞培训班,他们年轻活泼,上课风趣,很受小孩喜欢,如今成为"科学"单项补课的头牌,一年赚七八百万,当然,他们做得也很辛苦。

为什么会做得这么大?

课上得好,这是当然的。但,这还不是关键。

口碑相传,引得众人来,这也不是关键。

关键是学生多了,他们手里的好苗子也就多了,好苗子多了,他们就能跟那些"视牛娃为生命"的顶级民办初中构成联系,于是他们这儿其实变成了一条"小升初"的渠道,从这个口子输向那些学校的人数就越来越多,方向越来越精确,于是家长趋之若鹜。

颜鹏听堂弟嘴里报出的这些数字,惊到了灵魂深处,刚需?

这给小孩上课的事虽low,但好像是刚需。

颜青瞅了一眼堂哥的表情，笑了一笑，说，我的办法跟他们质的不一样，他们是"名师概念"，还太传统，不是产业化的做法，做到一定阶段后，量就做不上去了，而我这儿，是搭平台，连锁，把各类好老师引来，与他们分成，办成一个超市，老师越好，他带来的学生就越多，分成越多，而我这儿综合力强，能成规模化走向……

颜鹏冲着颜青的脸发愣，他完全听得懂他的意思。这甚至还有点互联网思维。难怪他开了16个校区了。

颜青把手里的笔记本电脑推向颜鹏，让他看。

颜鹏惊得眼珠子都快掉下来了，这哪里是"补习班"，分明高级得像现代企业KPI绩效考核模式，一个个老师的课目下，是每天的进账金额，随时更新，此刻是34万，快35万了，靠，还才是上午呢。

颜青可没想刺激这可怜的堂兄，他微皱眉头，对堂哥说了他自己所面对的两个问题：

第一个问题，是如何把更多的好老师拉过来，他们是自带流量的，他们来了，学生就来了，学生来了，棋就活了，而现在对我这儿来说，好老师还不够，永远不够，越多越好，他们现在在哪儿，还在学校里，出不来，得想办法把他们拉出来。他们能辞职最好，钱不是问题，钱是一起干出来的。

第二个问题，如何让更多的学生家长最快地认知我这儿有好老师、好渠道，目前"加速度"的影响力已经有了，但不够，永远不够，永远不稳，因为有无数培训机构在争，甚至在相互诋毁,你只要到网上那些"小升初""幼升小"论坛、家长群去看看,就知道了如何风起云涌,让人寝食难安,因为有利益空间。

颜鹏看着这堂弟,毫无疑问,从做生意角度,他是优秀的,比自己能干得多。

果然,颜青已经为自己这堂兄想好了合作的路径。

他说,颜鹏,你带上你公司的那几个人,那几条枪,那几台电脑,以及你们的互联网思维,面向家长,建一个群,帮我们"加速度"散发各路信息,帮我们宣传老师,帮老师拉生源,帮有些想出来的公办老师向家长透露信息,让他们能到我们这儿来,也帮民办初中透露不能由他们自己透露的考试信息,这个工作,我们"加速度"很需要,很迫切,但不能由我们自己出面做,一方面自己炒自己让人不信,另一方面牵涉方方面面的关系,有些敏感,但可以由你来做,你以独立的身份出场,但其实是围绕我们"加速度",做的是家长的垂直服务。

颜鹏笑道,用户垂直?你简直可以去做互联网了。

颜青思维迅捷,他指着办公桌上堆着的书,说,你就用"爱读书的小爸"这网名吧,装成一个热心于"小升初"问题的家长,在网上出场吧。

我本来就是"小升初"家长嘛。颜鹏捋了一下头发,说,听你这么讲,还真有些意思。

# 一张试卷

这一天的下午三点半,南丽的妈妈赵姨单肩背一只工艺布包,从城东自己住的杨湾新村出发,乘地铁到了城南,去"雅泰幼儿园"接外孙夏超超。

小男孩夏超超小圆脸,大眼睛,正在跟还没被家长接走的小朋友们玩,他看见外婆出现在窗口,就笑着奔出来,小艾老师跟在后面,手里抱着一床小被子。

小艾老师是位20来岁的漂亮女生。她告诉赵姨,超超午睡的时候又尿床了。

小朋友尿床是经常的事,没什么好诧异的。让赵姨诧异的是,小艾老师又接着说,超超今天和小朋友张苗打架,超超手臂给划破了。

啊，超超跟小朋友打架了？赵姨一边睁大眼睛问，一边伸手接过小艾老师手里的被子（准备拿回家去洗）。

小艾老师说，上午的时候，这两个小孩在钢琴旁闹了别扭，张苗向超超挥了一把，指甲划到了超超的手臂。

于是，赵姨赶紧俯下身说，超超，让奶奶看看你的手臂。

胖胖的手臂上有一条细细的血痕，还好，不深，赵姨对着它吹了一口气，问，超超，痛不痛？

超超摇了摇头。

赵姨把手里的被子放在窗台上，拉着超超走进教室，在一堆小朋友中找到张苗。

张苗是个胖小孩，赵姨俯下身，对他说，张苗，你看你把超超的手都划了，以后有事先跟老师说，不可以打架，好不好？

小艾老师在一旁说，上午张苗已经道歉过了，两个小朋友现在好了。

小艾老师要张苗当着超超外婆的面再向超超道一次歉。

张苗看着面前这些人，轻轻说，对不起。

赵姨一手夹着被子，一手牵着小男孩超超的小手，出了幼儿园的大门。

走到门口的大樟树下，赵姨放下肩上的布包，让超超自己从包里掏出一只小饭盒。

小饭盒里装着一小块红丝绒蛋糕、几片苹果和几枚草莓。赵姨每天来接小孩都备好点心的。

超超先吃草莓。赵姨瞅着他胖乎乎的脸颊,问,怎么会打架的?

超超说,他骂我,还推我。

为什么?

超超抬头看了外婆一眼,说,他在玩老师的钢琴,我也想玩,他说我不会弹就别乱摸,他这么骂我,我就偏要按一下钢琴,他就推我。

这么点大的小孩,说"乱摸"时用了第四声,可见受了打击。

赵姨笑了笑,说,这不算骂你呀,你是没学过琴,万一手重碰坏了琴键的音准,可不好办了。

超超皱着小鼻子,问外婆,就让我轻轻按一下,很轻很轻的,不可以吗?

赵姨说,那倒是可以,你可以好好跟张苗商量,请他让给你玩一下,不可以相互打架。

超超说,外婆,我也要学钢琴。

赵姨笑道,学钢琴?学钢琴的小朋友要不怕辛苦才行哪。

超超没感觉出来外婆答应他学钢琴的意思,他就看着外婆说,我要学钢琴,我要学钢琴,张苗、李曦、王凯、毛东东他们都学钢琴,我还要学画画,学围棋,学英语,他们都学。

赵姨抿嘴笑,心想,你这么个尿床小孩,才这么点大,就这么要了,你这是不知道练琴的苦,没准那些小孩在家里都练得哭鼻子呢。

超超今天有些固执,他嚷嚷道,我要学我要学我要学。

于是,外婆说,好好好,咱们学。

暂时不说学钢琴,回家。赵姨一手抱着被尿湿的被子,一手牵着超超,穿过马路,向东走,一路讲故事,"小意达的花",过了两个路口,抵达女儿南丽在花苑新村的家。

他们回到家没多久,超超的姐姐、四年级小女生夏欢欢也背着书包放学回来了。

夏欢欢就读的风帆小学离家只有50米远,每天她自己上下学。

从这个角度看,当初南丽咬牙买下这个学区房是对的,赵姨如今是越来越理解了女儿女婿当初不惜血本的执意,因为接下来超超也能入读风帆小学,一套房解决了两个小孩的就近上学问题,怎么着都是合算的,虽然还贷压力很大,但毕竟小孩读书这事省心了。

这年头,小孩读书这点事真不省心哪,看着都累。但谁又都明白,只有孩子的事解决了,这一家的大人才可能轻松一点。

对此,赵姨如今深有感受了。

赵姨一边安顿超超看漫画书,一边督促欢欢做作业,随后,自己开始做晚饭。这是她每天下午来女儿家做的事。

而最近这几天,情况还有些特别,女婿夏君山出差去南京开学术会议了,女儿南丽自前些天上任城市早报副总编后,每晚值夜班,负责稿子的终审、把关,晚上12点钟以后才能下班回来。

所以，今天赵姨做完晚饭后，没马上回自己杨湾新村的家，而是陪两个小孩先吃了饭，然后带着他们下楼来，在小区公园里玩了一会儿，然后回到楼上来，小女生欢欢自己去书房做"一课多练"，赵姨陪超超在客厅里认了一会儿看图识字，时间就到了8点一刻，赵姨赶紧给超超洗脸洗脚，哄他上床，等他入睡后，赵姨带着欢欢再次下楼，在单元门口跳了15分钟绳，然后再回到楼上来，这时已是9点钟了，赵姨就交代欢欢9点20分自己上床，不用等妈妈回来再睡。

瘫坐在沙发上，累了大半天的赵姨差点睡着，恍惚间接到了女儿南丽的电话。女儿问，妈，小孩怎么样？你得回家了，别错过最后一班地铁。

赵姨说，小孩蛮好，我今晚就不回去了。家里只剩俩孩子，我放心不下。

赵姨没跟女儿说超超在幼儿园打架的事，也没说超超要学钢琴。她只说，超超睡了，欢欢等会儿也马上睡了，你管你自己的工作，一心一意值夜班好了。

南丽回到家，已是晚上12点多了。小心翼翼地推开门，一眼便看到蜷缩在沙发上熟睡的赵姨，南丽只觉得眼睛一酸，哽咽着想说却又说不出话来。

她蹑手蹑脚地穿过客厅，走进儿子的卧室。幽暗中，她看见小床上的超超睡得像一只猪宝宝，在打着小呼噜。她俯下身，亲了一下他的脸颊，香喷喷的，仿佛还带着奶香。

然后她退了出来，走到小书房的门口，女儿欢欢睡的小床在小书房里，她推开门，见女儿也安静地睡着。她走过去，轻抚了一下女儿伸在被子外面的小脚丫，把它塞回被里。

南丽想，我忙成这样，幸亏有妈妈帮忙。

然后她回到客厅，在餐桌前坐下来，让自己定定神，因为脑子里不时掠过刚才审过的那些新闻稿的题目。

刚上了夜班，大脑还兴奋着，要马上入睡是困难的，所以她就掏出手机看了一会儿。

这个时间很少有人在发朋友圈，除了两位在"拉仇恨"，发美食照片，还有就是请假在家的田雨岚，这么晚了还在晒儿子数学考试的试卷，"满分，感动"。

很正常，如果没满分的话，她是不会晒的。

这时小书房的门轻轻地开了，小女生夏欢欢披着头发出来了，南丽以为她是上卫生间，但看见她手里拿着一张纸，小步地向自己挪过来。

欢欢说，妈妈。

南丽吃了一惊，说，欢欢，怎么你还没睡着？

欢欢轻声说，考卷要签字。

南丽说，哎哟，你只要把试卷留在桌上，妈妈回来会看见的，会签的，你干吗傻乎乎等我到现在？都几点了？

深更半夜，欢欢低眉顺眼的小脸上，透着一缕怯生生，一反平日里没心没肺的闹腾小丫模样，这让南丽很眼生，心想，可能是没考好吧？

欢欢像一只小猫,挨到了妈妈的身边,把卷子放到桌面上。

果然,南丽看到的是"45分"。

南丽傻眼,45分?怎么才45分?不及格呢。

南丽想起来,最近这几次数学考试,其实欢欢都考得不是太好,记得上周是考了82分,再上周考了78分,前两次签字的时候,就觉得该重视一下了,只是因为最近自己刚上任,工作忙,再加上看欢欢做作业还是很认真的,再说还只是小学四年级呢,所以心里其实没太当回事,但哪想到,这么一眨眼,就直接落到不及格了。

南丽心想,上学期的时候她还总能考90分以上的,怎么滑得这么快?

南丽注意到"45分"旁还写着一个小小的数字"33",即,全班33名。

南丽看了一眼小女孩的脸,深更半夜,这小脸上的不安神情被四下的寂静衬得很显眼,南丽有些心疼,心想,别说她了,这么晚了。

南丽就从桌上拿过笔,签上"要加油",然后收拢试卷,说,好了,欢欢,你赶紧去睡了,以后我们努力,这次没关系。

欢欢拿过试卷,突然就在妈妈身边跪下了。

小女生轻声说,妈妈,幸亏我生在我们家,要是生在别人家里,考成这样是要被打死的。

啊?南丽傻眼,想笑,还想哭,她一把拉起欢欢,心想,这是从哪里学来的,电视剧里?

南丽说，哪会啊，谁说的，不就考差了嘛，乖宝，我们下次考试的时候再仔细一点。

南丽搂着欢欢的肩膀，把她送进小书房，让她赶紧睡觉。

欢欢嘟哝着告诉妈妈，是颜子悠说的，他说他如果考这样差，会被他爸妈打死的。

田雨岚的儿子颜子悠，与夏欢欢同班，是数学课代表。

与两个妈妈在单位里的暗中较劲相反，天真小男生颜子悠跟副班长夏欢欢是好朋友。

今天下午颜子悠在帮老师发试卷时，看到了欢欢的分数，就对欢欢吐了吐舌头，还真的这样说了。他真的挺担心她回家挨揍。

这个晚上，南丽没睡好。

因为夜班审稿使大脑处于兴奋状态。

还因为小女孩深更半夜地那么一跪，似懂非懂的，是感谢妈妈"不揍之恩"吗？

这使那个"45分"在这无法入睡的夜里有了忧愁的色彩。

南丽对着黑暗中幽幽泛着白光的天花板，轻声说，乖宝，考得再差，妈妈也舍不得打的。

她说，乖宝，学习有什么难点吗？别怕，妈妈明天去问问老师。

# 数一数,多少人在学奥数

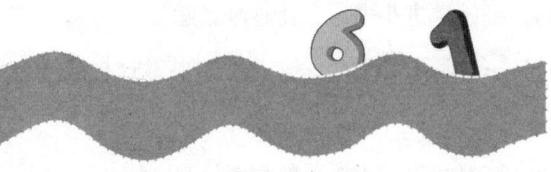

第二天中午,南丽去了一趟风帆小学。

班主任、数学老师张雪儿没在办公室,南丽就去教室里找她。

正是吃午饭的时间,校工们用推车,把学校食堂做好的饭菜推到了各个教室,孩子们坐在各自的座位上进餐。整幢教学楼里,溢满了小朋友们可爱的喧哗声。

南丽在二楼的走廊上看见了张雪儿老师。

张雪儿老师二十七八岁,修长靓丽,穿着彩条长裙,笑着的脸颊上有一个很深的酒窝,她说,哎,欢欢妈妈,从报社过来?

南丽把张雪儿老师拉到走廊尽头,向她了解女儿最近成绩滑坡的原因。

张雪儿老师恬淡地笑了笑，说，欢欢不错的，小姑娘蛮认真的，写字清清楚楚的，当副班长也是尽职的，只是理会能力慢了一点。

理会能力？南丽心里"咯噔"了一下，心想，是说现在显出来了欢欢没别的小朋友聪明吗？

张雪儿老师好像没对身为副班长的夏欢欢这次考不及格大惊小怪，她告诉南丽，最近的这几次数学测验，题目是区教研所的老师出的，卷子里出了几道竞赛题，欢欢没做出来是正常的。

南丽问，那别的小朋友怎么做出来了？

南丽这么问，是因为她想到了那个"33名"。

张雪儿老师笑了笑，说，呵，那是他们在外面有培训奥数呢。

张雪儿老师瞅着南丽有些发怔的脸庞，解释道：欢欢没学奥数，考成这样是正常的，小姑娘不错的，我蛮喜欢她的，按小学四年级教学大纲水平，欢欢还是可以的。

南丽感觉张老师的言语里有劝慰，也有语焉不详，于是心里的疑问反而深了，按大纲水平？那么，按班里实际水平呢？

她问，张老师，班上真有这么多小朋友在外面学奥数？

张雪儿老师知道南丽在报社上班，工作太忙，所以没像有些家长那样早早地就在用心留意、打听时下小孩子读书的普遍动态、信息。

张老师对南丽笑道，说真的，欢欢班上到底有多少人在学奥数，具体我也没统计过，三分之二估计有的，给你这么一问，我也有点兴趣去统计一下了,来,我们去问问小孩子。

张雪儿老师带南丽到了欢欢所在的四(2)班教室后门口,她走进教室,向正在吃午饭的小学生们拍拍手,说,同学们,张老师问一声,咱们班里有多少同学在外面学奥数,在学的同学请站起来。

站在教室后门旁的南丽,看见小朋友们站起来了一大片,她听见张雪儿老师在数数的声音,"……26、27、28、29、30、31。哦,31个。"

42人的班,31个人在学。

南丽看见,在小树苗般站立的小朋友们中间,坐在前排的女儿欢欢,与另外几个也坐着的小孩一起,被衬得零落和孤单。

欢欢回过头来看那些站着的同学,突然她看见妈妈了,她伸起小手,向妈妈摆摆,小小的脸上有迷惑:妈妈怎么来了?

在南丽后来的回想中,这是奥数对自己第一次直观的冲击。

在这天南丽离开学校之前,张雪儿老师告诉她,你们没让欢欢在校外培训奥数,我是理解的,不同家长的教育理念是不同的嘛,你们又没想去拼民办初中,那就真没必要了。

张老师笑了笑,看着南丽说,我想,像你这样的总是有路的,说真的,如果有路,让这么点大的小孩去上培训班、拼奥数,没有妈妈会真舍得的。

南丽笑道,哪里哪里。

张老师要去办公室,她顺便把南丽送到了楼下。站在花坛

边,张老师注意到了南丽眉宇间还有些许愁云。

她就想了想,又对南丽说,欢欢妈妈,如果周围大半同学都在外面上培训班,那你也不妨去了解一下,因为小孩读书有一个生态系统的问题,再加上小孩这个年龄段,心理情绪因素在学习过程中占了较大比重,所以哪怕你们不培训,也要跟欢欢说明,不是她不聪明学得慢,而是其他同学已经提前学过了、反复刷题过了……

南丽开着车往报社去,中午时分的马路上畅通无阻。

她想着张雪儿老师的话,心想,我有什么路呀,呵,我只不过没想择校去读那些民办初中而已。

这些天,南丽已经消化了那天田雨岚话里的几个"关键词",所以已经搞明白了:如果想择校读那些热门的民办初中,奥数等学科特长是必须的敲门砖。

而她,目前还没有让女儿欢欢读"民办"的计划。

这不仅因为那些传说中的热门"民办"无不苦学、应试、高压,令她舍不得自家宝贝去那里受苦,还因为在她心目中,风帆小学对应的公办中学蓝天中学是相当不错的,所以没必要择校。

南丽从小就生长在这座城市,蓝天中学在她中学时代就挺有口碑的,哪怕最近这几年一批民办初中在迅速走热,不少公办中学的中考成绩在令人纳闷地滑坡,但老牌的蓝天中学在许多人的感觉里还是扛得住的,尤其它那经由岁月沉淀的校园文化,阳光、大气,依然令人向往。

6年前,南丽就是冲着蓝天中学以及与它对应的风帆小学,才不惜血本,孤注一掷,咬牙买了花苑新村的学区房。

当时买房的不易,至今历历在目,令南丽心里一直有莫名的哀愁:

当年田雨岚将颜鹏收归麾下后没过多久就成婚了,并立马买了风帆小学附近的婚房,当时这一带房价才7000元1平方米,而等到南丽结婚的时候(可能是受田雨岚横刀夺人的影响,南丽在好长一段时间里没有谈恋爱的状态,直到后来遇上夏君山),房价已一飞冲天,均价涨到了15000元,而再等到南丽、夏君山夫妇反应过来"学区房"的意义时,又是过去了3年,到这时南丽才恍悟田雨岚有多么会过、多么会算啊,因为这时风帆小学、蓝天中学一带的房价已涨到了25000元,再等下去,也是白等了,只能咬牙下单。

从这个角度看,这一辈子,从孩子的起点开始,南丽已经比田雨岚多花了近200万元。

南丽的忧愁由此而来。

与情感有关的失落,早已烟消云散,但与未来有关的忧伤,怕是会留在心里一辈子了。150多万元的贷款至今影响每月的开销和生活质量。

所以,这个学区房让人惆怅,怎可以不让它实现价值最大化呢?

所以,南丽没考虑过读"民办"。

哪怕这个中午,从风帆小学回来,在亲眼看见有这么多小朋友在学奥数之后,她依然没有这个想法。

她猜测,一年半以后,那些小朋友可能都将去PK民办初中。而她真没想让欢欢去挤这条路。

她想,我们对应的蓝天中学,就算它如今不如当年,那也未必真比那些近两年蹿上来的"民办"差多少吧,那些只知道考考考的民办学校像"中考工厂",除了压牢小孩读书,还有啥呢?

受过复旦教育的她,不信这个。

她想,教育质量高低?优质教育资源稀缺失衡?要抢成那样吗?再怎么着,如今的教育资源总比我们当年要好吧。我们当年也没这样搞的,不也考上大学了?

南丽开着车,沿着环城南路往报社去。

沿街那些写字楼上,不时掠过"××培训""××辅导班""名师家教"的招牌,平日里她没留意,而此刻她注意到了,竟发现它们像雨后春笋,几乎遍及每个街口。

她觉得太夸张了。

当然,她也觉得张雪儿老师有一点说的还是对的,小孩子读书是一个生态系统,虽然咱没准备去拼"民办",但如果欢欢在班上总是看见其他同学会做的题她做不出来,那她的感觉也会不好,所以,也得想办法给她稍稍加强一下,明天是周末,要不先带欢欢去"考能""加速度"这些培训机构侦察一下?

# 来吧，来吧

南丽走后，张雪儿老师在风帆小学忙碌到下午放学，又给小女生米桃辅导了一小时的数学，然后下班。

她和米桃一起从校门里出来的时候，天色已晚。

瘦小的米桃，长着一张小巧黝黑的脸，背着一个蓝色书包，梳着两条小辫子。她跟雪儿老师说了声"再见"后，就一跳一跳地走远了。

这小女孩最近数学跟不上了，所以张雪儿老师在课后给她补一补。当然是不收费的。

做这事，张雪儿老师可没想做雷锋。

如果不是看这小孩可怜，她是不会做这事的，班里有那么多小孩，即使想做雷锋，也做不过来呀，即使做得过来，也不被允许，因为公办学校不给集体补课。

张雪儿老师觉得米桃可怜，是因为这女孩真的太要了，太懂事了。

这女孩的爸爸是隔壁公交公司的外来务工人员，放在早些年，她是不可能进风帆小学读书的，而根据这几年市里新政策以及学校跟公交公司的有关协定，她有了这个机会，于是就跟着爸爸在这座城市里上学，妈妈留在安徽老家种茶。

她像一只跟随爸爸的小候鸟，好不容易落脚在这城市的台阶上，想从这里起飞。这起飞当然不容易，哪怕进了风帆小学。

小女生米桃懂这一点，所以她虽才10岁，就已非常用功。

而每个看到这小女生如此用功的人，其实谁都懂，因为她的路途是一目了然的：如果读不好，5年后，就只有回家种茶了，或者去当打工妹了。

米桃非常非常努力，小学前面几年成绩出类拔萃，但进入四年级下学期以来，数学跟不上了。

她爸显然是没钱给她在外面补习的，而且肯定也不明白这事。

所以，米桃气喘吁吁跟在全班后面的样子，让张雪儿老师心软，面对这种朝夕相处的懂事小孩，人会动感情的是不是，所以张老师就在放学后给她辅导一下数学作业。

现在，看着米桃走到左边路口尽头，张雪儿老师也就离开校门，准备去中山北路坐地铁。

这时有个平头、穿牛仔衬衣的大男孩，从对面的星巴克出来，朝张雪儿老师走过来。

张雪儿看见他在对自己笑。眼睛、额头在暮色中闪光。

她认出了他，他已经来找过自己好几次了，也不知他是从哪儿打听来自己的信息的，并且起了如此的执念。

她心里想笑。

她知道他叫颜青，还知道他是"加速度"培训机构的老总，上次他自我介绍过了。

她心想，不是跟你说过了，我没考虑嘛。

是的，她现在又没那么想赚钱，一个人还单着，也没那么缺钱，如果说当务之急，是找个男朋友，而不是找钱。

果然，今天这年轻得像大学生的老板又是来拉她入伙的。

他知道她是小学高级数学老师，受风帆小学这一带小孩的喜欢，这种型，这个年纪，比较稀缺，体力也好，所以，是他的目标。

而且以他的判断，如果自己不把她搞出来，她可能会被别的机构抢先挖走的。

颜青笑着说，张老师，一起喝杯咖啡？

张雪儿摆手说，上次我不是已经答复你了，没考虑。

颜青说，算我三顾茅庐好了，您来吧，你们学校的钟老师不是也出来了吗，他在我们这儿干得不错，一年赚200万到300万。

他说话的直接方式，让她不舒服。

她就告诉他，我这人没那么想折腾，我想安静一点，再说，我又不会补课。

他指着米桃刚才走的方向，说，你刚才不是在补吗？我有听说的。

她被激灵了一下，更不舒服，盯着他的眼睛说，你消息倒是灵的，你们这些培训机构消息倒是灵的，你们是搞情报的吗？

他笑道，是的，因为特别中意您呀。

她心想，他以为港片追女朋友的剧情啊。

她为自己辩解道，我刚才这可不是补课，不收钱，跟你那边不一样。

哪想到这小子眨了眨眼睛，居然说，不知道哎，反正哪所学校里都有老师悄悄给学生补课收钱的。

她生气地说，有没搞错，如果我真想这么干，我不会鬼鬼祟祟的。

他笑了，说，那你就过来呗，条件好说，你知道吗，像你这样的"小学高级"，放出去是有身价的。

他说，你知道吗，你的课值多少钱？

她觉得他小时候数学一定没学好，说话逻辑太跳，有点胡搅蛮缠的，跟他说不清的，赶紧打发了吧。

她就说，不是我不想赚钱，只是我现在还不想麻烦，不想折腾。

她就往前方的地铁站走，把他落在了身后。

# 第一次进场

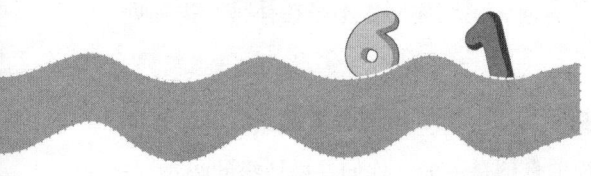

星期六一早,小男孩夏超超醒来后,就嚷着要学钢琴。

因为他听见姐姐欢欢在客厅里练琴,"叮叮咚咚"。

超超说,妈妈,我要学钢琴。

这小孩可没忘这事。

南丽一边过去给他穿衣服,一边告诉他,已经给你报名了,今天晚上欢欢上钢琴课的时候,带你一起去。

欢欢是在"大地少儿艺校"李芹老师那儿学钢琴,从幼儿园中班开始学,已经学了6年了。

南丽给超超穿好衣服,捏了捏他的小圆脸,说,超超,妈妈这次答应你学琴了,但是超超我们得知道,不是别的小朋友在学什么我们也要学什么的,知道吗?还有,既然报了名,你就要坚持到底的哦。"

超超半懂不懂地点头。

在南丽原本的计划中，确实是没有让儿子超超学钢琴这一项的，她本打算下学期让超超学网球，男孩子嘛，多动动比较好，长个子。但拗不过超超这两天的吵，她就同意了，昨天给超超在"大地少儿艺校"报了"幼儿钢琴课"，用微信把学费也给付了，24学时5000块钱。

说到钱，两个孩子这类兴趣班的费用加起来，也不好说。

除了钱，陪的精力更不好说，比如，这个星期六早晨，在让两个小孩吃了早饭之后，南丽就像打冲锋一样送他们去少年宫，因为欢欢在少年宫有舞蹈课和国画课，超超有讲故事课和武术课。

这是两个小孩喜欢的课，就给他们报了，当作培养兴趣爱好和玩吧。再说，双休日别家的小朋友都在上兴趣班，你不去那儿，都不太找得到玩伴。

今天上完课，已经是十点半了，南丽带他们火速到少年宫对面的"儿童乐园"，玩了一会儿"旋转木马""碰碰车""月亮船"……毕竟是小孩，他们真正喜欢的是这类。

玩了40分钟，必须收兵，南丽高效地带他们到旁边的"必胜客餐厅"，点了小孩子喜欢的披萨、冰淇淋，然后看着他们吃完，就匆匆把他们带回了家。

老公夏君山最近在南京参加为期一周的学术会议，会议今天下午才结束，他乘坐的是傍晚的高铁，晚上才能到家，而妈妈赵姨已经从杨湾新村过来帮忙了。南丽让妈妈安顿超超午睡,自己准备带欢欢去"考能"培训班看一看。

超超小声问姐姐,我能跟去吗?

欢欢告诉弟弟,又不是去玩,是去做题。

超超说,我要去,我要去。

欢欢对弟弟说,你真笨,你以后有的是机会去。

超超可不想跟外婆待在家里,他想跟姐姐去。

欢欢对妈妈说,他老是跟我的样。

于是,南丽、赵姨哄超超说,晚上带你学钢琴,所以现在得睡觉,否则晚上上课会睡着的,200块钱一节课呢,你可不能睡着了,睡着了老师会不收你的。

"考能"培训机构,就在花苑新村马路对面的华海商务大楼里。

虽近在咫尺,但南丽和女儿欢欢以前从没走进去过。

这是一幢有些年份的8层写字楼,格局和装修都陈旧了,窄窄的楼道里,光线较暗,充溢着潮气。

这是下午一点半,楼道里全是人,是那些等孩子的家长,他们的小孩都被关在一间间房间里,正在补习呢。

南丽牵着女儿的手,穿过这些家长。她们看见,与楼道里的略暗光线相映,墙上挂着一排鲜亮的海报,上面是一个个人像,像明星一样化着妆,是培训机构的老师们的艺术照。

"考能"前台工作人员,是一个戴眼镜的女孩。她热情地接待了南丽和欢欢，她问，几年级？报哪个班？

她把一张表递给南丽，南丽不看不知道，一看吓一跳！从幼儿园中班到小学六年级，各年龄段、各年级、各科目一应俱全。

南丽找到了"小学四年级"栏，发现"语、数、外、科"四科中又分"基础班""提高班""竞赛班""精英班"四类，不同的层级，不同的收费。

细密，垂直，全包罗，一网打尽。

南丽有些迷糊，脑子还没转过来。前台女孩在一旁解释：要报名的话，先得考试。

她指着右侧的一间教室，说，你们去那边先考一下吧。

从走进这大楼，南丽就觉得有些气闷，可能是因为光线，可能是因为潮气，可能是走廊里那些家长疲惫的眼神，也可能是这楼的通风状况。

南丽问前台女孩，我们先看看可以吗？

可以的，你们可以先旁听一下。前台女孩说着低头看了一下课表，告诉南丽和欢欢：两点半，四年级奥数课在308课室，你们可以坐在后面旁听一次。


接下来，对于南丽，这是一个头昏脑涨的下午。

她跟欢欢坐在308房间，坐在一堆小孩大人中间，对着黑板，听培训老师讲题。

培训老师挺年轻的，讲的当然是难题，他前后推导，写了一黑板的解题思路。

冲着黑板上的公式，南丽想，这得有多难啊，这是小学四年级的水平吗？如果是，那我现在退回去，可能连小学都毕不了业了。

她心里当然有不以为然。

她瞥了一眼身边的女儿，女儿小小的脸上是迷糊的神色。

她环视这一屋子小孩，她不知道他们是不是听懂了。

所以这里是允许大人陪读的。

因为怕小孩听不懂，所以有些家长就一直坐在小孩旁边，一边听一边记，回家再教小孩一遍。

等两节课结束后，南丽、欢欢从华海商务大楼出来，已是傍晚五点半了。暮色四起，街灯正在亮起来。

母女俩慌慌张张回家，六点半钟还得赶到城东的"大地少儿艺校"去上钢琴课呢。

站在马路边等绿灯过斑马线的时候，南丽听见欢欢在问自己：妈妈，我上这个班吗？

南丽转过脸来，瞅着女儿，这小脸映着马路上掠过去的车灯光，有些忽闪着。

南丽说，算了，我算过了，一个下午两个半钟头，就弄这么两道题目，时间成本太大。

南丽感觉面前的这张小脸上有透了一口气的感觉。

是的，刚才坐在那里，南丽就感觉到了这小脸上的乏力。

其实，别说小孩了，就是大人这么坐了一下午，半懂不懂地听着，也觉得累和闷。

更主要的是，刚才坐在那里，南丽看着这一屋人，心想，要这么抢跑吗？如今大学不是早扩招了吗，考大学不是比过去容易了吗？即使考上的不是顶尖名校，难道不过日子了？要这么提前苦了小孩？

所以，现在正拉着女儿过马路的南丽，对女儿说，妈妈再想想办法看，我们自己在家里补，不用被这种课的时间绊牢，这种课弄来弄去一个下午就这么两道题目，时间成本太大，不划算。

她俩飞快地回到家，匆匆吃了一点，然后带上超超，去"大地少儿艺校"。

今晚的钢琴课，对于欢欢，是这6年来每个周六晚上的常规动作，而对于小男孩超超，这是刚刚开始的第一天。好在超超今天坐在钢琴老师面前，挺听话的。

这个晚上，等一通忙完，南丽开车将小孩接回来，已是晚上8点了。从南京回来了的老公夏君山，已在小区门口等着他们了。

南丽让两个小孩自己下车，她对老公说，我还得去单位值夜班，你让他们早点睡觉，累了一天了。

等南丽晚上12点回来，老公夏君山还没睡，在等她呢。

夏君山对开门进来的她笑道，哎哟，当领导了，感觉什么样？

夏君山戴着眼镜,长着一张书卷气的脸。他在外国语大学当英语老师,是单位里的群众。老婆这些天当领导了,他当然要表扬一下。虽然他也知道她这领导当得会比较辛苦,这么上夜班。

南丽今晚可没兴趣多谈自己当领导的感受。

她对老公说了昨天自己去风帆小学、今天去"考能"培训机构的体会。

夏君山闻言,同意老婆的想法,他说,我知道那些人疯了一样在提前开发幼儿智力。

他说,假如我们小孩自己对数学有兴趣,没话说,可以让她去学奥数,但假如只是为了拼民办中学而苦逼小孩,那我会鄙视自己的。

南丽知道老公一向与自己三观相近。所以见他在这一点上与自己有共识之后,她就将张雪儿老师所说的"读书生态系统""小孩学习的心理情绪因素",对他作了分析。

夏君山愣了一下,说,也是的,如果欢欢总是考得不如别人,一路滑坡,也会影响她在班上的心态和自信,虽然别人是在背后有培训。

南丽对老公笑了一下,说,从今天起,你温习一下小学数学的课程吧,我们在家里辅导她,这样我们可以自主把握时间,多少让她还有玩的时间,不至于卷进外面培训班的那种疲劳战。

是的,从眼下的情况来看,确实需要好好安排,小孩才能有玩的时间,因为即使像欢欢这样没参加"语、数、外、科"课业培训的,但如果算上她周六、周日两天参加舞蹈、国画、钢琴、游泳、小主持人等才艺类"兴趣班",那么能够空下来自由玩的时间也是不太多了。

夏君山嘟哝道,我数学不好。

南丽说,我虽然数学还行,但报社里要上夜班,难道等我半夜回来再辅导她?

夏君山点头,说,那好吧,我来。

南丽又说,还有,除了数学,你也附带辅导一下她英语,最近她英语考试成绩也有点下滑。

英语是夏君山的专业,他点头说,英语没问题。

这个晚上,南丽、夏君山计划完这些,心里是安然的。

他们想,我们这样的文化程度,还能搞不定欢欢这点小学的学业?再说,我们又不指望她有多拔尖,我们只是希望她开心一点,多一点玩的时间,到中学以后,谁都知道是真没时间玩了,所以趁现在还有点,爸妈想呵护住它,小孩玩的时间,对于这一生都是金贵的。

# 第二次进场

现在夏君山随身的包里,放着一本小学四年级的数学课本、两本教育出版社编写的"课外数学训练"习题册。

此外还有一本大大的笔记本,欢欢做不出的那些题目,他都记在上面。

他身边的同事、学生注意到了,这外语教授如今在琢磨这些小学生的数学题。

他们当然知道他这是在为家里的小孩使力。

他们忍俊不禁,又挺佩服地说,哈,夏老师你还记得数学题怎么做啊?

他笑道,哈,我中学毕业的时候,还以为我跟数学的"包办婚姻"终于结束了,但哪想到,现在小孩子又给我"包办"

上了。

题目太难了。他还咧嘴告诉他，我们那时候的作业，好像没这么难的。

是的，如今夏君山对着这些题目，算算画画。

他深挖灵魂，让少年时代应试训练所残留的那点可怜的数学记忆，尽力浮出水面。

为了辅导的需要，他除了寻找解题办法，还得对照课本各单元的知识要点，分析欢欢为什么做不出来，卡壳在哪儿，以便让她融会贯通。

有时他做不出来，就把题目拍成照片，用微信传给自己的那些本科生、研究生，让他们也试试看。

他的学生多半是文科生，看样子他们也把数学还给了各自的中小学老师了。所以，他们又把题目传给了他们学理科的男朋友、女朋友、高中老同学，一起想。

妈啊，有的人甚至连解释几何、微积分都动用上了。

错，夏君山取笑他们，才小学四年级哪，这题不是这么个解法，看样子你们也无颜面对小时候的你们了。

夏君山心想，如果电视台搞一档"帮小学生做题"的娱乐节目，看看谁比小朋友笨，一定好玩。

他心想，没准能掀起全民"做题"的现象级热潮呢，电视台如今忙着比唱歌、朗诵，哪有这样的创意？

夏君山白天自习小学数学课本，晚上女儿欢欢做作业的时候，他就坐在一旁，随时准备帮、教。

日光灯下，他心里时有惶恐掠过：这还只是小学哪，以后欢欢你读中学了，爸爸可招架不了了。

好在令人欣喜的是，在随后的几个星期里，夏君山的"家庭式辅导"有所见效。

这一点还是明显的：小女生欢欢的解题技能在提高，基础知识码得扎实了不少，分数也在上来。

但是，欢欢在班里的排名却没有大的起色，依然徘徊在25名左右。

什么原因？

原因一点也不深奥。

因为夏君山的"家庭式辅导"不那么针对考试。

这只要与欢欢班上那些在"考能""加速度"等培训机构上课的同学一比，差别就显出来了。

那些小孩所受到的培训，更针对考试，他们奔着去的方向就是考试中的精准和满分。

正因此，当满分学生几乎占了班级头部排名人数中的半数以上时，欢欢的名次自然就停留在中下段了，哪怕她的分数有提高。

可见，培训机构"补课"，对考试更为有用。

这很正常，那些培训的老师是吃透了考试的，他们就是专门干这个的。

哪怕你是数学教授，都可能比不了他们更擅于帮小孩拉分。

所以，甭管是否像传闻的那样，他们在培训班上让小孩死记题型、反复刷题，他们的目标就是以最直接的方式把你家小孩的成绩一把拉上去。

直接，粗暴，有效。

夏君山的"家庭式辅导"拼不过它们，这是必然的。

夏君山、南丽虽有些郁闷，但因为明白原因何在，所以也没太纠结。

南丽对连日来忙了一通的老公说，我们不跟他们比，我们只要自己有进步了，就很好了。

是的，那些家长，比你更铁心，比你更花钱，比你更能让小孩吃苦。

他们向培训机构要的就是直接、有效的分数。

假设培训机构做不到这点，那是没法混的，哪怕它有再好的教育理念。

这个深夜，南丽十二点半从报社下夜班回来，老公和儿女都已睡了。

她轻手轻脚地走进门来，放下拎包，先去厨房给自己泡了一碗方便面，然后端到客厅里吃起来。空气中就有了一股香辣味。

小书房的门这时轻轻地开了，南丽看见女儿欢欢披头散发出来了，小姑娘迷蒙着眼睛，小步地向她挪过来。

欢欢说，妈妈。

啊，还没睡着？南丽一怔，心想，是不是试卷又要签名了？爸爸不是在家吗，让他签也一样啊。

但，她注意到女儿的手里没有试卷。

她看见女儿定定的视线落在了自己面前的碗面上。

她知道方便面是女儿超爱的食物，因为平时不太给吃，怕里面有添加剂，所以就更被小家伙当作了难得的美味。

于是，南丽用叉子挑起了几缕面，向欢欢嘴边送过去，说，吃一口，随后赶紧去睡，明天一早要起来上学的哪。

欢欢没吃，而是说，妈妈，我不想当副班长了。

深更半夜的日光灯下，这张小小的脸上除了困倦，还有一些黯淡。

为什么？南丽傻眼了，心想，怎么深更半夜跟我说不想当班干部了，怎么了？

欢欢告诉妈妈，因为自己成绩退步了，有同学说应该让赵琳、陈淮淮、颜子悠来当。

当班干部又不是只看成绩。南丽说。

南丽伸手搂住女儿的肩膀，心里有些茫然，心想，她等我到现在还不睡，原来是为了说这个。

小女生欢欢微低着头，固执地说，但我不想当了。

南丽就知道了大概班上有哪几位小朋友不服气了，对女儿说了什么。

南丽就问，欢欢，你是想让妈妈跟张老师说你不想当副班长了？

欢欢说，嗯。

深更半夜，这小小的脸上有一颗小小的眼泪在飞快地流下来。

这让南丽怜悯，她伸手捧住了女儿的脸颊，心想，不当就不当算了，又不是多大的官，当个小干部也就是练练胆子的，如果别的小朋友不服气，让他们去当好了。

但她不能这么对女儿说，因为小孩此刻的委屈、自卑和难过是冲着她自己的。这她懂。

于是南丽说，成绩退步？没有啊，欢欢，最近你不是有进步吗，我们在努力呀，只要努力了，就没关系的，老师也没说你不配当副班长了，你别太在乎别的同学怎么说你。

欢欢看着妈妈，说，妈妈，我要学奥数，我要上培训班。

奥数？

嗯。欢欢告诉妈妈，赵琳三年级的时候成绩还是很差的，现在上了四个培训班，这学期成了学霸了，妈妈，我也要上。

早在欢欢上幼儿园的时候，南丽就感觉这女儿好像遗传了自己的性格，比较好强。

但再好强，自己也没这么点大就讨要补课的。

南丽瞅着女儿发愣，心有怜悯。

小女生欢欢突然就哭了起来，说，妈妈，要么让我退掉副班长，要么让我补课。

两天后，南丽带着欢欢又走进了华海商务大楼。

与上次一样，她们穿过潮气涌动的走廊，穿过那些等候在课室门外的家长群，走到了"考能"培训机构的前台女孩面前。

与上次一样，前台女孩告知：要报名，先得考试，然后根据考试成绩，安排相应层级的课程班。

前台女孩问，除了奥数，你们语文、英文、科学还学吗？

南丽说，我们只要数学。

于是，前台女孩把欢欢带到了三楼的一间课室，让她考数学。

南丽就等在外面幽暗的走廊里。

她耳朵里是其他家长交流的声音。

现在的南丽，还没有主动介入他们聊天的心态。

她在走廊上走来走去，透过走廊尽头的窗子，可以看到左侧CBD群楼的一角，与鲜光、喧嚣的那边相比，这里昏暗、闷潮，一群大人小孩好像被滞留在了旧时光里。

一个小时后，欢欢吐着舌头出来了，她对等候在走廊里的妈妈说，太难了，太难了。

考了多少分，现在还不知道，前台女孩告诉南丽：分数几天后会批改出来，到时我们会通知你们的，至于是读"基础班"，还是"提高班""尖子班""竞赛班"，除了看分数，还要看具体班级的人数情况，如果对应的班还没满员，还有空位，你们就有机会来报名入读了。

南丽说，如果没空位了呢？

前台女孩可能觉得这问得有点弱智，睁大眼睛，反问道，没空位那还能怎么办？你得等呀！

# 进班

这个上午，儿子颜子悠上学了，老公颜鹏也拎着电脑包出门去了，在家养胎的田雨岚听着音乐做了一套孕妇体操之后，拿起手机看朋友圈。

"咱娃家长群"里的几位妈妈正互动得起劲，她就介入了进去。

今天她们交流的是如何给小孩做"简历"，

这"简历"，是如今"小升初"孩子的标配。

如果你家孩子想读哪所民办初中，那么六年级上学期就得给校方投送"简历"了，类似敲门递上去的名片。

所以，在简历上，孩子的身高、体重、个性、特长、爱好、荣誉、靓照、推荐语，必须一应俱全，其厚重度不亚于大学生的

求职简历,装帧精美,甚至媲美明星画册。

对田雨岚来说,为儿子做简历还早了点,因为颜子悠还才四年级。但在今天的交流中,她却听出了焦虑。

因为有一位妈妈说,简历又不是说填就能填的,这么点大的小孩,即使到六年级又能有多少经历呀,所以这是需要包装的,而包装是需要有准备的,而准备就需要提前布局。

这位妈妈说,那些荣誉、奖项是必须布局的,除了奥数"杯赛"需要三四年的培训冲关,围棋、田径、艺术等省级竞赛冠军需要从小训练之外,那些"三好学生""十佳少年""班干部"的荣誉和经历,也是要有针对性地去拿下的。

另一位妈妈听出了痛点。

她就此抱怨自己儿子的班主任太年轻、"不懂事",因为每年评来评去,班上总是那几个人当三好学生。

她说,我承认那几个是比较出色,但其实,那几个当过就可以了,在目前"小升初"的情形下,也该轮着让班上其他更多的同学都当当,因为这荣誉填在简历上,对于小孩就是机会,民办学校会看你是不是"三好学生""十佳少年",但并不特别留意你当过几次。

所以,她说,那个老师太书生气了。

田雨岚立马有深深的共鸣,因为颜子悠成绩虽好,但还没当过班长,也没被评上过三好学生。

另一位家长认为,为什么"三好学生""十佳少年"评来评去总是那几位,除了成绩,还因为小朋友习惯投票给当班干部的同学,所以"班干部"这其实也是个平台,能让别的同学了解你,让你有人缘,有威信,受老师喜欢。

田雨岚说,就是,就是,我真是笨脑子,怎么就没有这根弦,我们只知道让小孩苦学奥数,我们是一分分考出来的,哪知道有人走"三好生""学生干部""金奖少年"这种路径,而这是可以包装的,哎,他们从小就知道当领导的优势了。

当天下午,田雨岚就去了风帆小学。

她找到张雪儿老师,说自己刚在附近的中山医院胎检,顺便过来向张老师报个喜。

她说,颜子悠上个月得了"奥数少年杯"一等奖,这个杯含金量虽没"华夏杯"重,但我们子悠总算也得了一次一等奖,这两年他是每逢"杯赛"就发热,中了魔咒似的,真让我心急了。

张雪儿老师笑着祝贺,并说,不用急不用急,你们家颜子悠很不错的,这学期几次考试,他都是全班前三名的,跑步也快。

多亏张老师教得好。田雨岚温婉而笑,并问张老师,颜子悠没告诉老师这个消息吗?我家这小孩就是太腼腆。

张老师笑道,小男孩可能怕我说他骄傲吧,很棒的小男生,很聪明的。

田雨岚说,张老师有机会的话多让他练练,给他压点担子,小班干部什么的,也让他练练。

见张雪儿老师点头,田雨岚就告诉她,其实颜子悠在家里也表示过好想当一次班长,这小孩比较内秀,不会主动去争,但属于给点阳光就灿烂的那类……

两天后的下午,南丽接到"考能"培训机构的电话。

她听到"考能"的人说,夏欢欢数学考了78分,还可以,可以直接上"竞赛班"。

竞赛班?78分=直接上"竞赛班"?

南丽有点反应不过来。这分不高啊。但她心里有点欣喜。

南丽听见电话那头的女声在解释:这也是考虑到夏欢欢已经是四年级了,这个时候培训奥数其实已经比较晚了,所以建议加快速度,上"竞赛班"。

南丽问,那我明天来交费?

没想到,那头却说:不用,现在"竞赛班"没有空位了,满员了,夏欢欢暂时无法入学。

啊?南丽心想,你打电话跟我说了这么一堆话,却告诉我班级满员了,读不了了?

那头说,你们需要等等看。

南丽问,那得等多久呢?

那头说,不知道,如果到时有人退出了,那就有空位了。

南丽说,如果没人退出,那就没有机会了?

那头的女生说,不好意思,是的。如果有空位了,我们会通知你的。

南丽问,真的没有了吗,别的班呢?

那头的女生翻查了一会儿表格,说,"提高班"还有两个空位,但对你们夏欢欢没什么意义,因为就夏欢欢的基础和她从没接受过培训这一点看,她还是可以去拼一下的,否则到五年级就来不及了,这辈子就真错过奥数竞赛了,我们"考能"不玩虚的,我们为学生排课是讲效率的,我们比较人性化,不想让家长学生浪费时间成本和学费成本。

隔着电话,南丽没完全明白她话里的意思,但感觉她说得比较有诚意。

南丽心想,也是,花一样的时间,那么宝贵的时间,在那么气闷的课室里苦坐一个下午,咱得读到位的班级。

南丽就说,好,如果有空位了,一定得给我们留着。

南丽放下电话,想了一下,又给老公夏君山打了个电话,告诉他,如果傍晚欢欢放学回来问起,就跟她讲这次在"考能"考得不错,可惜"竞赛班"没有名额了,还要等等。

南丽知道这几天欢欢放学回来就会问"考能"打电话来过了吗,小姑娘记着这事呢。

这个晚上,欢欢确实问了。

不过不是一放学回家就问,而是到了晚上8点钟,她伏在桌上做完了"一课多练",才想起来问坐在一旁的爸爸夏君山:爸爸,"考能"打电话过来了吗?

小女生咬着笔头,目光有些发怔。

其实,今天只要夏君山细心一点,就会发现女儿从学校回来的时候脸色就有些黯然,吃晚饭的时候有些寡言,做习题反应有些慢。

他有些粗心，没留意。而她是不会跟他说的。

小女生心里的难过哪怕要说，也是习惯跟妈妈说。

而妈妈此刻在单位上夜班，那她就把它憋着。

这情绪与今天她班里改选班干部有关——根据同学投票和老师的意见，她的副班长没得当了，改由这学期飙成了"学霸"的赵琳和颜子悠担当新一任的正、副班长。

虽然张雪儿老师说这不是她欢欢表现不好，而是得让更多的同学都有机会练练，但欢欢从自己的角度，以及某些同学看她的角度，可不这样想。

虽然她才四年级，心里的敏感可能表达不清，但一点都不会少。

现在爸爸夏君山听见欢欢在问"考能"有没打来电话，就笑道，"考能"今天打来了，说你考得不错。

欢欢张了一下嘴巴，说，我有半页题目没做出来，他们说我考得不错？

夏君山说，那是题难，别人也做不出来。

欢欢说，那我可以去读了？

夏君山对她笑了笑，说，他们让你读"竞赛班"，但"竞赛班"现在满员了，所以我们得再等等。

让欢欢吃惊的第一点是：还要等。

让她吃惊的第二点是："竞赛班"。这得有多难啊。

她脱口而出说：我不要等，不要读"竞赛班"，我听不懂的，颜子悠才读"竞赛班"呢，我不要读"竞赛班"。

小女生欢欢的脸上有对"竞赛班"的惶恐，她尖声说，我要读"提高班"。

夏君山赶紧哄道，"考能"老师觉得你能跟上的，我们花了时间，读对位的班这才值得，再说，"竞赛班"你以为想上就能上啊？还没有名额呢，我们还要等，看人家退不退出来。

小女生欢欢可不管有没名额，她固执地说，不，我不要等，我要读"提高班"，我要马上去读。

夏君山哄了半天，无效，语气就有些不耐烦了。

对才这么点大的小女生，当爸的确实不知道怎么哄，何况欢欢今天情绪本来就有些杂乱……于是情绪种种，都在小小的脸上。

夏君山板脸说，怎么这么不懂事，不读又怎么了？

欢欢就有想哭一场的冲动了。突然她失控地对着老爸的脸吐了一口唾液，尖声说，我不要上"竞赛班"，你就想让我上"竞赛班"，我知道你就想让我等，最好让我不去读。

小女孩就哭了，脸上泪水纵横，疯了一样地哭。

爸爸夏君山惊呆了。这小孩在发泄什么情绪呀。

她哭成这样，他也有点怕了。他轻拍她颤抖的背，哄道，好好好，随便你，读"提高班"或者"普通班"都可以，好不好？

"不好"，欢欢呜咽着冲进自己的小书房，把门碰上。

夏君山走过去，想打开门，却被欢欢在里面死死抵着。

她在里面"呜呜"地哭，拼命抵着门，不让爸爸进来。

超超已经不玩小火车了，他奔过来，站在爸爸身边，问是不是姐姐不乖。

夏君山手肘抵着门，不敢使大力。

一门之隔，女儿伤心的呜咽声，让他惶恐不安，手足无措。

他想让她情绪快点平顺下来，于是向她保证，自己不进来。

他对门里的女儿哀求道，欢欢，让超超进来好不好，让弟弟陪你好不好？

他又低头对儿子说，超超，跟姐姐在一起，劝劝姐姐不要哭了。

门终于松了一下，露出一道缝。

超超就像一只小猫，钻进了房间，然后门又被女儿关上了。

夏君山听着小书房里女儿的哭泣，听见超超在说"不要哭不要哭"，他想象两个小孩在里面的样子，心里忧愁，后悔无比，他想，今天怎么了，刚才还好好的，怎么突然就变成这样了？这值得闹成这样吗？

日光灯下，一片白花花的茫然气息似在弥漫，他掏出手机，给老婆南丽打了过去，说，你快回来，快快回来。

南丽匆匆看完两个版面，向总编请了假，就提前赶回家来。

她开了小书房的门，走进去，她看见两个小孩就像两只小猫蜷缩在窗帘下面。她蹲下来，撩开窗帘，伸手抚住女儿欢欢的脸，说，欢欢，妈妈来了。

女儿哭泣过的脸显得那么伤心、疲惫，让妈妈心软，舍不得。

南丽说，欢欢，"考能"让我们再等等，应该没问题的，能搞定的。

南丽说，欢欢，培训老师是对我们负责，想让我们读一个合适的班，听妈妈的话，我们试一下"竞赛班"，如果感觉太难，那我们快快退回来读"提高班"，一点都不耽误的。

南丽说，欢欢，你给妈妈一星期时间，如果还没名额，我们就读"提高班"。

连着几天南丽都打电话去"考能"打听：有名额了吗？

"考能"的人说，南女士，不好意思，还没有。

于是，南丽坐不住了，亲自上门去问。

得到的回答依然是："还没有，现在还没人退出来。"

于是，南丽心里就急起来了。接下来，她连着几天上门查询，反正"考能"离家不远。她想跟他们商量商量，请他们照顾，挤挤名额。

她去了几次，就跟他们熟悉了。但他们也没办法，说，真的没人退班，没空位了。

在她连续的上门过程中，她也与那些候在走廊里等小孩下课的家长们有了交流。

他们对她的"踩空"表示同情。

但他们说，怎么，现在才来报，才睡醒啊？

他们说，我们是二年级就来学了，这还是早两年，放在今天，一年级甚至幼儿园就得来"占坑"了。

他们说，其实还不仅仅是占坑，是如今真的需要补课，现在不是学得不好的在补，而是好学生都在补，你不补，就跟不上班里其他小孩的进度。

他们说，现在家长对小孩读这点书有多重视啊，启动是越来越早了，别的不说，如果想报这里的秋季班，有人是春季班就来占坑了，否则真到了秋季，就可能报不进来了。

……

在"考能"培训机构幽暗的走廊里，这些言语像烟气弥漫，报不上名的南丽心里的烦躁也迅速升起来。

她想，如果以报社早几年的影响力，这么点事儿，一定托得到人搞定，而现在，一下子还真想不出找谁去帮忙好。

突然，她想到了自己的一位远房亲戚，他在华海商贸有限公司当副总，"考能"培训机构租的华海商务大楼，是他们公司的。

她赶紧给亲戚打电话。亲戚说试试看。

"考能"对房东是买账的。

一天之后，南丽就接到了"考能"的电话，"考能"说，南女士，你来交费吧，算你找对人了，挤出了一个名额。

南丽喜出望外，一边道谢，一边问，交多少钱？

电话那头说，180元一节课，15次课，每周一次，一学期2700元，一年共4学期，包括上学期、下学期、寒假学期、暑假学期，也就是总共10800元。

因为报进去不容易，南丽都没觉得贵了。

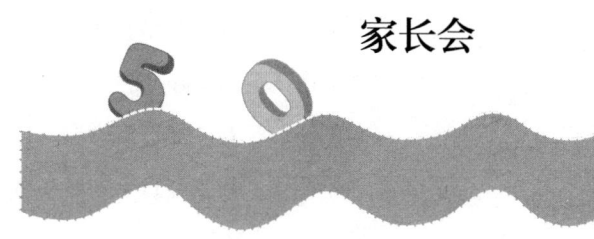

# 家长会

现在每个星期六下午,欢欢都在"考能"上课。

小小的她,跟别的小朋友挤坐在华海商务大楼的课室里,下午两点坐进去,到五点半出来。

当她晃着小辫子、背着书包,从这幢灰旧大楼里出来的时候,她那张懵懂的小脸,总是让等候在外的妈妈南丽有些心疼。

当然,混在一堆补课的小朋友中间,欢欢也没显得太特别。

所以,她这么小就认了,妈妈几星期下来也就认了。

现在每天晚上,欢欢除了做学校布置的家庭作业之外,还得完成从"考能"带回来的试卷。

每周七八张试卷,数百道题。

夏君山发现，这培训班的卷子，其题量、难度、进度，远远地把学校的那点作业和教学节奏甩在了后面，也把他头脑里的那点可怜的数学记忆击成了碎片。

于是，刷刷刷，欢欢在灯下做题。

于是，刷刷刷，欢欢在班上的数学成绩排名在快速上来。

这些培训机构还真是有办法的。南丽对夏君山说。

夏君山说，这么搞，只要不笨可能都有效的，更何况咱欢欢以前是没有补习过的，所以后劲大。

你们在补习吧？张雪儿老师也感觉到了这一点，她在电话中问南丽。

南丽说，是的，小孩子自己要。

张雪儿老师说，欢欢之前没培训过，所以现在加码了就很见效。

南丽心想，可不是吧，我们的小孩又不笨，我们也起跑了，那些原先抢跑的就没什么优势了，不是吗？

欢欢心情有逆转。

这从小女生现在把试卷留在桌上等妈妈夜班回来签字而她自己先睡这一点看，就可以感觉出来。

小女生懂事早，生性敏感，在乎自己在同学中的形象，不想当学渣，这是普遍性的。南丽懂这个。她自己小时候也这样。

南丽心想，其实，现在许多小女生长大了后也这样，单位里如今也是女生更努力,做得比男生好,你不让她们进取,她们落在后面,心里也是累的。心情累VS身体累,改善哪一样都是需要付出代价的,只是对于这么小的人儿,也同理,好似没办法。

女儿心情有上扬,这也让南丽在星期六的时候,看着那张苍白小脸从"考能"出来时的心疼感有所减弱。

当然,作为知识女性的南丽,自己在职场打拼多年,也深知比较的累,和其中的负能量,再说,欢欢还只小学四年级呢。

所以,面对家中蛮拼的小女生,南丽也不忘记开导:欢欢,我们自己有进步就很好了,别总是跟人比,我们才小学生呢,没必要,要学会减压。

南丽说,欢欢,妈妈给你取的名字叫"欢欢",是希望你永远欢欢乐乐,所以,无论人家觉得你怎么样,你自己要欢乐一点,开心一点。

这样的妈,难道还不称职吗?

而欢欢对妈妈说,妈妈,我知道,我们班的米桃更需要减压,她一年级的时候,就知道把自己关在房间里默写生字一个小时呢。

夏君山在一旁陪儿子下五子棋,他对女儿说这话的语气,叹了一口气,说,还是超超好,趁幼儿园赶紧玩。

他建议老婆,这个星期天,要不带小孩去上海迪士尼吧,也得给小孩散散心?

南丽笑道,星期天我可能要值班,再说欢欢有"游泳"和"小主持人"兴趣班呢。

欢欢一听有迪士尼可去,当然嚷嚷翘课也要去。

很正常,与迪士尼相比,小学生哪有真的想上课的,哪怕兴趣班。

4月中旬,期中考试结束后,风帆小学开家长会。

欢欢与她这个年纪的许多小女生一样,对家长会上老师会如何评议自己心怀忐忑,另外,对妈妈出席家长会的人设,她也是有要求的。

她觉得妈妈的红色风衣好看,所以必须穿着它去,另外,她认定妈妈得拿着那只红色的手包。

南丽就依女儿,这么一身红装地去了,但开家长会过程中,她的心情却在转暗。

因为英语丁老师、科学曹老师不约而同,都说到了有几位学生最近课堂上不太跟得上进度,反应慢,发言少,所以希望家长给予一定的辅导。

他们都报到了"夏欢欢"的名字。

坐在一堆家长中,南丽有些纳闷,也很不自在。

她不知道坐在自己前侧的田雨岚有没留意到自己的这点。

今天,在家养胎的田雨岚也来参加家长会了,她穿着米白色的宽松长裙,披着长发,化着精致的妆容,有点像参加派对的那种波西米亚腔调,她还真有点像来参加派对的,置身在一堆家长中间,她显得很热络,谁都能感觉到她向外洋溢的兴奋,这是很自然的,因为今天几位任课老师都表扬了她家的颜子悠,连体育老师都夸这男孩有可能在六年级的时候冲进400米全市前三名。所以,牛娃一枚。

家有牛娃,家长会就是你的派对。

家长会结束后,南丽找英语丁老师了解情况。

丁老师高个,戴眼镜,言语干练,她说,夏欢欢课堂接受是慢了一点,但不是她不认真听,而是进度的关系,多数同学明显在外面已经上过了,有些同学甚至幼儿园就在上了,有的现在水平已接近高中生了,这样的情况下,老师在上面讲,下面很多孩子其实早已懂了,这就会反过来影响到老师上课的进度,让进度在无形中被加快,因为你再重复的话,下面的多数小孩会走神,讲空话。

丁老师微微摇头,说,没办法,现在的家长都比较心急的。

她安慰南丽说,你家欢欢爸爸不是大学英语教授吗,可以辅导下,走点提前量。

南丽心里对老公顷刻生出了埋怨,心想,什么英语教授呀,让你辅导她,你怎么连这点都没觉察出来?你连女儿跟不上课堂进度都没感觉出来,亏你还是教授呢!

随后,南丽又去找了科学赵老师。

赵老师也说了类似的意思。他说,以前是按大纲教,学生都是白纸一张,但现在"班情"变了,这"班情"就像"国情",它变了,课堂"教"与"学"也就都变了,因为班上好多同学都提前学过了。

赵老师是个憨厚的小伙子,他顺手拿过一支粉笔,在桌面上画了三道线,逐条指给南丽看:在老师教之前,不少学生已先在培训班学了一遍;随后又在学校课堂上听老师讲一遍;然后每周又在校外补习班或家教老师那儿再复习一遍。所以,至少三遍。

赵老师对南丽说,不是开玩笑的,我五年级班上有几个,数学已是高一学生的水平了。

哗!南丽不禁张嘴惊叹。

她心想,那些都是什么家长啊?怎么这样搞啊?穷怕了,不抢跑就阶层固化了?


这个晚上,空气略闷,天边有隐约的春雷。

接下来,班主任张雪儿老师所说的话,像天边的雷,传响到了南丽的心里。

张雪儿老师说,这确是有问题的,这两年,连我们一年级的老师都感觉到了,从幼儿园上来的小朋友们,已经有差别了,基础不一样了,有的其实已经是小学三年级的水平了。

张雪儿老师说,举个例子,"幼升小"小朋友刚上来,按课时安排,拼音教学只有3个星期,如果你孩子白纸一张,那么,他与那些在幼儿园已学过了的小朋友比,就会显得学得困难,落在后面,他自己不会明白这差距不是因为智力因素,还以为是自己不像别的小朋友那么聪明,这就会影响他的心态,这就有点麻烦,因为这个年纪的小孩在学习上情感心理因素占了比较大的比重。另外，我们老师面对这一群基础已不一样的学生，教起来也左右难顾及。

嗯。南丽看着张老师点头。

张雪儿老师说，但其实，我发现，比如就拼音而言，9月份开学时那些在幼儿园没学过的小朋友虽然学得慢了一点，但经过一个国庆节，他们突然就开窍了，懂了，可见理解力是慢慢长的，还真没必要这么赶。

南丽点头，说，是家长在急，哪怕原来不急的家长也会被人带急，张老师，你上次说的"读书生态系统"，我现在是真懂了。

张雪儿老师告诉南丽，怎么说呢，道理很多人都明白，现在是那些好的、理性的、视野长远的教育观念，比不上这些实用的、抢跑的东西，教育理念上，"劣币"在逐"良币"，我们当老师的，对家长点破这些呢，心里也是复杂的，说出来呢，是让他们往前抢跑，但不说呢，看小孩落在后面家长焦虑、责备，对小孩心情又有影响。

南丽对张雪儿老师表示感谢，由衷的。

她说，谢谢张老师，每一次，你都点到了，方方面面，很不容易了，至少让我明白原因在哪儿，我知道你不能帮我拿主意，但这已是很好的指点了，选择是每家自己的事，这年头真的不好选择，当爸妈的尤其心疼这么点大的小孩呀，左右为难呢。

南丽从教学楼里出来，看见一群妈妈围着田雨岚，正在楼下的长廊里谈天。

影影绰绰，声音喧哗，像一场难分难舍的聚会。

南丽走过去，听见她们在议论哪家培训机构上课有效，哪家培训机构与哪家民办初中有合作对接，还有，哪家民办初中要看奥数"杯赛"成绩，它们的摇号难度，以及自主招生的冲关窍门……

被妈妈们讨教的田雨岚，站在她们中间，气质沉静，像个吃透了"小升初"问题的专家，也像个洞悉了世事的悲观主义者，她的每一阵叹息，都引动一片共鸣、惶恐，和妈妈们彼此的怜悯。

她说，依我看，哪家民办中学都是要看奥数成绩的，否则看什么？

她说，看奥数，总比看谁爸妈有钱、有权、有关系，更公平。

她说，选人是把人从人海中选出来，明面上，哪家中学都是不让举办"语数外"公开考试的，但只要他们真想挑选尖子生，办法总是有的是……

南丽在一旁听着，知道他们在说的是申请读民办初中的事。

她心想，按学区，这些同学大都对接的也是公办的蓝天中学，难道他们不准备读了？

田雨岚看见老同学、领导南丽了，就笑道，唉，南丽，我烦都烦死了，我倒是羡慕你了。

南丽说，你还羡慕我？你家那个是牛娃呢。

田雨岚对南丽眨了眨眼睛,说,哎哟,有什么用呢,全市成千上万的牛娃,看今年翰林中学自主招生的情况是100人中取1个,你看看,比上天堂还难了,唉,所以我倒是羡慕你了,南丽,如果认定"公办",那倒是一身轻了,如果我家是女儿,我也像你这样"公办"读读也行,小女孩不需要这么累的。

# 争执初起

"你是想做良币,还是劣币?"

南丽这样问老公。

夏君山笑道,当然良币啦,那些人疯了。

南丽的眉头微微皱着。她刚从家长会回来。

夏君山给老婆倒了一杯水,说,让他们去抢跑好了,有什么好逼小孩的?

对于老公的回答,南丽有些走神,她嘟哝着:但是,欢欢在课堂上不太跟得上了。

夏君山宽慰她说,开始时学得慢一点,但长大起来,总会听懂的,咱女儿不比他们笨。

南丽瞅着窗外的树影,嘟哝道:谁想做劣币啊,但在你做成良币之前,可能已经被劣币淘汰了,你怎么做良币?

夏君山笑道,那些人有病,是在催熟小孩。

南丽心里当然认同,但瞧他这么轻快地给人下定义的样子,就忍不住说,这世代什么时候理性过了?

她说,也可能,他们中的不少人还恰恰觉得,自己这么做才是无奈中的理性应对呢。

她叹了一口气,埋怨老公怎么没觉察出女儿英语跟不上课堂教学进度。

夏君山承认自己没留意,因为注意力全在女儿的数学上。

他说,但,我在数学上是有发现这一点的,"考能"玩的也是这种"提前教、提前学"的套路,除了它更针对考试,它与我在家搞的辅导是方向逆反的,我是回头的复习,它是超前的抢跑。

南丽说,拼音都这样在干了,幼儿园在学小学的了,我现在明白了。

夏君山说,如果人人都提前学,不就等于没提前学吗?

南丽说,但是,你不提前,就跟不上,老师今天不是说了吗?

夏君山说,都这么干了,不就白白折腾小孩了?

南丽说,但是,欢欢坐在他们中间,慢一拍,听不懂,我这当妈妈的,特知道小孩子会有怎样的受挫感。

她说,小孩的情绪、心理,又会影响她学习的自信和劲头,这很要命的。

她说，估计别的家长也面对同样情况，结果越来越多的人都在提前学，这就形成倒逼了。

夏君山"切"地笑了一下，问她，既然都这么心疼小孩的这点受挫感，那么，怎么就不心疼让小孩超负荷地提前学不是他们这个年纪该学的东西呢，这不是更苦吗？怎么就不心疼了呢？

南丽认同这荒谬。是的，这真有点荒谬。

但今天老公说话的腔调，不知怎么搞的，让她有些情绪，她心想，你怎么这么轻易就给人下结论，好像就你聪明。

她就对老公说，人家肯定也是有算过的，小孩都是每家每户的宝，当爸妈的，有谁会真舍得让自己小孩去吃这个苦呢？但同样，又有谁会真敢让自己小孩去冒前途的风险呢？所以人怎么会不算呢？

她说，左算右算，还是走这个路，你以为人就乐意吗，人就没有权衡、挣扎吗？

夏君山讥讽道，所以就权衡、挣扎到了折腾起小孩来了？

南丽皱了眉，说，你不懂小孩，像欢欢，名次上不去，她自己在同学里是不快乐的，她也不想渣呀，她自己在乎的。

夏君山说，小女孩不要跟人比，小女孩弱一点又怎么样呢？从小太要强以后性格也不好。

她说，你以为我不懂啊，你自己跟她去说，我从来就没想她非要有多出色，你去跟她说说看，劝她落在后面好了。

她说，最近欢欢读了"考能"，是累的，但她数学上来了，她心情好转了，你又不是不知道。

夏君山直着眼睛，问她，这么说，你别不是想让欢欢再去补英语、科学吧？

南丽犹豫了一下，告诉他，是的。

夏君山说，就为了怕她有挫折感？

南丽说，是的。

夏君山眨眼睛，说，如果只是挫折感，那我可有别的办法，人不可能不遇到挫折感，从小可以培养抗挫能力，我有办法，真的。

南丽撇嘴，说，哪怕你有办法，我也希望再晚几年，她还小，无论抗挫，还是不抗挫，对于心理都是不快乐的，相比，还不如补课来得简单一点，因为其他同学也在补，心态上容易认，再说，欢欢是自己要的女生，"考能"也是她自己要求去的。

夏君山看老婆今天突然转成这样的画风，估计是在家长会上受了刺激。

于是，他无语。

两分钟后，他还是忍不住了，调侃说，这么说，也得给超超报小学课程，去学拼音了？因为人家也在学？

她看着面前的茶杯，说，要考虑一下。

她忧愁的样子，没像是在开玩笑。

后来她抬起头，告诉老公：当然，我会跟欢欢讲的，咱们补这两门课，不作高要求，只是为了在学校上课时听起来容易一些，再听一遍时好懂一些。

夏君山说，无论高要求还是低要求，坐进去就占了时间，还不一样?

南丽说,你以为我愿意?

在南丽、夏君山说这事的过程中,欢欢跟弟弟超超在爸妈的卧室里看动画片,乐得"咯咯"乱笑。

这一刻,欢欢还不知道这样的闲暇,从现在起,对于她将是奢侈品了。

## 请回答，去哪儿上学？

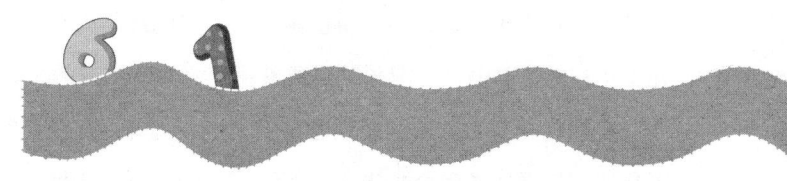

"考能"培训机构的强项是数学，一位难求的是它的"奥数竞赛班"，而科学、英语辅导班还有名额，所以南丽准备在"考能"给女儿加报"科学""英语"两门。

没想到，这次遭到了女儿的抗拒。

小女生欢欢说，我不要。

她不要，倒不是因为她不接受补课（班上也有其他同学在"考能"补"科学""英语"两门，她能认），而是她不想放弃少年宫的"舞蹈""国画"兴趣班。

因为它们时间撞车了，都是星期六上午的课。

欢欢对妈妈说，我不要，我要学舞蹈和画画。

小女生的态度有些固执。

而原本，南丽也可以把这两门补课安排在星期天的上午，但考虑到星期天上午欢欢、超超有游泳课，小孩一星期下来，运动是刚需，长个子也是大事，所以她这个当妈的还是决定放弃女儿在少年宫的"舞蹈""国画"兴趣班。

她对女儿说，欢欢，我们已经长大了，跳舞、画画我们也学了几年了，看样子我们也当不了舞蹈家和画家了，所以，乖宝，听妈妈话。

小女生欢欢不肯。她脸憋得通红，都快哭了。

南丽知道，女儿不肯还因为原本在少年宫上完课，还能去对面的游乐场玩一下，这样也就没得去了。

于是南丽哄她：乖宝，上次因为妈妈星期天加班，迪士尼不是没去成吗？好，妈妈答应，这个五一节，我们就去迪士尼，听说迪士尼里有海洋风格的设施，你不是还没去过大海边吗？我们去。以后有机会我们经常去。妈妈知道欠你什么，会还你的。

小女生欢欢就被哄住了，对妈妈点了头。

看女儿答应了，南丽心里又有酸涩，因为她发现自己真欠她了，这小女孩这么一点小小的意愿，这个年龄段才有的，却也不能答应她。

但她不能让自己心软，因为与哄女儿同步进行的，还得费劲去摆平老公夏君山的书生气。

因为夏君山眼看自己挡不住老婆的意志，就退一步，要求英语就别去"考能"上了，由他在家里亲自教。

他笑道，我教大学生的堂堂教授，还教不了小学生？

他说，这样还能给女儿周六留一点儿可自主调配的时间。

说实话，他讲的是有道理的，现在这样周六就排得太满了，上午"科学""英语"，下午奥数，晚上还有"大地少儿艺校"的钢琴课。

但南丽权衡后，否决了老公的想法。

她说，在"考能"上英语，更针对小学生具体课程进度和考试方法，而且与别的小朋友在一起，有语言氛围，再说，星期六上午人已经在"考能"上"科学"了，再多坐两节课，比来来回回有效率，换算下来，小孩大人也更省点力。

当南丽正经八百地把这事当作事来权衡时，她当领导的素质就不可遏制地呈现出来，效率、功能，是她思维的一向惯性。

所以，她说的理由也比较实在，也是有道理的。

第二天，她去"考能"交了"科学""英语"两门课的学费，同样，每门每学期2000多元，全年1万多元。

所以，她又交了2万多元钱。心想，真贵。


于是接下来，星期六白天的大部分时间里，欢欢都待在"考能"那幢灰旧的楼里了。

于是接下来，星期六上午南丽陪儿子在少年宫上完兴趣班，出来在游乐场玩的时候，就只有儿子一个人了。

她看着"月亮船"上形单影只的超超，想着把欢欢留在那幢幽暗、气闷的"补课楼"里了，心里发酸。

于是接下来，星期六下午五点半，当欢欢背着书包，跟那群补课的小朋友们一起出来的时候,等候在门外的妈妈南丽望过去,一眼就能看到小女生脸上的疲惫。

补了一天课的小女生欢欢是累的,有好几次,在接下来去"大地少儿艺校"上钢琴课的路上,她就在车里睡得呼呼响。

夏欢欢还小,四年级,才10岁,对于她,决定只能是大人做的,所以她接受了在"考能"从早学到晚的安排。

只是每个星期六一早,被送进"考能"的时候,她都会对妈妈说,妈妈来接我。

懵懂的小脸上,有对妈妈的撒娇表情,因为接下来从上午到下午,是一个悠长、辛苦的课时。

她这神情,衬着"补课楼"门厅内的幽暗,让妈妈南丽心里滋味万千。

所以,下午下课前的一小时,南丽会心急地去"补课楼"走廊里等女儿,想让她一出来,就能看见自己,感觉妈妈在陪着。

南丽站在走廊里等女儿下课的时候,除了心系女儿在里面的状况,如今也越来越留意到了周围那些家长的言谈。

那些交头接耳的声音,与那天家长会田雨岚与那群妈妈们切磋的声音相仿。

但更有魔性,甚至宛若带毒。

因为,只要你侧耳倾听,它们就让你茫然,但又欲罢不能。

当然,也因此,她与他们在熟悉起来(不熟悉也是不可能的，都是这么眼巴巴等着小孩下课的大人，每一张脸都有同病相怜的基础）。

她听见他们在说，这年头假的太多，也就小孩的这一分分是真的做出来的，所以才这么辛苦。

他们在说，不这么辛苦，怎么搞得进民办中学？

他们说，就如今的态势来看，想进翰林中学、桃李中学、新岗中学这三所排名在前三位的热门民办初中，还真得从小学一二年级就要抓了，三年级启动都有点晚了。

他们说，当然，"小升初"，你可以报名参加这些民办初中的摇号，但人山人海中摇号这类小概率的事是不可以抱太大希望的，风帆小学去年摇中翰林中学的只有两个。

他们说，除了摇号，就是"自主招生"，全是套路，明考暗考，面谈、面测、校考，种种考，神出鬼没，通不通知你去考，啥时通知，还得看他们瞧不瞧得上你小孩的资质。

他们说，翰林中学对奥数"杯赛"也是挑剔的，"少年杯"是不认的，"华夏杯"一等奖得看前30名……

……

可以听出来，他们带孩子来到这幢楼里，出发点与南丽是不一样的。

他们是为了"小升初"杀入民办初中，而南丽目前还仅仅是为了让女儿上课时能跟得上那些抢跑的同学。

当然，后者因前者而来，因为前者的"拼"，所以后者被逼得被动跟跑。不是说了，上课是一个生态系统嘛。

所以,有一天南丽问走廊里的那些家长,为什么一定要去"民办"?

他们奇怪地看了她一眼,好像她才从哪个星球上空降过来。

他们说,为什么去"民办"?你看看如今中考那些公办初中的"重高升学率"吧,你就知道为什么了。

他们言语里有一缕讥讽,这让她忍不住说,我家对应的是蓝天中学。

他们笑道,蓝天中学?哈,你还不知道吗,它如今是断崖式下滑,去年中考,蓝天中学550名初中生,考上"重高"排名前三所的寥寥无几,你不知道吗?

他们说,在公办初中里面,虽说蓝天中学还是不错的,但即使跟"民办"第一方阵里排位最低的"松南外国语中学"比,也还是low了好几个段位呢。

他们说,"公办"都不行了,滑得太狠。

她问,怎么这样了?

他们以强烈的语气,告诉她:竞争欠公平呀,小孩读书,压不压牢当然是不一样的,按规定要求"减负",公办中学不给补课,但那些民办中学才不管你呢,照补,甚至晚上都在上课,等于每晚多了三节课,这样搞,"公办"怎么比呢?

他们说,"公办"划片入学,对生源没得选,但"民办"却能在全市范围内以各种方式挑选苗子,把好学生集中了,学习氛围就不一样了,这怎么比呀?

他们说，升学率是民办中学的命根子，他们对小孩进行高强度考试训练，而"公办"没这个压力，怎么比啊；"民办"老师薪酬高，教学动力强，"民办"还能从四处把好老师挖过来……

他们说，如今对小孩还有想法的人，有谁不想去"民办"，都越来越怕进"公办"了。

他们说，读不上"民办"，小孩可能就完蛋了，进"公办"就等于安乐死。

……

这些信息，作为生活在这座城市里的人，南丽以前已有耳闻，近来更为留意，但从没像此刻这样，真切、具象到了她的面前。

因为他们现在就站在她的面前在说。

因为他们都正苦候在"考能"这条光线幽暗的走廊里。

因为他们言语中有极端的情绪。

这情绪使他们话风夸张，甚至荒诞。

甚至恍若带毒，使这走廊里原本就气闷的空气，都好似沾上了忧伤和焦虑。

当然，她也感觉到了冲击。

因为在他们夸张的表达里，还有这一层暗示：变了，一眨眼，情况又都变了，成新问题了。

这"又都变了"，对经历了这些年的我们而言，已是习惯性的常态。

而这常态告诉我们的又常常是：那些闻风而动的应对，最后往往被证实是真实、有效的，剩下的就是你有没有知觉，有没有踏上班车，有没有被落下？

所以，受暗示也是心理的常态。

# 上门打探

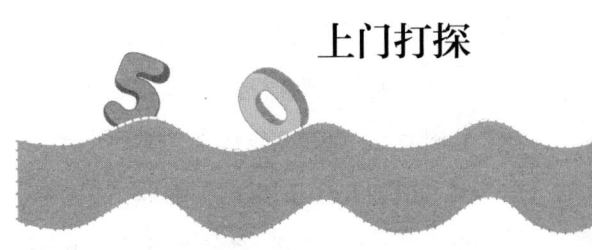

这个上午,下着小雨,南丽在"青莲花店"买了一束百合,配了玫瑰和雏菊,又在旁边的水果店买了一盒车厘子,一盒牛油果,然后去田雨岚家。

这是她今天起床后,犹豫了一阵才决定的。

田雨岚的家也在花苑新村,与南丽家隔了七八幢楼。

田雨岚对老同学兼领导的南丽今天的登门探望有些意外,她心想,别是来催我去上班的吧?

她开门让南丽进来,见她手里捧着鲜花和水果,就说,哎哟,南丽,我又不是病号,你怎么这么客气?我们老同学哪,又是邻居。

南丽笑道,养胎怎么样了,反应大吗?

田雨岚摇头又点头，说，有点大的，毕竟我这个年纪了，生二胎不容易哪。

南丽注意到她的气色确实不是太好，不像是在家休养了一段时间的人，面容有点憔悴。

于是南丽就让她好好保养，这个月休完，再延一个月好了。南丽说，你们部找了两个实习生，顶上了，干得还行。

田雨岚点头道谢，然后说自己主要是睡眠不太好，整个晚上睡不着，所以人虚飘飘的，唉，看样子是要多休息一阵子了，真不好意思。

南丽告诉她，睡觉主要是心要静，我最近值夜班回来倒是真睡不好，你在家休养，那就让自己放空，放空了睡眠就会好的。

呵呵，田雨岚笑道，哪里放得空呀，我这边刚让自己不惦记上班的那点儿事，我儿子颜子悠那边又给我淘出事来，这小孩这次"华夏杯"比赛当天又发烧了，结果没发挥好，得了二等奖，可惜死了，平时都已经花了那么多工夫了，只差一步了，真郁闷，他是每逢重要"杯赛"都要生病的，也不知怎么搞的。

她眉宇间有真正的犯愁。她说，小家伙今年白吃了一场苦，又得重新来过。

南丽安慰道，二等奖很不错了呀，才这么点大的人。

田雨岚说，二等奖翰林中学看都不看，有用的只有一等奖。

这话题，正是今天南丽需要的。

她今天来探望这有点难缠的主，主要目标就是来套她这个的。

所以，南丽就接着问她，真就这么一心一意冲翰林中学？公办初中如今真的不行了吗？

这样的问题，对田雨岚来说，是小儿科，答案是烂熟于心的。

于是，在这个下着小雨的上午，她对南丽说了这样5点理由：

1.你看看，现在小学每个班前15名的小孩，有多少去"公办"？

2.民办中学这两年如此的扩张规模，就像抽水器一样，把优秀生源都给吸走了，孩子读书的生态系统被改变了。

3.像蓝天中学这样的"公办"，这两年外来务工人员子女入学的在多起来，这是好事，教育公平嘛，但，我不愿意我小孩的周围都是他们，因为这会影响到他待人接物的方式，和学习习惯。

4.我可以不要求儿子成为尖子，但我也不希望他被不爱读书的小孩带坏。

5.读书之外，我希望他从小能建立一个好的社群，中学同学是未来社群关系中的一环，我不希望他的同学太low，我希望他的同学未来能对他的发展有用。

她语气轻柔，但利落，说完，她瞅着南丽发怔的脸，说，唉，南丽，养儿子与养女儿不一样，若是女儿也就算了，省得这么累，因为即使进了翰林中学，也要受尽初中三年考试、排名的折磨，我们自己是女生，这么一路走过来，真的太累了，唉，现在比我们那时候还累。

见南丽茫然地点头,她心里突然有了一丝隐约的快乐,因为感觉到了自己言语的戳中力,于是她又笑了一笑,说,呵,南丽,我想,你心这么安定,肯定是想好了办法的,准备让欢欢出国是不是?

她温婉直视。

南丽在心态上几乎想逃。

南丽说,我哪有啊,跟你比,我跟我家老公在这方面真是没什么脑筋的。

然后,南丽又聊了一些别的,接着就起身告辞,说自己要去单位上班了。

南丽走到门口,又回头宽慰田雨岚说,像你们子悠这样的牛娃,下次比赛一定能拿一等奖的,这次也别当回事,你放宽心,睡好觉。

田雨岚笑了,说,是的,最近我好不容易给他请到了一个奥数家教,很大神级的。

"随他们去好了,这些没文化的。"夏君山对老婆南丽说。

夏君山说,他们拿这个世界一点办法都没有,只会折腾自己的小孩!

他说,读民办初中又怎么了?考上重高。考上重高又怎么了?读上名牌大学。考上名牌大学又怎么了?清华的毕业生不都买不起北京的房吗?马云读名校了吗?

南丽如今掌握的信息多了,就开始反感老公这样给人下结论。

如果能这么轻易下结论,生活中的很多无奈会被漠视,别人等同于主观上的傻子。

于是,她说,你拿这个世界有办法了吗?我一百个认同宽松的素质教育,我可没想让欢欢成为怎样的尖子,但,我可不想让她在学风不好的地方受影响,被带坏。

夏君山笑道,夸张了吧,你怎么知道她会被带坏?你怎么知道在"公办"就一定会被带坏?

她心里有莫名的情绪在上来,她说,你敢让她去试会不会被带坏吗?

她说,他们这么在干,把读书、教学的生态系统都给改了,你不调整,不应对,就有风险,这总好懂吧。

他笑了一声,他们?他们是谁?

她心想,我哪说得清他们是谁,你有兴趣可以去了解了解,是民办中学呢,还是培训机构呢,还是哪个先跑起来的家长呢,还是哪个暗戳戳的指挥棒?

她不想跟他争,跟他说清了又有什么用?说清了"他们"是谁,自己也已经被带在这局里了。

所以,犯愁是她此刻心里的主旋律。

而他却盯着她问,什么风险?他们这么压小孩,提前开发少儿的智力,这才是孩子身心的风险。

她忍不住了,就说,讲这些道道,我只会比你说得更有人文关怀，但我现在不想说了，因为我发现，他们这么搞，影响到了生态，尤其初中三年，在这样的情况下就变得更关键了，上不上得去，这三年的关系变大了，过了这三年到高中，其实就已被定型了，你要帮也帮不上了。

这是当妈妈的本能思维。

她不知道老公明不明白自己在急什么。

夏君山的思维当然在更高的境界停留，他说，定了？什么定了？阶层固化？天天阶层固化，毒鸡汤，我耳朵都起茧子了。

她扭头看了他一眼，犀利地说，固化，谁说的？下行的通道等着你哪。

她说，看那些人的冲锋架势，只怕等欢欢、超超大了，还混不到你我现在这点水准呢。

老婆今天犀利的话锋，让夏君山不想跟她辩论，跟朋友圈那种"毒鸡汤画风"较真，除非你就好"被吓着"这一口。

他想，固化了，不睡觉了？

夏君山觉得老婆是受了那些妈妈们的影响。

他想，这些婆妈，起什么哄啊，这年头你想焦虑还不容易吗？风吹草动都可以，焦虑得过来吗？公办、民办，真成阶层门槛了吗？才这么点大的小孩，读个初中就被固化了？

他想，女人哪，像老婆南丽这样也算是当高管了，还这么易感，真叫情绪动物，毫无办法。

但夏君山低估了老婆。

南丽毕竟是出色的职业女性,她性格里虽有女人易波动的一面,但行事风格倒是讲究考证、落实的。

这不,接下来的星期天,南丽约蓝天中学教导主任魏红喝下午茶,魏红是南丽报社体育部主任魏蓝山的姐姐,她以前就认识。

对于南丽的疑问,魏红笑道,我们蓝天中学还是不错的,在"公办"里面,除了雅德中学外,还有谁比得过我们?

但魏红这么说,并没解决南丽的问题。

因为接下来魏红说到她自己今年六年级的儿子时,说准备让他申请民办的翰林中学。

南丽瞪大眼睛说,连你自己都想让小孩去翰林中学?

魏红眨了一下眼睛,嘟哝道,没办法,读书需要环境,环境变了,大量好学生如今都在那儿。

南丽是有点心潮起伏、思绪万千了。

因为关涉孩子的读书生态系统。

她对民办初中的盘算,也由此开始。

"考能"培训机构走廊里那些家长的言语,已经让她知道了:若真要考,那得蜕掉好几层皮,无论自己,还是欢欢。

她眼前晃动着欢欢那张懵懂的小脸,她真心舍不得。

于是,她想到了宏达房地产集团公司老总杜岳。

杜岳是她读MBA时的同学,宏达房地产集团公司是民办初中"松南外国语中学"的投资方。

这所"松南"在全市民办中学里排名偏后，但据说，要进去也很不容易。

南丽心想，要不托一下杜总看，不是说除了各种考，还得托人吗？我先探探路，挂个号，虽说还有两年，看能不能先保个底，让小孩少吃点苦头。

南丽给杜总打电话。

杜总在电话里笑道，呵，又是找我读书，好的，我帮你向学校王道初校长推介一下。

于是，经杜总介绍，星期三下午南丽从单位请假出来，开车去松南外国语中学，拜访王校长。

这是一所罗马建筑风格的学校，正值春天，校树青青，花团锦簇，王道初校长是个性格直率的中年人，他告诉南丽，南总，您是我们杜总介绍过来的，我们都当回事，无论你女儿是今年来，还是两年后来。

南丽欣喜。

但，王道初校长接下来的话，让她的情绪飞流直下三千尺。

王校长说，但考还是得考，希望南总您能理解，因为像我们这样的民办学校，优质生源从来就是生存之本，否则学校难以进行市场竞争。

他说，每年民办初中招生，根据教育部门要求，要拿出近一半名额进行电脑摇号，这样，这部分学源的质量就难保证，这也就意味着剩下的另一半，各校在"自主招生"环节中必须招牛娃，这才能拉高、确保生源整体水准，所以，我们对于那些推介过来的"关系生",打个比方,像杜总这种层级推介过来的"关系生",50个中我们最多选10个,而这10个怎么选,你有关系他有关系,所以也得考,考什么?奥数。

南丽张了一下嘴,说,10个?

王校长目光诚恳,解释说,是的,控制这个比例,是为了让更多牛娃通过测试考进来,我说过,民办中学不敢拿生源当儿戏。

南丽喃喃自语,还是要考奥数的?

是的。王校长说得更直接了一些,他说,无论托不托人,都考奥数,每一个学校,都是一样的。

南丽发怔,想起上次"考能"前台女孩建议欢欢读"竞赛班"时所说的"这是人性化建议",这才明白为啥。

王校长感觉到了南丽此刻的迷茫和怅然。

他放缓语速,说,南总,我知道您会怎么想,我搞教育工作这么多年,也觉得小孩如今太辛苦,但如果您是我,两个孩子摆在面前,一个是经过训练的,基础好,有好的学习习惯,而另一个是没多少基础的,您取哪一个?

他微微苦笑,说,呵,初中只有三年,但你得带着他们以最快的速度冲到前面去拼"重高",否则"重高率"怎么来?

南丽看了一眼办公室窗外繁花似锦的校园,笑了笑。她还能怎么选呢?

她问王校长,那么,怎么学奥数才提高得快呢?

你孩子现在哪里学奥数?王校长问。

"考能"。南丽说。

王校长说,就一个?

嗯。南丽说。

王校长告诉她,就这几年那些奥数学得好的小学生的经验看,他们一般学三个以上的班。

他建议,尽量找好的老师上课,因为小孩的智力其实差不多的,小孩的时间也是有限的。

# 卧底

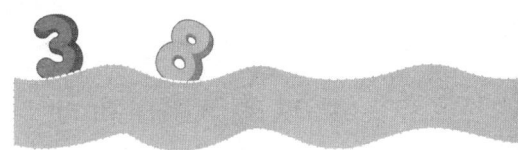

每年总有一个月的时间,"加速度"培训机构老总颜青会突然消失。

最近他就消失了。

在这座城市里,你看不到了他的身影。

而在1000多公里之外的南方广州,在某幢写字楼,某个补习班,某个课室,某个短租房里,他穿着朴素,戴着眼镜,像一个刚入职的大学生,正在那里出没。

这是他的套路。

每年他都用一个月的时间,隐姓埋名,考入北京、广州、深圳那些声名卓著的补习机构去当老师,一边给小孩补课,一边对该机构进行卧底,偷拳头。

毫无疑问，在这一点上，他有优秀的素质。

也毫无疑问，这"补课业"，也像别的产业，风涌之时，总是吸聚了众多年轻的智商、意志和发展欲望。

这个晚上，颜青在广州"汇学宝"培训机构上了两节数学课后，从楼里出来，在灯火闪耀的马路边，给1000多公里外的堂兄颜鹏打电话。

每天他都如此遥控指挥。今夜他布置了这样四个任务：

1. "家长帮"论坛里近日有人攻击我们"加速度"，一看就是"考能"的托，你从网上搜罗近3年来家长们对"考能"的各种不满，放大处理，发到"小升初""幼升小"主要论坛，进行散布。然后，就没有然后了，这就够了，我们不恋战，我们的目标和格局，是在更远的地方，而不是他们。

2. "爱读书的小爸"以跟人打赌的调侃话风，在家长朋友圈透露今年桃李中学、新岗中学自主招生的考侧重点，有"浓度""牛吃草""火车过桥"，我通过暗线搞到手了一些，一会儿传你邮箱，你分批透露。等两周后开考，人们会醒悟过来你这"爱读书的小爸"有多神，到那时会有更多家长跟着你走。

3. 通过"爱读书的小爸"家长朋友圈，你向家长透露雅德中学、新风中学有三个数学老师即将出来，他们将在本学期结束后辞职，所以，现在你在朋友圈里为他们拉好生源，这么做，既让人觉得你消息灵通，又让你在家长和老师们中产生黏性。

4. 请花店匿名为风帆小学张雪儿老师送一把花，明天是她的生日，我网上查到的，对这样有潜质的老师，我们要真心感化，她终有一天会知道我们对她的中意。

电话这边，颜鹏拿着手机，尽力跟上他这堂弟飞快的思维。

这思维里仿佛火花四溅，让颜鹏自愧不如。

他问颜青，卧底收获怎么样？

颜青说，不得了了，这一行我感觉要变天了，绝对裂变，"汇学宝"这样下去必定势不可挡，摧枯拉朽，哎，我回来再说吧。

颜鹏好奇地问，互联网思维吗？

颜青说，何止，回来再说。

颜青在结束通话之前，提醒颜鹏："爱读书的小爸"平台构建还是太慢，面目还不够清晰，个性不够，爆发力不足。

所以他建议颜鹏：增加邪乎劲，把"小升初"补习、选拔信息，用最激动人心的感觉、节奏表达出来，这才会让人着急、着魔，服帖。

他说，反正这些信息本身就在水下，考试也在水下。

他说，所以我们在提升"加速度"补课实力的同时，要讲好故事，越模糊状态，越能讲好故事，属于我们的故事。

# 找老师

　　南丽家的每个早晨，都是打仗的节奏，因为小孩要赶着去学校和幼儿园。

　　今天吃早餐的时候，南丽对女儿说，欢欢，你向别的小朋友打听打听，除了"考能""加速度"，他们还在哪儿上奥数？

　　欢欢咬着面包，点头。

　　弟弟超超在跟她推着一只鸡蛋，谁都不要。

　　欢欢放学回来的时候，没带回相关信息。

　　却带回来了一张数学试卷，和她自己的笑脸。

　　因为这次单元考试她蹿到了全班第三名，史无前例。

　　南丽一边给她签名，一边夸她，帅爆了，欢欢，可见补课虽累,但收获也是大的,是不是?

女儿点头。

南丽问女儿,你问过同学了吗,他们在哪儿学奥数?

欢欢吐了吐舌头,说忘记了。

小孩子就是这样的,他们自己没这心思,当然不会当回事。

于是南丽让欢欢明天再去问问看,她说,欢欢,其实你问下颜子悠也行呀,他妈妈说给他找到了一个好老师。

南丽说出口后,就觉得还不如不说。

果然女儿问,那你为啥不自己去问他妈妈?

南丽支吾道,他妈妈最近在生小宝宝,没来上班。

南丽太了解田雨岚的性格了,平时你见她穿着一件漂亮衣服,随口问在哪儿买的,她脸上都会有那种告诉你不是、不告诉你也不是的为难劲儿。

果然,第二天欢欢放学回来说,妈妈,颜子悠说他妈妈不让他跟别人讲他在哪儿补课。

小孩说过了这事,这事也就过去了。

如果接下来没有田雨岚的来访,南丽也不会生出后来那般执念。

田雨岚是来续假的。

她穿着一件茄紫色披肩,一进南丽办公室的门,就夸道,你家欢欢不得了了,这次冲到第三名了,厉害。

南丽说,哪里,哪里,还是你们子悠好。

田雨岚说，子悠这次也就比欢欢多了2分，子悠是大前年就在学奥数了，而你们欢欢一上来就这么飙，我一问子悠，才知道，原来欢欢最近在"考能"里学，难怪哪。

南丽说，我们是学晚了一点。

田雨岚说，南丽，你真是有本事的，"考能"你都能搞进去，要知道"考能"的"竞赛班"永远是满员的。

哎哟。南丽笑道，你就没看见那阵子我天天去那儿跟他们套近乎。

于是，两人一起感叹如今小孩读这点书不容易，南丽就忍不住问田雨岚，你们子悠学奥数报了几个班？

田雨岚说，没几个呢，你想让欢欢读几个呢？

南丽看不得她这种避过问题却又反过来摸别人底牌的习惯，心里的执拗就上来了，盯着问，你上次说给子悠找了个奥数名师，是哪儿的？他还收学生吗？

田雨岚扬眉笑道，哎哟，我还真不知道，是我老公颜鹏找来的，如果你真想知道，我倒是可以去问问看，如果你真想知道的话，不过，我感觉最近子悠几次课上下来，也没像吹的那么灵，是个老年人，原先是在哪个中学教数学的，这老人还说想不做了，因为身体不好。

然后，田雨岚就顾左右而言他。

南丽就有些憋气，心想，有什么好保密的，你家子悠又不是只跟他自己这个班的同学比，是全市小朋友比，你防得过来吗？

一天以后，花苑新村的地下车库，南丽坐在自己的车里，看着一辆黑色宝马从入口开进来，停下，泊好，熄灯。

一个穿着灰色休闲西装的男士从车里出来，关上车门，拎着一只电脑包，往电梯方向走。

"颜鹏。"南丽从自己的车里出来，冲着他的背影喊了一声。

颜鹏回头，愣了一下，是南丽，报社前同事、老婆田雨岚目前的领导，10多年前曾跟自己有谈过两三个月恋爱的"前任"。

能算"前任"吗？

应该不算，才两三个月，没深到那个程度。

但好像又是，因为时间虽短，但别扭可一点没少。

10多年前，颜鹏放弃南丽，选择田雨岚，是依他当时的直觉。

这直觉是田雨岚温婉、听话，而南丽性格里有硬朗的东西。

还有就是田雨岚更主动，"女追男隔层纸"嘛，所以他跟田雨岚出一趟差回来，就好在了一起。

他当时对南丽说，还好，我们才起了个头，头的感觉不好，文章就不写下去了。

其实他也没错。但这事对南丽是有刺痛的。因为她与田雨岚同班同学，还因为都同在一个单位，众目睽睽的。

所以，虽然才谈了两个月，南丽对颜鹏也还没到投入的程度，但她还是被刺到了，她在心里对他说，去死吧，既然你没想好,就来追我干吗?让我丢脸。

她对这事是在乎的。在乎的因素里,更多的应该说是与那个总是跟自己比的田雨岚有关。

抢东西啊?抢人啊?就他,也配吗?

她心想,一辈子都是阴影。

南丽心里的别扭,就像空气,渗透在后来与颜鹏的交往中,虽表面客客气气,一切如过眼云烟,但其实别扭早已留痕。

颜鹏又不是傻瓜,他当然有感觉到,并且也由此不自在,尤其后来她一路"副主任""主任""编委"地当上去,在报社分管了他和他老婆多年。

因为这别扭,他跟她较少直接往来,前年他从单位辞职出来创业以后,就更少遇见,虽然同住一个小区,虽然他老婆仍在她手下工作,但他俩还真的几乎碰不到,就像这城市里许多尴尬人。

现在颜鹏看见南丽微笑着向自己走过来。

南丽说,嗨,颜鹏,好久没见了,最近在忙什么呢?

颜鹏告诉她,最近自己创业有所转向,偏向教育领域了。

南丽注意到他脸上有些疲惫,就问,啊,不做互联网了?

他说,与互联网也有关系,用互联网配合教育做线下线上服务。

南丽夸他,真不错,能干的。

他脸红了一下,笑着摇头,告诉她,自己也才刚起步,而教育这一块呢，倒确实是如今的风口，涉及千家万户，所以在中国做教育与做网商、地产还真有点像，因为人多，人多是做这三样的基础，人人需要，必须的。

她就笑了，说，难怪你家田雨岚说你认识一个特别牛的数学名师，原来是你在做教育呀，刚好，算我运气，今天碰到你，有个事正好求你帮了，我家欢欢数学不太好，一直想找老师给补补，你帮我们跟那个名师牵牵线吧，听说你家子悠在他那儿上课效果不错，我们也好想去学呢。

颜鹏睁大眼睛，说，你让田雨岚带你们过去就行了呀。

南丽抿嘴而笑，说，你家雨岚的性格我是知道的，颜鹏，我也是没办法了，所以才找你帮助。

她知道他懂自己话里的意思。

她继续说，嘿，其实，小孩读书又不是只跟眼前的这几个比，你家子悠跟我们欢欢在班里是好朋友，如果他们在一起补课，也是多个伴呀。

他点头说，好的，那个老师的家在柳湾新村，这个星期天，你和欢欢在柳湾新村门口等我，我带你们去说说看，不过那个老师有点难搞的。

南丽真心道谢，并故意说笑式地提醒，这事你先别跟雨岚讲。

颜鹏咧嘴笑，说，知道，其实说了也没事，你是她领导，她应该服务好，她这会不明白吗？哈。

那就星期天见吧。南丽一边向他挥挥手，一边向自己的车走过去,她还要去报社上夜班。

他看着她远去的背影,心想,女人怎么全都是急性子?这些女人田雨岚、南丽,真没什么两样。

10多年前他以为田雨岚温婉、听话、好说,但在随后的婚姻生活中,他发现老婆并没像外表那样温婉,相反是急性子,是里里外外拿主意的那个,而她南丽呢,10多年前,他感觉她硬朗要强,还真是没看走眼,她一路狠拼,升职,如今都是单位的高管了,你瞧刚才她说话那个利落、直接劲儿,是你无法避闪的。

在电梯里,他对着墙上的镜子苦笑,心想,女人这年头都太强。

星期天下午,南丽带欢欢来到柳湾新村,远远地就看见颜鹏已等在小区门口了。

颜鹏领她们进去。这是一个建于20世纪80年代的旧式小区,楼间距十分宽阔,梧桐茂密。

颜鹏指其中一幢灰旧居民楼告诉她们,补课界大牛"陈氏私塾"就在这里,一单元三楼,左边那套90平方米的屋子里。

南丽母女俩跟着颜鹏上楼,站在楼道里,面对这一户,感觉不到异样,除了门前有一大堆小孩的鞋子。

推门进去,就吃了一惊,满地小桌、小凳、小孩。

是的。全是伏在小桌小凳上做题的小孩。大约20个。满满的人气在狭窄的空间里汹涌。

"陈氏私塾"当家老师姓陈,年过半百,微胖,穿一件白色长袖汗衫,手里还拿着一把折扇。

他向进门来的他们点头。

南丽刚才上楼前已听颜鹏介绍过了,所以知道他原是向洋中学的数学老师,早几年辞职出来在家单干,几年下来,把一门"奥数培训"做到气壮全城。

南丽看他面容儒雅温和,觉得有戏。

哪想到,他翻了翻欢欢带来的家庭作业簿和"考能"数学试卷后,他的语调里透出锐利的冷感。

他说,她跟不上的。

他说,我这里是冲"华夏杯"一等奖的。

他说,没办法,我这儿只培训能冲得出来的小孩。

南丽央求说,我们小孩自己很棒的,会好好跟陈老师学的。

他没点头。

南丽继续央求说,我们以前是没补过课的,后劲大,最近一下子就冲上来了,我家小姑娘来这儿会听老师话的,会冲得出来的。

他说,不行,我看得出来,不行。

南丽感觉他不容商量,因为他眼皮都没抬起来。

她嘟哝,才这么大,你就这么一眼看出来了?

他说,所以我才是"陈氏私塾"陈老师,你是孩子妈妈看自家小孩,本质是不一样的。

南丽职场打拼多年,很少受人这等轻视,更没经历过自家小孩被人如此断然否决的场面,还当着小孩的面哪。

南丽脸红耳赤,而欢欢站在一旁,窘得好像要哭出来了。

于是南丽赶紧拉着女儿出来。

她心里一百个后悔,怎么没多长一个心眼,就这么直接带小孩过来了?

怎么就没想到会当面被拒,让小孩自尊心受打击呢?

南丽牵着欢欢的手往楼下走,走到楼下时,已落下了眼泪。

见妈妈哭了,欢欢憋了好久的眼泪也跟着"啪嗒"掉下来,她说,妈妈,我不读好了,没关系的。

颜鹏见此情形,尴尬地说,这老头太牛,算啦,南丽。

他指着等候在楼间的那些背书包的小孩子,说,那些人都在等他下一节课,所以,他才傲着呢,唉,既然做生意,哪能这么牛?

他说,南丽,要不我给你介绍去"加速度"吧,那是我堂弟办的,你们有没兴趣?

南丽心想,"加速度"跟"考能"一直在争,水平估计差不多,算了吧。

她就对颜鹏说,谢谢你,要不再说吧。


第二天上学的时候,小女生欢欢跟颜子悠讲了这事。

她说,你的那个陈老师,好牛啊,昨天你爸带我和我妈去见过他了,他不肯收我,我妈妈都哭了。

童心单纯,颜子悠放学回家,在晚餐桌上说了这事,并问爸爸是不是。

颜鹏瞟了一眼老婆,对儿子含糊点头。

田雨岚眼睛发直,近乎生无可恋。

她冲着老公颜鹏说,哟,什么意思,什么意思啊?颜鹏,你这是大公无私,还是旧情难却、藕断丝连?

颜鹏嗫嚅道,有没搞错,她盯着我问,我能不说吗?

她语无伦次,说,你考虑过我们子悠进"陈氏私塾"有多庆幸吗?

他知道老婆气量不大,就说,她是你领导啊,你请假还要靠她呢,你不巴结她,也没必要对她保密而惹她不快啊。

她说,你是瞧人家如今上了层次,后悔了没跟她吧?我告你,你这样是会破坏人家家庭的。

他说,是你自己去向她显摆嘛。

两口子吵起来了。

她知道自己是有点小题大做,但好像这样才能平息心里的火气。

而颜子悠在一旁听傻眼了,好奇地问,什么,什么?

## 奇遇

今天欢欢从学校放学回来,见小书房的桌上放着一个方正、挺括的硬纸盒,很高级的样子。

是啥呢?

"iPad Pro"。纸盒上的这个英文字让她又惊又喜又不敢相信。

她捧起来,发现盒子已经拆封了。

她打开纸盒,叫了一声,哗。

是iPad,银色的,天哪,这么大,像小电视机一样,是iPad吗?

平时欢欢有同学把iPad带来学校过,但没这么大的。

她心想,这是妈妈爸爸给我的礼物吧,因为我这次数学考得好?

她高兴地笑起来，一抬头，发现爸爸已站在身边了。

她问，爸爸这是啥，是iPad吗？

夏君山笑眯眯的，说，当然是，大不大？

大，好大。欢欢开心地说。

夏君山指着它说，12.9英寸呢，大屏幕iPad。

太棒了。她张开手臂，抱住爸爸。

超超听见姐姐这边欢天喜地的声音，就从客厅里过来，见姐姐手里的东西，就吵着也要拿。

欢欢牢牢抱着它，团团打转，对弟弟说，这是我的礼物，是我考得好，爸爸送我的。

爸爸哄超超说，你还小，当心摔坏。

超超说，我要我要。

爸爸说，超超，这是给姐姐学习用的，不是玩具。

欢欢一边避开弟弟，一边开启iPad，准备下几个游戏。她同桌方小棋有时会带iPad来学校在课间玩，也让她玩过，所以她知道怎么弄。

她心里的美滋滋都要溢出来了。这么大屏，方小棋看到会晕过去的。她想。

爸爸见欢欢快手快脚、无师自通地开始下游戏了，就笑着叫起来：啊哦，欢欢，这可不是给你玩游戏的。

欢欢看了一眼爸爸，迷糊地说，不玩游戏，那用它玩什么呢？

爸爸说，这是给你上网课的。

啊?这样啊。欢欢表情石化。

是的,这台大屏幕iPad,确实是夏君山买来给女儿上网课用的。

在他看来,这也算是他的急中生智,那天见老婆、女儿眼睛红红地从"陈氏私塾"回来,他突然心生此念。

他想,有什么了不起的,好老师网上多的是,我教的那些大学生如今考研,不也都在网上买"政治""英语"的网课吗?小学生的课,难道比考研还难?

当然,他这急中生智里面,还包含了他的另一层心机——

他原本就不认同老婆再给欢欢奥数加码了,但拗不过老婆如今的执意,于是想,若能在家里上上网课,那也算是折中办法,至少减少了小孩挤坐在补习课堂里的时间,精神状态多少宽松一点。

他去网上一查,呵,"迎考一对一""牵手一对一""掌握一对一"……语、数、外、科,应有尽有;男的、女的,网课老师一张张青春的脸庞,都在照片里微笑,而且,他们中的大多数是来自北大、清华等名校的学生。

呵。他想,互联网思维深入家教领域了,青年创业潮也进军这个市场了,你看"不出家门,实时享受"、"陪你做题到每天","上市中国,登陆北美"、"做题,做遍全中国",人性化、国际化全在了。

夏君山觉得自己这主意不错。

当然,让孩子对着电脑上网课,保护视力也是一个问题。所以,夏君山一咬牙,花5000块钱,给欢欢买了个大屏幕iPad Pro。

这iPad Pro银光闪闪,又大又炫,但欢欢现在对着它,只有哭丧脸。

她说,太不公平了,都买回来了,都不给玩一下。

她是多么沮丧啊。

好在妈妈南丽回家后对她表现了相当的人性化。

妈妈说,那就下几个游戏吧,欢欢,给玩两天,两天以后呢,就得对自己有一个自我管理了,欢欢,好不好?

欢欢赶紧点头。

她快快下载,"换装游戏""愤怒的小鸟""罗莉快跑"。

房间里就有了玩游戏的声音,和两个小孩"咯咯"的笑声。

外婆赵姨好同情啊,她对女儿南丽说,小孩子总是要玩的,外面没得去玩,在家总要给点玩的。

南丽对妈妈摇头,说,但这是电脑游戏啊。

两天如此短暂。两天后的午夜,南丽夜班回来,特意检查了一下放在书桌上的iPad Pro。

页面清爽,游戏都已删除,一个都没了。

她想象着女儿自己乖乖地把它们一个个删掉的样子,心有颤动。她走到女儿的小床边,俯下身,亲了亲她沉睡中的小脸颊。

夏君山在网上支付了2500块钱,买了"数学一对一"。欢欢的数学网课就开始了。

给欢欢上网课的老师大多是名校的大学生,课上得不错。

但,与当初夏君山自己在家里搞"数学辅导"一样,他们不那么针对考试,当然,也不那么针对"杯赛"。

所以,南丽眼前闪过"陈氏私塾"陈老师拒绝她的情景,心头一紧,还得再想想路子。

生活中就有这样的神奇,最后居然是小女生欢欢自己把路子给找来了。

欢欢的路径,来自于同桌方小棋,一个小男生。

这男生四年级上学期才从别处转学过来。欢欢第一眼看到他的时候,觉得他长得跟小猴子"蒙奇奇"一模一样。

这还真是一个像皮猴子似的小男孩,一学期下来,就吵到多半同学不愿意跟他做同桌了,少半同学哪怕愿意,他们的家长也不愿意,因为怕这"皮小猴"坐在一旁,会影响到自家孩子听课。

有些为难的张雪儿老师见夏欢欢平素不娇,就对欢欢做了点思想工作,于是欢欢点了头,认领了方小棋。

同桌了几天下来,还好,能相处。

甚至,欢欢好像还能管得了他。

也可能,这是方小棋如今明白了,夏欢欢能在一堆不喜欢他的同学中对自己点头,这不容易,对她得仗义。再说,夏欢欢长得多好看啊,性格也强,不好惹的,方小棋有点服她,接着就把她当作了朋友，课间他把带来的漫画书、iPad拿出来，跟她一起看。欢欢生日那天跟前排的米桃在说"今天我生日"，他听见了还知道从书包里掏出一个海贼王"乔巴"小玩偶，当生日礼物送给她。

方小棋把欢欢当朋友，就会留意她的言语。有天他听见欢欢在班上问别人"你在哪儿补课"，他插话说：我在"蓓蕾坑班"。

"蓓蕾坑班"？一圈小孩听闻此言，小脸都怔了一下。

这是名震补课界、比"考能"更为热门的补习班，在这城里，大人小孩多半知晓，它除拥有名师之外，每年还承办"蓓蕾杯"奥数竞赛，这个"蓓蕾杯"，难度超过"华夏杯""少年杯""飞跃杯"等一众奥数"杯赛"，一等奖人数更少、更精，所以据说翰林中学等更认它。

所以，一圈小学生听方小棋说他在"蓓蕾坑班"补课，都有些吃惊，但看方小棋那样子，觉得也没准是的，因为他平时穿的衣服、运动鞋，带来学校的东西都很高级，每天来接他的是奔驰车……如今的小学生虽还小，但也知道就他这样子，可能确实是进得去"蓓蕾坑班"的，另外，他虽然在课堂上比较吵，但考试还行，所以估计在"坑班"是有补课的。

欢欢对方小棋说，我妈可能做梦都想把我弄进"坑班"里去。

方小棋说，那我去问问我爸。

小孩子随口说的。但没想到，过了两天方小棋还真的带来了一张粉色的纸,是"蓓蕾坑班"的上课通知单和课时表,上面写着的名字是"夏欢欢"。

小女生欢欢没多想,把它放进了书包,带回了家。

结果,这让南丽傻眼了。

南丽想打个电话给方小棋家长表示感谢,但欢欢说没他家的电话。

于是,星期天上午,翘了游泳课,南丽带着女儿急匆匆赶往江北区的"蓓蕾坑班"。

到了那儿,去前台交费,但前台女孩一查名录,说学费已经交了。

南丽问,多少钱?前台女孩说,15000块呀。

正说着,方小棋背着书包,被家长送来了。

见夏欢欢来了,方小棋奔着过来。南丽一看,这小男孩还确实有点像"蒙奇奇"。

这边两个小孩结伴进了课室,那边南丽连忙对方小棋家长道谢:方小棋妈妈,谢谢你们,你们真是帮了大忙,我赶紧把学费给你们。

穿着青色套装的中年女士微胖,肤色有点黑,她对南丽说,哎哟,我不是他妈妈,我是保姆。

她避开南丽递过来的装着钱的信封,说,棋棋爸爸说过了,不用,您别客气,他爸爸说同学难得。

南丽说,也不能这样客气。

我不能做主。那保姆不肯收,说,没事,他爸爸说有同学跟棋棋一起读书，也是做个伴，有同学在一起，小孩听课也会用心点的。

南丽难为情地说，我们自己付学费也是一起读，本来能把我们搞进"坑班"，已经是帮了大忙。

保姆说，他爸爸就是这样的。

她确实不能做主。她笑着，转身走了。

两个半小时后，下课，这保姆又过来接方小棋回家。

两个小孩在"坑班"门口告别。南丽不可能不注意到这保姆是开着奔驰来接送小孩的。

这是怎么样的主啊？这一天南丽回到家对老公夏君山说。

南丽唏嘘道，人家怎么就这么大气？人与人怎么就这么大的差距？有的人，不愿意别人的小孩跟他小孩做伴，而有的人呢，还就愿意别人的小孩跟他小孩做伴。

夏君山开玩笑说，人家这是怎样的阶层哪，压根就没想防你。

南丽说，也可能他是真心希望咱欢欢跟他调皮儿子一起学，好带带他小孩。

夏君山说，嗯。

他就没差点说出来，以你这么说，那个家长没把欢欢当书童吧？

方小棋他们家是干什么的？南丽问欢欢。

欢欢说，不知道，可能是很有钱的，同学都这么说，妈妈，明天要去问他吗？

可以了解一下。南丽说，但可别傻乎乎地盯着问。

南丽对女儿解释说，妈妈想给方小棋买个礼物，我们不能白白让人帮交学费，得回一份礼，送礼就得考虑人家家庭是怎样的。

一天以后，欢欢打听来了。

于是，南丽、夏君山就知道了方小棋他爸是做房地产的，在江北区有地产项目开发。

南丽对夏君山说，"蓓蕾坑班"就在江北区，他在那儿投资，方方面面总有关系，所以报个名对他来说可能不难。

那么，送个什么礼物好呢？

南丽、夏君山想了半天，也想不好，那样的家庭，小孩还有什么没有呢？

后来南丽还是听从了欢欢的建议，花了800块钱，买了"乐高"的拼装玩具。因为欢欢说班里的男生喜欢"乐高"。

这份回礼，相对于"蓓蕾坑班"一学年15000块钱的学费来说，无法对等，只能当表达礼数了。

## 不得了

这个晚上,颜青买了张飞机票,从广州突然飞了回来,去位于城北的赛马大厦见一个合作意向方。

商谈结束,颜青从赛马大厦赶回"加速度",公司的两位骨干和堂兄颜鹏已在小会议室里等他了。

颜青没说刚才与人商谈的事,他急于跟他们分享的是他在广州"汇学宝"感受到的冲击。

他已经憋了好几天了,明天一早他还将继续消失,飞回广州给那里培训班的小孩补课,继续潜伏、偷师,所以此刻急于倾吐。

他对他们说,不得了了。

他们脸上没太多表情,因为他们知道这是他的口头禅。

颜青站起来，走到一面白板前，对他们说，想知道"汇学宝"怎么在搞吗？绝对颠覆式的，我相信在不远的将来，他们会遍布全国，摧枯拉朽，其他机构无法阻挡，为什么？

他转身，在白板上写写画画。

当白板上画满了一个个人头、一棵棵树、一条条河时，他开说了：他们现在是从全国各所著名高校专招一批高手，这些高手本来就是从各类学科竞赛中出来的，他们到"汇学宝"搞培训，不是一人上一门课，而是一人上一个知识点，又精，又钻，这种方式比单独的名师战术更细分，更专业，更让小孩感同身受，也更易做成连锁和规模，形成集团军之势。

他又指着那些河流，说，除了"精钻"，它在未来的冲击力，还来自资本运作，它以"补习"为内容生产，将"孩子"辐射到的每家每户作为终端和大数据素材，借这些要素，引入资本，当它进入一个城市时，能以"0元课"等等整套方式，吸聚用户，构架平台，然后在资本市场获得更大的助力，引来更多的优质师资、升学通道资源……汇成一条河流，源源不断。

颜鹏看着堂弟渗着汗水的发亮额头，听到发呆。

他想，这补习业，竟补出了"用户终端""大数据""资本运作"概念，我的天，补课大业哪。

这白板上满眼的线条里，一个个小小人头，像是被交织进去的一个个背书包的小孩。颜鹏想，都去补课了，天哪，他们搞得这么大，这接下来是一网打尽天下小孩？

颜青讲着讲着，发现自己讲得有些凌乱。

他就对面前的这几位笑道，其实我也还没琢磨透，反正玩法不一样，明天我还得过去学，东西多多，我得消化，下次回来再好好跟大家讲一遍。

随后，他又提醒他们，不管搞不搞资本运作，干这行都是苦的，"汇学宝"里的人都是狠着命干的，教书、育人这活儿，对象是人，是一个个小孩，要把他们教好、教会可不容易，苦还是要吃的。

他说，别看"补习"是风口，家长为了小孩肯掏钱，但正因为是小孩，搞砸了，他们会跟你没完的。

这是不是一个打鸡血的晚上？就像那些在补习班、民办中小学门前像被打了鸡血排队的家长所经受的晚上？

这个晚上，在"加速度"培训机构门前分手时，颜青告诉堂兄颜鹏，有人想收购我们，是一家做房产的企业，他们找上来的，我还没想好。

# "坑班"里的妈妈

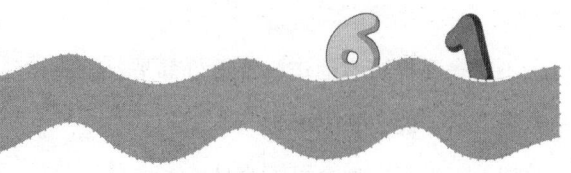

星期天上午,在"蓓蕾坑班"的课室里,欢欢对方小棋说,这真是"坑班",我算是掉坑里了。

是的,小女生欢欢在后悔。

因为如今一周七天,她天天都在听课。

原本星期天还有游泳课和"小主持人"兴趣班,但因与"蓓蕾坑班"时间撞车,现在被妈妈停了。

欢欢对方小棋说,太倒霉了,算被你坑了,掉这坑里了。

她懊悔很正常,换了大人,都不一定坐得牢。

这么一个个星期无空缺、无尽头地盯着黑板坐听,哪怕再努力的女生,主观上再要,感觉都不好受,另外,每次课后还要带一叠试卷回家去刷,多报了这一门,就意味着又多出一堆作业(如今"考能"的数学、科学、英语,再加上这"蓓蕾坑班"的数学，想想，要刷多少作业啊）。

欢欢说，早知道就不来了，原本五一节我妈都跟我说好要去迪士尼了，但"坑班"要上课，我妈毁约了。

方小棋眨了眨眼睛，说，那你就别来了呗，要不我们逃吧。

欢欢说，我妈不肯的，好不容易让她占到了坑，她哪会舍得。

于是，方小棋对欢欢吐了吐舌头，给出两点建议：

1. 梅花香自苦寒来，想想你最近的成绩吧，"噌"地都进前五了。

2. 如果做美梦还不顶用，那就坐在这里开小差吧。

欢欢笑起来，她知道他上课就老开小差，除了因为他是调皮小孩本来就爱开小差外，还因为窗外的那个阿姨。

那个阿姨使他上课时眼睛常常往窗外看，然后，等课间休息的摇铃一响，他就像猴子一样敏捷地往门外窜。

他跑向的这个阿姨，不是开车接送他上学的那个保姆，而是一个戴眼镜的瘦阿姨。

等欢欢走出课室的时候，就常常看见这个瘦阿姨在花坛边喂方小棋吃东西：她把香蕉、草莓什么的，往他嘴里塞，他张合着嘴，像一只依偎着猴妈妈的小乖猴，而她呢，还真的很像猴妈妈，因为瘦，脸颊微陷，颧骨高高的，眼睛大大的，一只手搂着他的肩膀。

欢欢感觉她是他妈妈。

但又觉得他妈妈应该不是这个样子的。不该是很有钱的那种吗？

欢欢有天问方小棋，她是谁？

我妈妈。

嘿。欢欢说，我就想她是你妈妈嘛。

方小棋说，我补课她来看我。

欢欢想着她喂他吃东西的样子，说，你妈妈对你真好，这么宝贝你。

方小棋居然脸红了，说，因为她不跟我住。

看欢欢没懂，方小棋就告诉欢欢自己的爸爸妈妈是离婚的，他是跟他爸的，他妈不跟他们住，他爸平时不太让他妈见他。

方小棋说，所以我补课的时候，她就悄悄找来了，这样她每星期都能看到我了。

欢欢是女生，天生就比小男孩敏感，再说如今同学里单亲家庭的小孩也不少，有些忧愁她已懂了，因此听方小棋这么一说，那个"猴妈妈"喂他吃东西的情景就让她有点难过了。

她说，你妈妈对你真好，我看出来了，她舍不得你。你确实得来补课，因为你妈妈要来看你的。

嗯。方小棋点头，说，我到哪儿补课她都能找到我，给我带吃的。

是的，方小棋妈妈总是带东西来给他吃。

她带来的吃食，有时是香蕉，有时是草莓，有时是饼干，更多的时候是她自己做的烧卖。有天她见欢欢站在一旁看，得知是方小棋的同学，就也喂了欢欢一只。

皮薄如纸，笋丁肉馅，鲜得欢欢眯起了眼睛。

方小棋妈妈问欢欢，方小棋在班上表现好吗？

欢欢说，还好。

方小棋妈妈忍不住低头亲了一下儿子的脸，问儿子，是吗？

方小棋嘴里咬着烧卖，说，嗯。

欢欢知道这个时候是要夸同学的，就说，方小棋很聪明的。

方小棋妈妈笑，说，你也很灵的，阿姨一看就知道。

方小棋妈妈把饭盒里最后两只烧卖分给两个小孩，她看着他们吃，说，唉，读这点书真辛苦，妈妈真舍不得。

她瘦瘦的脸上有着怜悯的笑，这让她的表情在欢欢眼里有点可怜兮兮的味道。她说，每个星期天都补课，一点玩的时间都没有了，还小呢。她收好饭盒，指了一下花坛中央一株桃树，树上一只小鸟在啼叫，她说，小鸟都要玩呢。她侧转身，再一次伸手抱儿子的肩头，呢喃道，棋棋，妈妈想着你这么补课补课，妈妈还是舍不得，哪能舍得，妈妈知道你比妈妈过得好也不舍得。

方小棋对妈妈嘟哝着什么。

欢欢看见他妈妈又在亲他像"蒙奇奇"的小脸了。

在妈妈怀里，这"蒙奇奇"变得很文气了。

后来，欢欢回家跟妈妈南丽说了这事。

她说，他妈妈真跟猴妈妈一模一样。

南丽那几天正忙于报社的新媒体产品架构，满脑子内容创新，女儿说这事的时候，她有些心不在焉，她抱了一下女儿，说,还好,妈妈每天都能跟你在一起。

当掠过操场的风变得热起来的时候,"小皮猴"方小棋突然从风帆小学转学走了。

因为事先毫无征兆,所以他没来上学的那天上午,同桌欢欢还以为他生病了。到下午的时候,张雪儿老师来班里说,方小棋同学转学了。

啊?欢欢瞪大眼睛,对前排的米桃说,他昨天没跟我说呀,连"再见"都没说一声,这个方小棋呀。

欢欢有点埋怨,又心想:也可能他自己都猝不及防就被他爸突然给送到哪儿去了,单亲家庭嘛,谁知道为什么呢。

欢欢听见有同学在问张老师,方小棋转学到哪里去了?张老师说,转到北京的国际学校去了。有同学说,哗——那就不走我们的路径了。张老师说,哎哟,你们还知道"路径"哪⋯⋯

两天后,欢欢在"蓓蕾坑班"同样没看见方小棋。

她就知道他是真的走人了。

小孩也会有小孩的伤感。这一天的欢欢坐在"蓓蕾坑班"做卷子时就总是卡壳,汗水不停地从额头上滑下来,她抹着汗,抬头看了一眼窗外。她吃惊地发现,那个等还在花坛边的身影还在。

啊?欢欢张大了嘴,心想,他妈妈还不知道他不来了?

下课的时候,欢欢奔出课室,去告诉她。

欢欢还没开口,匆匆向她走过来的方小棋妈妈先问了:欢欢，我们方小棋今天没来吗？

方小棋妈妈脸上的疑惑，映着阳光下的树影，日后将留在欢欢的记忆里。

欢欢告诉她，阿姨，方小棋转学了，不来了。

转学了？那他也应该来补课啊？阿姨说。

欢欢说，转到北京去了。

是北京啊。方小棋妈妈张大了嘴巴，瘦瘦的脸上有了复杂的表情，空气里好像有了一些让人难过的东西。

小女生欢欢感觉到了。她想安慰这像极了猴妈妈的阿姨，就告诉她，方小棋去读国际学校了，可以不来补课了。

阿姨笑了笑，说，也好，也好，不补课了。

阿姨把带来的一盒烧卖留给了欢欢，说，欢欢，你吃吧，还热的。

然后，阿姨挥挥手，说，再见，欢欢。

## 向宝贝投降

天在热起来。

欢欢就像开启了跑步模式的选手，开始还行，现在开始气喘，感觉每一门补课的负荷都在上来。

2个奥数、1个"科学"、1个"英语"，1个"网课"，1个"钢琴"，加上爸爸自己在家教的"英语口语"……每增一个，坐听时间和作业量就多了一份，另外，难度也在齐头并进地上来，像细密的气体，在涌动而来。

于是，继删除"舞蹈""画画"之后，妈妈南丽问欢欢是否放弃"小主持人"兴趣班，这样星期天下午可以空下来稍作休整。

以欢欢往常对于兴趣班的态度，她是不肯的。

而现在她说，随便。

她小小的脸上有了倦意。

于是，"小主持人"课就不去了。

倦意与课量、难度、累感一样，上来也是加速的，对于这些补课的事，补到后来没有小孩是不会厌的（当然，欢欢现在还才开始）。

"从小补课的小孩会失去学习的动力"，如今谁都这么说，南丽多少明白，但又觉得根据这话就能做决断的人，一定不是补课小孩的妈妈，如果你是，你再说说看，利弊如果能分得这么清，就不是利弊问题了。

是的，南丽自己也在进入一个情境，情境里的逻辑像有魔力，牵引人往前，哪怕无奈。

她怜惜地瞅着女儿的脸，说，欢欢，以后我们到大学里再打理兴趣，现在咱们先得进学风好的中学。

外婆赵姨感觉到了欢欢的辛苦，她对超超说，嘘，姐姐在做作业，别吵她，让她早点做完，也可以玩一下。

她对女儿南丽说，小鸭子填食都没这么填，我舍不得了，整天这么做作业，眼睛要近视的，人会做傻的，咱们欢欢是姑娘家，你想要她以后成为怎样的人尖呢？我们是普通人家小孩，没病没痛，学点手艺，也可以过日子的。

赵姨还说，你读书的时候，我也没这样要求你。

老妈的忧愁，搞得南丽心烦意乱。

南丽皱着眉头说，妈，你以为我愿意啊，你那时没要我这样，是因为别人那时都没这样。

南丽接着说，语速更快些，我那时没这样，现在能这样，现在她不这样，就怕到她那个时候，她还混不到我这样呢。

赵姨完全听得懂。

可南丽继续顺着思路，演讲似的说，我没想让她成怎样的人尖子，我还就想让她以后能过平淡日子，少被人折腾，但平淡也不容易，现在别人没在玩，她在玩，她后面可能连平淡都难，你这么多年又不是不明白。

赵姨闭嘴了，她是下岗工人，45岁就被厂里退休了，还真不平淡。

南丽伸手指了一下窗外，说，你去外面看看。

窗外，是细雨中小区的楼宇，不知哪家的小孩在练钢琴，"叮咚"声在断断续续地传来。

赵姨对自己的这个女儿一直是引以为傲的，服帖的，她心想，也是啊，没办法，这日子哪，小孩是越学越苦了。

于是，有一天，在一旁看欢欢写作业的赵姨，不禁伸手抚摸欢欢的小肩膀，说，好歇歇了，外婆还存着点钱呢，别怕，再不济，外婆陪你过。


在欢欢做作业的桌旁看着的，还有小男孩超超。

他支棱着眼睛，看着姐姐写字。

她好像写不完，这一点他也感同身受了，因为她没时间跟他玩了。

妈妈南丽终于有一天对超超说，超超，你看上学以后累不累？为了以后不那么累，妈妈给你在少年培训中心报了小学"语文班"。

南丽为此交了2500块钱学费。

而对超超来说，上"语文班"的代价是放弃了"讲故事班"。

超超没有不肯，因为妈妈的话让他也有点紧张，妈妈说，别的小朋友都在学拼音，你一点不懂的话，以后去小学了，就跟不上他们了，会很难为情的。

南丽跟妈妈赵姨、儿子超超说话果决，但她心里的情绪则像窗外正在入梅的天气，气闷，反复，不适。

现在南丽每天下了夜班回来，轻声走进小书房，看见桌上欢欢完成的卷子散乱地堆着，欢欢睡着的小脸在床上轻轻地呼吸着，她就觉得她乖，又心疼她像小猪宝宝睡在作业堆里了。她揣摸着，她今天做到几点了？

现在每个星期天南丽也坐进了"蓓蕾坑班"，就坐在欢欢的身边，那些难题，南丽帮听、帮记，然后回家琢磨懂了，再教女儿一遍。

"坑班"里有不少这样陪读的大人，随着难度的增加，越来越多家长坐了进来。

当他们视线相遇时，脸上就有幽默的会意，也有叹息，仿佛时隔多年又心照不宣地集体穿越回来复习小学功课了：呵，这难度，我的天，我后来这大学又是怎么读出来的呢？

如今双休日，在妈妈南丽陪读的同时，外婆赵姨兵分另一路，在少年宫、少年培训中心陪超超上"武术班"和"语文班"。

赵姨对女婿夏君山说，我来，我来，没关系，你在家备课好了，我还带得动，我下岗早，还不算太老，就怕以后你们退休延迟了，到你们带孙子的时候，还不如我呢。

南丽坐在"蓓蕾坑班"里的时候，除了调动脑力倾听小学奥数之外，还忍不住留意别人家小孩的反应。班上有几个聪明小男孩真让她羡慕到无以复加。

南丽这心态估计跟许多妈妈一样。

不同的是，南丽还在想：欢欢以后找老公得找"理科男"，给后代遗传点数学细胞。

夏君山就没数学细胞，数学比南丽还差。南丽对老公的这一短板如今算是深有感触了。

她跟单位里的几位单身女生开玩笑，说，就如今的学习态势啊，找老公得找数学好的，如果有数学基因，小孩就不会这么累了，呵，你们找"理科男"为好，这是我的深切体会。

有一天，"蓓蕾坑班"课间休息时间，补习老师把南丽叫到了讲台边，问她，下个月"蓓蕾坑班"还将增设一个"英才班"，你孩子报吗？

南丽说，我们这个班还继续吗？

补习老师说，这个班继续，"英才班"是准备冲击今年10月份的奥数"杯赛"的，两个班平行进行。

南丽问上课时间。

补习老师说，"英才班"是星期天下午，也就是这个班的课结束后，下午接着上。

南丽心想，星期天下午欢欢倒还有时间，但这样，欢欢就等于又多了一门，原先忍痛割爱的"小主持人"兴趣班等于变成了"奥数英才班"，这个可以吗？

南丽看了一眼坐在远处位置上的女儿欢欢，对补习老师说，我们得想想，主要是小孩的时间问题。

补习老师把劝她报名的理由告诉她：根据最近几次课堂测验，夏欢欢是有后劲的，如果能在"英才班"强化，在"杯赛"上拿奖还是有机会的，这看得出来。

南丽问他，如果这一期我们不报，下次我们报呢？

补习老师指了指教室里面的人，说，那么，这批孩子中的有些人就往前走了，你们就跟不上了。

他脸上的神情，比言语有更明确的煽动力。

他微皱着眉，说，跟不上了，永远跟不上了，这批往前走的孩子，到时是另一个层级的了。

南丽不禁打了个寒战。

南丽回家后对老公说，他这句话，太厉害了。

她说,他们真的是很会赚钱的,"基础班""提高班""尖子班""竞赛班""英才班",一层一层,太会赚钱了。

夏君山瞪大眼睛,说,你舍不得了?

她苦笑了一下,说,该花还得花,我想过了,这个月我有一笔半年奖可以拿到,4000多块钱,就当给女儿打工好了。

夏君山嘟哝,我可没说钱,你就没觉得这样一节节课地加上来,哪根会是最后的稻草吗?

他这语气,让南丽一愣,知道他的意思了,她叹了一口气,说,我累死累活陪她上课回来,你就这么给我上课?

他说,我可舍不得了,你就别给她加课了,她还才这么点大。

她说,一上午我就坐在她身边,你说我就舍得了?连我都听得头大了,我会舍得她吗?我舍得的话,我会陪她这么坐一上午吗?我正是不舍得她累才这么陪着她哪,哪像你,待在家里说风凉话,你不舍得,那你干吗不去陪呢?别说你数学不好,不好可以学呀,这么小的小孩都在学,你干吗不学呢?

她有些语无伦次的言语,像打转的风,向他吹来。他知道她是在说舍不得女儿的这层意思。

他说,我看哪,你舍得!

她又叹了一口气,觉得他老跟自家人生气有什么用,有本事你去怪外面的那些人吧。

她就告诉他,我怎么会舍得?我当妈的,你没法跟我比谁舍得小孩谁不舍得小孩,我当妈的,心肝拿出来给囡囡我都舍得,但我当妈的，也知道这个年头"舍"与"得"不是由妈妈说了算，这年头没有"舍"，哪会有"得"呢？

他对老婆睁大眼睛，说，就为那么一点点的"得"？快别听那补课老师说的了，吓什么人啊，什么跟不上了，永远跟不上了，欢欢才10岁哪，就永远了？我倒是觉得她这10岁过去了才永远没了呢。

她懂。

若演讲、说服别人，她的观点可以与他完全一致。

她心想，我只会比你更懂，但生活可没像你这样跟我们讲大道理，选择啥时候是自由的？

她叹气道，你别跟我吵了，我上了一星期的班很累了，我星期天还要上这狗屁的小学生数学，晚上还要去上夜班，我累得不想跟你吵了，吵不动了，你在家待了一上午精神蛮好，可我吵不动了，我告诉你，人文关怀谁不会说，说的那些人也没给我们备什么啊，就像政策要求企业如何如何保证孕产妇的权利，要满足一胎加二胎共多少天多少天的假期，但也没见定政策的人给女员工多的企业有哪些优惠啊，这成本谁来担呢？这排班的麻烦谁来帮我解决呢？说道理谁不会？

她说，这两天我扳着手指算过了，斯宏、杨红霞、李婉儿、赵秀玉……我这些朋友、同学，凡对小孩搞宽松素质教育的，结果差不多殊途同归：头碰墙，然后都在卖房子，送小孩出去留学，我们家可没多的房子可卖，而且，夏君山，我们家两个小孩，你备好两套房卖了吗？

这么说着,她作为女人的情绪在迅速发散开来,像一层渐渐弥漫的大雾。

她懊丧地说,真后悔,生了两个,一个欢欢都这么累了,接下来超超再来一遍,要命了。

见老公夏君山的脸好像也在沮丧下来,她就放软了语气,说,别人家也不是不累,别人家也不是特心硬肯舍得,只是都拨了算盘,知道现在舍不得孩子,将来套不了狼,中国人来了辆公交车都要抢着上的。

夏君山当然知道,她心里的想法也未必像她表达的那样夸张,否则这复旦才女哪能出落成职场的高管?

但以他一向顶真的书生气,他还是说了一句,如果连现在都无法保证,又如何保证将来?你连自己和小孩的现在都保证不了,你还保证得了小孩的将来?现在与将来得有一个比例。

南丽愣了愣,觉得这确实是个不好说的命题。如果从研究角度,可能还比较有意思。

但她今天不想费这力了,她已经烦透了,她就撇了下嘴说,现在与未来?什么比例啊?可能补习班门外的家长会告诉你正确答案。

老婆每每气头上来的时候,夏君山都处下风,更何况她这么上了一上午奥数回来,也真是辛苦了,于是夏君山不吱声了,不跟她争了。

他黯然的脸色,又让南丽心软。

她知道他舍不得自家宝贝。

于是，她对他说，我又没说我已经给欢欢报了"英才班"的名。

她说，我又没定，我又不是虎妈，我就这么狠了？

她重重呼出一口气说，算了，不报了。

在他们争执这会儿，小女生欢欢在小书房里睡着了。

这小姑娘从"蓓蕾坑班"回来后，先是做了一会儿学校布置的双休日作业，没做两题，就趴在桌上打盹了，迷糊中，她听到爸妈在外面争，她心里迷糊地想，反正我不加课了，没时间了，我不要上了。然后她就睡着了。

南丽走进去的时候，见她睡着了，就把她搀起来，慢慢扶到小床上，说，欢欢，我们先午睡一会儿。

欢欢迷迷糊糊，倒头继续睡。

听了一上午课，她真累了。

南丽俯身亲了亲女儿的脸颊，心里说，算了，身体要紧，妈妈投降，咱不加报了。

# "星光少年"风波

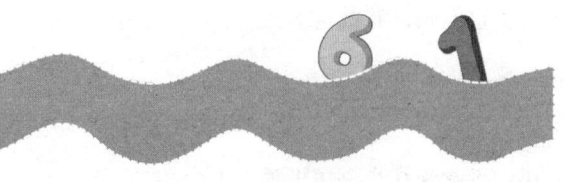

连续的雨天,整个城市沉浸在梅雨季节的漫天水汽中。

风帆小学的孩子们,现在课间时只能挤在走廊里玩。

在喧哗的孩子们中间,小女生夏欢欢的神色显得有些寡欢。

有什么事不开心吗?

她不会跟你讲,而且她也讲不太清楚。

因为,不是因为考试成绩不佳。相反,就成绩而言,目前她正在飞速地逆袭,已稳定在全班前六名了。

另外,她最近还被评上了全校的"星光少年"。

这荣誉对她来说,得之不易。她能获得,与这次评选方式有改变有关。

因为张雪儿老师在这次票选前,没宣读近期考试成绩。她强调成绩与思想品德、文体能力、阳光性格综合参照,她告诉同学们，你们每人一票，1分，张老师也有一票，张老师这一票5分，是投给关心集体、乐于助人的同学的，你们说公不公平？

公平。孩子们齐声说。

张雪儿老师这么做，是有感于如今的小孩被熏染得太在意考试分数了，再说，这是评"星光少年"，又不是评学习冠军。

结果，同学们投票下来，颜子悠、赵琳、夏欢欢列前三位，他们彼此之间票数差得不多。张雪儿老师把自己这一票5分投给了夏欢欢，于是，夏欢欢跃升为第一，代表班级参评全校"星光少年"，结果获得了荣誉。

本来这是值得高兴的，但欢欢的心事也因此而来。

因为，这些天发生了这样一些事情：

先是颜子悠来找张雪儿老师，说这学期每次考试自己基本上都是第一名，同学们投的票数自己又是第一，为什么自己不能当"星光少年"，哪里不好了？他说想不通。

他说着都快哭了。这倒不是因为他太想当"星光少年"了，而是他妈妈田雨岚说他了。他妈妈让他来找张雪儿老师反映委屈。他在拖了两天之后，被他妈妈"倒逼"而来。

瞧着这个脸庞涨得通红的小男孩，张雪儿老师在安慰之后，说了自己的理由：夏欢欢关心集体，她知道给教室里的绿色植物浇水，她知道带纸巾盒来教室放在饮水机旁，她愿意写板报，她还愿意帮助同学，"小皮猴"方小棋曾被她带动，上课不说空话了……

颜子悠想想也是，欢欢是挺好的，"星光少年"确实不是评成绩状元,也不是评三好学生。他就回去了。

但是,第二天,田雨岚来学校了,她对张雪儿老师说,我家颜子悠这两天晚上天天睡不着,小男孩觉得委屈,我犹豫再三,还是想跟张老师交流一下。

张雪儿老师又将理由说了一遍。

田雨岚听罢,温婉笑着,说,我明白了,张老师,这么说我们是比不过人家了,小女生乖巧,懂事早,谁不喜欢呢,我们的小男生还没长开来,除了埋头把分数一分分地考出来。

听她这么讲,张雪儿老师赶紧夸了颜子悠的优点。

田雨岚笑道,谢谢张老师,你要多给子悠压点担子,他明年申请民办中学,也需要"星光少年"这种荣誉,小孩子在乎的,已经懂了。

田雨岚说罢,眼圈泛红了,悻悻而归。

田雨岚回去后,忍不住在家长群里议论了几句:"思想品德?才多大的小孩啊,又有多大差距的思想品德呢"、"有的小孩天生是做小干部的,有加分的"、"老实的小孩只能一分分硬碰硬考出来"、"硬碰硬考出来的小孩是吃了多大的苦啊,能可怜一下吧"……

如今容易受暗示的心理,遍地都是,她这几句话点爆了家长群。

家长群里的情绪,又像向外渗透的暧昧空气,被半懂不懂的孩子们带到了教室里。

于是,除了张雪儿老师感觉到了压力,小女生欢欢也感觉到了有人在议论她、议论"星光少年"的事了。

哪怕欢欢还小,她也意识到了它们是有带刺的。

欢欢竖着小耳朵在留意谁在说她,因为没人当面来跟她明说那些怪话,包括好朋友颜子悠跟她之间也有点怪怪的了,不怎么说话了,好像挺别扭的。

班长赵琳更是起了情绪,同学投票数第二名的她,现在跟欢欢,甚至跟张雪儿老师都不太说话了。

有一天下午,要开班会,作为班长的赵琳到三点半的时候背起书包,匆匆往教室门外走,被张老师叫住,问她去哪儿。

赵琳说,我要去补课,我爸来接我了。

如今下午三四点钟的时候,确实有不少同学会被家长接走,去校外培训班补课,但今天要开班会,赵琳还是班长呢。

张雪儿老师提醒她说,赵琳,待会儿要开班会。

赵琳说,补课比班会更重要。

小女生赵琳往门外走,头也没回地去补课了。

让张雪儿老师郁闷的,不只是班长赵琳觉得补课比班会更重要,也不只是如今班上越来越多的同学在下午的时候会被家长接去校外补课(这使得教室像一个剩余空间),让她郁闷的还有,校长觉得这一群家长在网上发牢骚挺烦人的,于是给张雪儿老师班里又增加了一个"星光少年"的评选名额。

于是,颜子悠评上了。

于是,班长赵琳更不服了。

而家长群里又有人说,这是会叫的娃有奶吃吗?

张雪儿老师郁闷地对同事、英语丁老师说,看到了吧,为什么我想试一下我的那个评选标准了吗?

同学、老师随风起伏的情绪,吹拂着欢欢心里的敏感和难过。

但她回家没说这事。

回到家里的她,现在不时溜到电脑前去看一眼QQ。

"忠臣蓝天"群里没有动静。

这个已建了两年多的QQ群,现在眼看要散伙了,而原本它是欢欢、赵琳、颜子悠、岳江等几位要好同学一起玩的秘密。

都是因为我的关系吗?欢欢委屈地想。

从三年级起,他们就在这个名叫"忠臣蓝天"的群里玩了,"故事接龙",你一小段,我一小节,接得乐不可支,尤其最近在接的"我在蓝天",每个人都玩得很梦幻,剧情很开脑洞,是写他们在蓝天中学的幸福生活,魔幻,搞怪,还有情感戏呢。

蓝天中学的幸福生活?没错。与妈妈们巴望民办中学不同,他们自己已约好了,一起去读马路对面的"公办"蓝天中学。

理由呢?不用太多理由:因为它就在马路对面,那儿蛮漂亮的;还因为去那儿读,不需像民办中学那样要求住校;还因为在本地童谣里"蓝天"是"乐园","翰林"是"集中营";还因为他们听说了"民办"太严,考试不断,晚上还有三节课,如果晚饭前去洗了头发,那就来不及去食堂吃晚饭了,因为夜自修开始了……

他们是四年级小孩，有畏惧，理由就这么简单。

所以他们从三年级就约好了，一起去马路对面的蓝天中学。

也因此，他们将QQ群定名为"忠臣蓝天"，任性一把，故事接龙，胡编乱想。

这是小小的逆反吗？

以前可能是的。而这两天"忠臣蓝天"突然没了动静。

"故事接龙"中断了，是因为赵琳不接下去写了，她说"退了"，而颜子悠也不写了，剩余的几位也就没劲了，而且归根到底，还好像都明白了，"接龙"到底是故事，故事就是假的，蓝天中学，呵，哪会啊，颜子悠他妈妈不是说了吗，争取"星光少年"就是为了申请民办中学，赵琳妈妈不也是很在乎这个嘛，所以，最后谁都不会去读蓝天中学了……

欢欢留意QQ，"忠臣蓝天"像被冰冻了，没了动静，令人难过。

南丽单位里这一阵事多，她忙得晕头转向，等她意识到了女儿欢欢心里有事时，已经是在几天以后了。

她一问，欢欢就委屈地哭了，说不想去上学了，因为班上有人在说她怪话。

南丽问清原委，面容忧愁，目光发怔。她对女儿说，算了，我们不跟他们争了，我们不拼民办中学了又怎么样？

她心想，都争成这样了，小孩要给弄出病来了。

## 转身走了

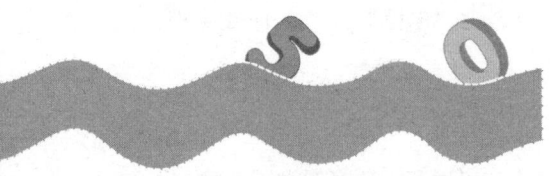

窗外，是雨雾中的校园，这雨已经下了两个星期了。

张雪儿老师坐在校长办公室里，心里也有潮气在弥漫。

周校长正在告诉她，有家长反映她给学生补课。

张雪儿说，我是在给人补课，这没什么好瞒的，但我是在给米桃补课，又不是在外面做家教赚钱。

张雪儿老师脾气一向温和，但今天她对这捕风捉影的事有点生气了，她说，我是看米桃这小孩可怜，如果她不是很乖、很要的小孩，我也不做这样的事了。

周校长知道张雪儿老师的为人，他向她点头，但又面有难色，说，张老师，主要是怕不平衡，那些没被你补到的小孩的家长不平衡了，就有怪话。

他告诉张雪儿,原本悄悄辅导一下也是做好事,但有家长觉得同样在学校读书,为什么有人有得在学校补,并且是班主任直接补,而他们却要自己花钱在外面补,尤其是他们还纠结,班主任给补课的小孩会不会因此与老师走得近,从而得到更多平台、机会……

张雪儿老师说,我明白了,上次评个"星光少年"他们也有怪话,左右不是,我想倡导点新的价值标准,他们还不干,那就让他们叫小孩去盯着分数好了,1分1分,还这么点小,别盯出小心眼了。

周校长知道她的情绪,现在的年轻女老师情绪上来也都蛮冲的,哪怕平时文文气气的。

他眨巴了一下眼睛,劝道,张老师,算了,在咱公办学校,因为有"减负"要求,教育局规定不能给学生补课,所以他们一反映还真一个准。

她懂了校长的意思。

她心想,真活该,他们在外面花钱,非要别人也花,他们才觉得公平了。

从校长室出来,张雪儿老师开车去教育大厦,参加教育局主办的"教师专业发展"论坛。

张雪儿老师到会场的时候,论坛已经开始了。她看见好友华梅梅老师正在台上发言。

风姿绰约的华梅梅老师是翰林中学的副校长。

张雪儿与她相识在6年前一个教学短训班上。那时华梅梅还在公办的解放中学教英语，两人相识后，因为特别谈得来，成了闺蜜。这两年由于华梅梅去了民办的翰林中学，工作太忙，彼此走动比以前少了。

今天论坛的茶歇时间，她俩坐到了一起，寒暄后，华梅梅看出了张雪儿今天的脸色不是太好，就问，张老师你还好吗？

张雪儿忍不住就跟华梅梅讲了上午校长找谈的事。

华梅梅听着，像是听遥远空间里的事了，其实她自己到民办学校也没多少年。

今天，也可能是张雪儿确实有些郁闷，也可能是她遇到了华梅梅，她对这好友一通倾诉，结果就把她自己最近的情绪全都带出来了。

她说，梅梅，说真的，我现在是做着做着就怀疑存在感了，比如，我就眼睁睁看着一个个小孩在下午的时候被家长接出去学奥数，这教室好像是被剩下的，因为人不齐了，有的去补了，有的没去补，没补的可能是因为没钱，去补的是因为这里要"减负"，没补的因为别人在外面没"减负"而发急，这感觉怎么说呢，我也说不清，这教室好像是被剩下的，那些小孩从我面前出去我好像是被漠视的、没用的，那我们在这里是干什么的呢，这感觉我以前还没这么强，但现在越来越像是做梦似的。

华梅梅知道张雪儿的意思，这公办老师如今是不好做的，尤其心理上。

于是，华梅梅轻声问张雪儿，如果不舒服，有没考虑走人啊?

张雪儿没吱声。

华梅梅笑了笑,说,要不出来吧?自己做。

呵。张雪儿说,我不是那种爱折腾的人,你也知道的。

华梅梅看着她,说,这倒也是,但在体制内其实也挺折腾的,我那时也老像你这样纠结,所以就去了民办学校。雪儿,咱们做的这工作,半不郎当不好做,我这人做事得纯粹,否则干不了,尤其面对小孩,是啥就得是啥,你校内一个方式,校外家里又一个方式,那我算什么,我怎么做呢,假的比极端的还不好做,那人不分裂了吗?

张雪儿告诉华梅梅,说真的,外面也有人来拉我,有时看那些在外面开补习班的,那么赚大钱,也真不服气,我们这边放手、减负,让小孩被他们那边接盘,他们都什么人在搞啊,我们有病啊。

华梅梅笑道,那你就出来呀,说不定还能跟我这边配合,帮我们翰林中学选到一批牛娃。

张雪儿也笑道,嗯,这么讲了一顿,好像是得想想了。

这天会议结束后,走出教育大厦的时候,张雪儿问华梅梅要不要一起吃个晚饭。

华梅梅说自己要急着回学校,下次吧。

张雪儿摊了摊手,笑道,真不好意思,咱俩好久没见了,今天碰上,结果尽说我这边的烦心事,向你倒了一堆,结果忘了问你了,你有把自己嫁出去的迹象了吗?

华梅梅"咯咯"笑起来,说,没呢,你呢?

张雪儿吐了吐舌头,说,也没哪。

于是,她俩都笑,还是决定一起去吃个饭再回去吧。

于是,这个晚上,华梅梅有些话显然点到了张雪儿心里的痛点。

当梅雨季节过去,暑假即将到来的时候,张雪儿老师向周校长递交了一份辞职书。

她决定辞职,出去办培训班了。

张雪儿老师在辞职书上写了这样几点理由:

1. 课堂像一个被剩余下来的空间,无法忍受这种存在感。

2. 不想让资源被自己所蔑视的那些人占尽,我只会比他们教得好。

3. 我也想过得好,也想有钱。

4. 想跟自己握手言和,不想纠结,所以想试试新的存在感,即,那种被如今家长和小孩需要的感觉,并以自己的方式对"无法改变的事"进行符合自己价值观的调试。

周校长拿着这份辞职书,很是惊讶。

如果是别人,他不会这么纳闷,这两年辞职去外面办班的老师也有不少,但张雪儿老师让他意外,因为她本不是爱折腾的人。

周校长嗫嚅道，是不是因为上次有家长反映你给学生补课的事？

张雪儿老师说，不完全，我的理由辞职书上写明了。

周校长低头又看了一遍，心想，她是骨干哪，不能这么让她走。

辞职书上多为短句，还有比喻，这使语义和情绪显得多义，还需琢磨。

但在琢磨之前，得劝、得拦，这是哪个领导都要做的事。

可是，周校长一番阻拦，也没能拦住张雪儿老师的执意。

于是周校长说，我感觉你不会适应外面的那种方式的，如果到时候你想回来，这里的门我争取给你留着，只要我还在这里。

放暑假的那天，张雪儿老师跟班上的孩子们道别。

听说下学期张老师不陪他们了，一班同学舍不得地哭了。

张雪儿老师不知如何跟这些小孩解释自己不陪他们小学毕业了，她就说，如果以后哪位同学题目做不出来，还可以发微信、打电话来问张老师的。

张雪儿老师就这样与他们别过。

但几天以后，有孩子打听到了，张雪儿老师开的"雪孩子数学课"挂靠在少年培训中心，暑假第二周起开课，辅导小学高年级段数学。

于是，孩子们相约，一起让家里大人给报名上课。

家长们觉得小孩自己要上，张雪儿老师对自家小孩的基础又知根知底，张雪儿老师创业不支持也不好意思，再说，上上也好，反正是暑期。

于是就去了一群。

现在轮到张雪儿老师哭了，她说，谢谢同学们来捧场。

夏欢欢是来上课的同学之一。她坐在少年培训中心明净的课室里，听张雪儿老师讲课，听着听着，就觉得跟学校时没什么差别，只是那时是"上课"，现在是"补课"，那时妈妈不用交钱，现在要交，当然，张老师给他们这些学生是优惠的，米桃家没钱交补课费，也来听了。

有一天傍晚，张雪儿老师下了课，从少年培训中心出来，看见有一个人站在台阶下，向她挥手，在笑，短发，红色T恤。

又是他，那个"加速度"培训机构的颜青。

他连我到这儿来了，也搞清了。张雪儿心想，他们这些培训机构，消息是灵的。

颜青笑着对她，我就知道你会出来的。

张雪儿脸都红了，不知怎么回答他，因为上次跟他是把话说得很绝对的，不是说自己不想折腾吗。

颜青可没兴趣回味她以前说过什么，他又不是公安局的，现在他想的核心问题还是把她拉过来，为"加速度"增加生源和实力，所以他做哭丧脸状，对她说，可惜你没来我这边。

他装出怪自己太大意的样子，说，哎，前阵子我去广州了，没看住你。

他把手里的一把花向她递过去，说，但还是祝贺你开张，虽然你没来我这儿。

张雪儿这才发觉他手里还有一把花，外面捂了一大圈报纸，所以刚才没注意到。

她没接，笑道，谢谢，谈不上开张，又没想象你们那样大干。

他对着她叹了一口气，说，哎，要不，还是来我这儿吧？

张雪儿告诉他，自己跟这里比较合，因为这里是属于少年宫的。

他瞪起眼睛，说，嫌我们没文化？我们会做好一切服务工作的。

她说，气场不太一样，你没觉得吗？

他点头说，是有点，那么，你不过来的话，我们也是可以合作的，相互联手，我给你介绍生源。

他这种直接的话语方式，一向让她不舒服，她说，我不是你那个路子。

他笑起来，说，我们会尊重你的教学理念的，只要学生喜欢，哎，你开个价，或者我们谈分成好了。

她摇头，说，我自己试着做做看。

他眯起眼睛，笑道，这么说，你要跟我们竞争了？

他以为就她刚才说话的样子，一定说"哪里"，但哪想到，她竟说，好的，比比看。

哗。他瞪大眼睛，说，你会输的，赌什么？

赌什么？她撇了撇嘴，笑道，反正赌不到去你们那儿。

他说，那我现在就输了，给你，算我第一回合输了。

他把花束往她怀里一放，转身走了。

# 离婚

已经是下午了,南丽还在卧室里睡觉,因为昨晚值夜班。

迷迷糊糊中,她被超超的哭声吵醒了。她起来,往客厅里一看,原来是老公夏君山跟儿了超超在下围棋,超超"呜呜"地哭着,估计是在悔棋。

南丽对老公嘟哝道,你就不能让他一下吗,他这么小。

不让。夏君山瞟了一眼睡眼惺忪的老婆,脸神像一个大小孩,还沉浸在棋境里。

南丽觉得好笑,对这父子俩说,玩玩的啊,别当真了。

哪想到,夏君山告诉她这是在培养超超的抗挫力。

夏君山说,我就是要让他从小受受打击,接受输的感觉。

超超见妈妈出来了,就觉得更加委屈了,"哇哇"大哭起来。

南丽以为老公在开玩笑,说,呵,没见过这样培训受挫感的。

她向儿子走过去,超超也已经离开棋盘,抹着眼泪,向妈妈挪过来。

南丽伸手搂住儿子,哄他说,我们还小,大人下过小孩不算。

夏君山把头转过来,像一个顶真的大小孩,对儿子说,可以认输,再比过,不带悔棋。

他对南丽解释道,不能让他的,这是我的训练方式。

他说,知道吗,我这是用下棋的方式击打小孩的意志,把他的神经往大条里练,反复捶打。

夏君山一边把棋盘上的黑白子收起来,一边说,以后上学了哪怕别人抢跑,他心理上也能扛住,抗挫,不慌不忙。

虽然超超在哭,南丽还是忍不住笑了,对老公说,什么鬼啊,为对付个补课,什么狠招啊?

她问,用围棋练宝宝的神经?围棋不是练智商的吗?

超超虽听不懂他们在说什么,但知道爸爸不让步的神情是针对自己的,他就继续嚎啕。

南丽一把抱起超超,对老公说,省省吧,才这么点大,折磨他这点小心脏干吗?我可舍不得他哭。

夏君山说,我要训练了,你又舍不得了。

她说,算你有文化、懂心理学,咱乖宝可受不了。

她抱起儿子，亲他，说，别哭了，乖宝能跟大人下棋就已经赢了，妈妈带你去接姐姐。

姐姐欢欢正在"考能"上奥数课，南丽牵着超超穿过马路，来到华海商务大楼。

离下课的时间还早了一点，南丽就带着超超在楼下的大厅里玩。

楼下也有不少在等孩子下课的家长，有人指着超超，对南丽开玩笑，嗨，这么小，就带来学了？

"考能"里还真有针对幼儿园中班、大班小朋友的课程班。

哪能啊。南丽对他们笑道，他也太小了，我可舍不得。

是的，还太小了，谁舍得。一群人就笑着看超超，光线略暗的大厅里，这小男孩在补课的人群中奔来奔去，还不懂事，一张刚才在家哭泣过的小脸，现在倒是笑嘻嘻的表情。这样子谁都不会舍得把他关在这儿的楼上，那些课室里。

但再不舍得，看如今这态势，再过两年上小学了，也还是要来的，如果要占坑，明年大班可能就得来了。他们在对南丽说。

他们还说，上周"考能"小学一年级课程班网上报名，疯狂哪，单位里几个姐妹一早就开始为小孩刷了，刷得眼泪都要掉下来了还没报上，刷得手机都要刷破了，人都抓狂了，还没报上，后悔没在幼儿园就来占坑……

南丽心里的忧愁，就在这幽暗的大厅里升起来。她想，是的，没有完了，欢欢还没定局，超超就又上场了。南丽往楼梯上看过去，一群小孩背着书包正在下来，人影绰绰中，她清晰地感觉到了疲倦和畏惧，是的，就像一条连绵的路，欢欢小学之后，还有超超小学，欢欢初中之后，还有超超初中，欢欢高中之后，还有超超高中，然后高考……日日月月年年，无法了结，这一轮下来，哪怕歇定了，但再隔几年，又得像妈妈赵姨一样上场，帮女儿、儿子带他们的小孩来补课了。

读这点书真的不容易，越来越不容易了。南丽听见身边有人也在叹息，她还听见一位妈妈在廊柱旁打电话，声音响亮，应该是在开导留在家里的另一个小孩吧："没在做作业？又在看电视？妈妈不在你身旁，你就又在玩了，你总是玩，就想玩玩玩，你知道妈妈爸爸不可能管你一世陪你一辈子的，哪天爸爸妈妈'扑嗒'地死了，看你怎么办……"

这大概就是传说中的"虎妈"吧？

这"虎妈"痛心疾首的声音，穿透嘈杂的大厅，有板有眼，宛若话剧里的台词，让南丽无限唏嘘，也可能，别人看我们还就是话剧里的人，演着演着就是这么一出了。

这时，南丽听见欢欢在叫自己，回过头去，见欢欢牵着超超的小手，在向她走过来，这一瞬间，这两张小脸，在她忧愁的视线里，让她如此怜悯，它们是她在这世上的珍宝，她心里涌起强烈的不舍，她想，还有什么办法吗？

她想，我舍不得了，真的舍不得了。

"舍不得他们，就得舍得自己。"其实，自那次"星光少年"评选风波后，南丽心里就有如此转念。

是的，万事能量守恒，你舍不得小孩，就得豁出去你自己。

事实上，就南丽的利落性格，这些日子以来她也确实有在换算，甚至有个别方案已浮在面前，让她犹豫。

而这一刻，在这黄昏时分的"补课楼"里，她终于对自己做出决断：就这样，大人自己上。

于是，当南丽带着两小孩回到家时，夏君山发现她神色有些诡异，是那种像想说什么但又欲言又止的样子。

这个晚上，等小孩入睡后，南丽终于对夏君山说，你知道雅德中学吗？欢欢去那儿读初中怎么样？

夏君山当然知道雅德中学。

如今受老婆影响，耳闻目染中，夏君山对全市各家初中的名次排位已相当了解了。

这雅德中学，是全市公办初中的头牌，比蓝天中学更胜一筹，在如今民办初中狂飙突进的浪潮中，公办初中里也唯有它能有所抗衡，它的中考"重高率"，每年位居全市第五名左右（当然前四名均为"翰林"等民办中学），对于公办中学而言，这是令人目眩的佳绩。

如果能去雅德中学，当然好，因为它公办，所以不用各种"面谈""校考"和奥数"杯赛"成绩。

夏君山瞪大眼睛，问老婆，怎么去？咱欢欢又不是那边的学区。

南丽咧嘴一笑，说，我爸的房子不就在那边吗？

没错，她爸南建龙的房子确实就在那儿，与雅德中学一墙之隔。

可是，她爸与她妈赵姨都已离婚二十年了。

她爸如今是与后任妻子蔡菊英住在那儿。这亲爸后妈平时与南丽一家很少往来。

夏君山看老婆的表情不像是在说笑，就问，你想把我们的户口转到你爸家去？

南丽点头，说，是的。

夏君山想了一下，告诉她，转过去也没用，所谓学区，要求的是孩子户口本、孩子父母房产证统一，那边的房子是你爸的，房产证上的名字就是孩子外公的，不是我们的，所以无法统一。

南丽显然已考虑过了。她一字一句，表情冷静地说，让我爸把房子转到我名上。

他能肯吗？夏君山瞪大眼睛，说，即使他肯，他现在的老婆会肯吗？

南丽脸上浮着说不清表情的笑，这让夏君山感觉她像是在说梦话。

他说，除非我们把我们的房子转给他，交换，倒是一个办法。

南丽说，搞这么麻烦干吗？我们只是眼前借用个名头而已，再说，我们自己的这个房子，超超读小学要用的，这是风帆小学的学区房，不能转给他们，否则超超两年后去哪儿上学？

看老婆想得这么美，夏君山傻眼了。

他说，那你爸现在的老婆不会肯的，绝对不肯，她会担心她的风险。

南丽撇了撇嘴,说,我又不是骗取他的房子,只是借用一下名头。

夏君山摇头,心想,蔡菊英比南建龙小了12岁,换了是你,没准你还担心得出人命了——如今这房价涨得可是比命还贵哪,这房产证转成别人的名字,万一以后这人不肯转回给自己了,再万一哪天老头子先走了,那自己不就被扫地出门了吗?有口都说不清。

灯下,南丽的笑容看上去有些飘忽,有些不真实,她好像没觉得自己想得太美,她已经在规划路径了。

她对老公说,把我爸的房子转到我名上,有两个办法。

第一个办法是赠送。她说,这需通过公证,有法律效应的,所以这会比较有问题,那老太婆会吓死的,以为他真送我了,只要我耍心眼,她就拿不回去了,这是要吓死她了,另外呢,我也总不能等事一办完就又立马赠还他,这赠来赠去地办公证,毕竟不是儿戏,所以这不行。

他支棱着眼睛,问,还有什么办法?

她说,买,以买的形式转到我的名下。

她的额头在灯下闪烁着光亮,很智慧的样子。

她向他解释:也就是说,我们"买"我爸的房,当然这不是真的买,但我们出钱,虽不是市面上的价格,但多少够一个意思,这样他老婆也会放心一点,因为好歹有钱是捏在她手上的,我想这样应该可行,而等欢欢入学的事办成后,我再"卖"还给他们。

夏君山看着天花板，想不出结果会如何。

南丽说，说真话，我作为他女儿，那房子也是有我的份的，蔡菊英如果现在好说，以后分财产时，我也会对她好说的。

夏君山心里叹了一口气，她这么会算了，是给逼的，这要命的"小升初"。

他突然想到了一个问题，说，我们买不了，我们名下已有两套房了。

是的，除了现在花苑新村这一套，赵姨住的杨湾新村那套56平方米的小房子也是南丽买的。1992年赵姨与南建龙离婚后，赵姨带着尚是初中生的南丽借住化工厂宿舍，一住多年，直到南丽大学毕业参加工作后的第三年贷款买了那个小套，母女俩才有了自家的空间，那个小套的房主是南丽，所以如今南丽这个家的名下就有两套房，根据本城的限购令，没法再买第三套了。

对于老公的这个问题，南丽显然是想过了，她直直看着夏君山，似笑非笑道，可以买的，只要我们离婚。

离婚？

夏君山瞪大眼睛，心想，妈蛋，假离婚，电视剧情怎么落到了我们头上？这是真的吗？

这有点疯狂吧？他说。

是有点。南丽说，但离婚后，这套留在你名下，你我就成各有一套了，就又可以买房了，我就可以"买"我爸的房子了。

南丽用手指点了一下天花板，说，另外，你和超超得留在这儿，两年后超超得用这房子读风帆小学。

夏君山一下子没领悟过来，问，我和超超留在这儿？

南丽说，女儿随我，儿子随你，这样分阶段地解决各阶段需求。

夏君山问，你是说办"离婚"时儿子判给我、女儿判给你，分别入户？

这么说着，真像是在离婚谈判了。

夏君山摇晃着脑袋，声音骤然提高好几度，说，靠，这力度也太猛了点吧，你这是真的吗？

南丽怜悯地看着他脸上的迷糊样，说，还有假的？我这是舍不得小孩。

她对老公解释，即使欢欢像她班上的赵琳、颜子悠那样猛拼奥数，最后也未必能进翰林中学、桃李中学、新岗中学，因为牛娃太多，小孩累死，所以我是真心舍不得。

夏君山有些发怔。这个深夜，这些言语恍若梦境。

南丽伸手拍了拍老公的脸颊，说，我们应该高兴，人家即使豁出去想走这条路，也没这条路好走，虽然我爸这些年对于我，基本接近空气，但现在我幸亏有他在，幸亏他这些年一直住在那儿，住在我中学时代最憎恨的那个空间里。

她对老公说，现在我都无所谓脸面去找他和他现在的老婆商量这事，你还有啥好畏畏缩缩的呢？反正不是真的，买房和离婚都是假的，读书才是真的。

夏君山看着她，怀疑自己是在梦里，这真的是自己的老婆南丽吗？

## 亲爸后妈,以及亲妈

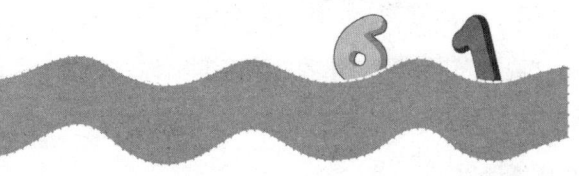

南丽提着两盒精致的芝麻酥,从"琳兰"糕饼店出来,穿过丽泰百货广场明净的走廊,去地下车库开车,前往开元新村。

她爸南建龙的家就在那里。

她少年时代有大半时间也是在那里度过的。

如今她很少去那里。离得最近的一次回去,还是去年春天,当时她爸突然得了神经性耳聋,她去看他。

现在是上午九点半,南丽开着车,在车流中缓慢前行,一路红灯。

路堵,她心里也在拥堵。

是的,无论是这个爸,还是此刻她正在前往的这个家,每当走近时,20多年前那片狗血的声浪就仿佛重回耳畔,让心里堵塞。

那声浪，是她爸南建龙与她妈赵娜留在了时光里的吵架声，它充斥了她的整个少年时代，也鸣响在开元新村的那个房子里。

与这片吵声相伴的，是20多年前更为狗血的画面：妈妈赵娜带着尚是中学生的女儿南丽，一次次去老公南建龙的链条厂哭闹，哭诉身为厂长的老公与别的女工胡搞，有一次赵娜终于将老公堵在了某间女工宿舍门内，她的痛骂之声响彻整个厂区……在那个年代，当她的吵闹声阻断了老公南建龙的仕途通道，南建龙就毫不留情、绝不回头地割断与她的婚姻，随后，与美貌女工蔡菊英结婚了。

在那些年月，对于中学生南丽来说，爸妈的狗血婚变，让她深感羞耻、惶恐，它彻底搞砸了她的心情，并严重影响了她的中考。

在那些年月，南丽对爸爸充满怨恨，他的再婚之日竟然定在她中考的前夜；她对妈妈去爸爸单位哭闹的凛冽声势，也怀有悲哀、鄙视，和荒谬感。

在那些年月，她对妈妈硬气地带自己离开这个家，充满委屈。

这些成为了她的阴影，并滞留至今。

当然，如今她心里也明白，这爸妈两人现在都已老了，这些事也都已经过去了。事实上，爸妈自从分手后，就不再往来，像两颗灰尘，绝不相逢。

就是南丽自己，平时也很少与父亲走动，他那边没这样的主动（不知是因为他有现任老婆在身旁有所不便呢，还是他不知如何面对这女儿），而她也怕牵引自己心里的不适，更怕妈妈赵姨知道后神经过敏。所以，就当翻篇了吧。

如果今天她不走近去，它还真被翻篇了。

而现在，她恰恰要走近去，虽有堵心，但她还是决定走过去。

她叹了一口气，心头掠过一阵莫名的忐忑，似乎哪里不对劲。她放缓脚步，犹豫了一下，又继续往前走。

车子在经过雅德中学的校门，前面就是开元新村了。

南丽看了一眼简洁、大气的红色校门，心想，这就是想让女儿欢欢以后能来读书的地方，记得在自己小时候，家门口的这所雅德中学还没现在这样的实力，那时是蓝天中学更强一些，有传，公办的雅德中学如今能扛民办中学的冲击波，是因为它有一个强势校长阿丰，这阿丰校长才不管某些规定，他有他的办法给雅德中学的学生们"加料"，以他的说法，"不这样，我们怎么架得住民办初中的那些人，他们在公然补课，我这里的小孩不就吃亏了吗？公平竞争还要不要？"

南建龙在家，今天女儿的突然登门，让他有些吃惊，也有些高兴，因为她好久没来了。

他指着南丽手里的点心盒，说，哈，来看看我就很好了，带东西干吗？

他是一个六十出头的瘦高老头，穿着湖蓝色的T恤，笑呵呵的脸上，还有年轻时那种俊朗的痕迹。

20多年前那场被张扬的"出轨门"，在当时社会环境下，让他的仕途变成了"下行线"，婚变后他被调到了电厂总务科，做一名普通科员，一直做到两年前从电厂退休。如今赋闲在家。

南丽告诉爸爸，我昨天夜班，今天上午休息，过来看看你。

于是父女俩在沙发上坐下来，聊了一会儿身体、工作，然后南丽把话题往欢欢身上转。

她说，小孩现在要学的东西真多，比我那时辛苦，天天做不完的作业。

南建龙眼睛里映着对面窗外那株香樟的光影，他说，哎，我好久没看见欢欢、超超了，你带他们来给我看看。

他脸上有乞求的神情，这让她心颤了一下。

她说，他们都太忙了，双休日都没时间，全在上课、补课，尤其是欢欢，简直没一点时间了，才五年级哪。

南建龙点头，劝女儿也别把小孩搞得太紧了。他笑道，你自己也别太累了，你想，你都考得进复旦，你的小孩不会差的，我们那时候也没管你哪。

他这么说，她心里突然有气了。

她心想，你没管我？亏你说得出口你没管我。何止没管，啥时有顾及过？你知道你跟妈吵成那样，我中考是怎么考砸的吗？你知道我跟妈住化工厂集体宿舍的时候，我是发了怎样的狠心高考的吗？

这情绪掠过她的脸颊，转瞬即逝，但他意识到了，他脸红了一下。他说，南丽别急，欢欢他们现在的条件总比你们以前好。

她让自己笑了笑，说，爸爸，以前家长可没像现在家长这样都在使劲，现在的家长全在陪跑。

他脸又红了，说，嗯，也是的，现在家家户户都很重视，都知道了小孩以后过得好不好直接关系到一个家庭的未来。

父女俩就这样聊着，南丽无法进入她想要的话题，因为在他们身边，还坐着一个人，蔡菊英。他现在的老婆。

在他们说话的这会儿，蔡菊英微微笑着，一直在陪。

这当年的厂花，如今已变成了一丰满大妈，白天在家炒股，晚上去跳广场舞。而此刻，她在听老公与他女儿的聊天，她抿嘴在笑，瞅着南丽，不时点头，倒茶，加水。

在南丽的眼里，这后妈蔡菊英比自己妈妈赵姨过得自在，因为她跟南建龙没有小孩，所以她也无须像她这个年纪的多数女人那样，辛苦地帮儿女带小孩、接送上学补课，所以她保养得不错，脸上气色明媚。

因为她的一直在场，南丽无法对爸爸说出自己的那个设想。

今天南丽过来的时候，是有想到过蔡菊英在家的，但她以为这后妈顶多陪坐一会儿就会知趣走开，但这女人没有。

看时间不早，南丽只得先起身告辞，她对爸爸说，我还要去单位上班。

南丽从爸爸南建龙家出来，走在开元新村的梧桐道上，她爸爸跟在她的后面。

他坚持要将女儿送到小区门外,因为她的车停在那儿,还因为他心里知道,女儿今天突然提着礼物上门来,一定是有什么事的。

父女俩来到小区门外。南丽站在路边,用最简洁的言语对爸爸说了自己的想法,即,把他的房子暂时转到自己名下。

她说,为欢欢读书,不为别的。

她说,爸爸,我没有办法了,否则我不会为这事来麻烦你的,我自己都豁出去了。

南建龙年龄不算太老,又曾做过厂长,有办事的逻辑,他一听就明白了女儿的意思。是的,放在如今,为小孩读书这事,有什么不能懂的,学区房嘛。

南建龙点头,说,嗯,如果我这点房子还能帮这个忙,这是机会,南丽,这是爸爸的机会。

面前这条街车水马龙,他对着这条喧哗的街微微眯了一下眼睛,说,你读书那阵爸爸没帮上忙,爸爸对不起你,爸爸知道这点的。

南丽心里瞬间暖了一下。她说,没事,谢谢爸爸。

南建龙又轻微摇头,说,但这事,我还得跟蔡菊英商量。

南丽点头,这很正常。

南丽今天来要的是他的态度,他有态度,他才能把事往她希望的方向推进。

她知道,蔡菊英那边当然是需要费劲的,但这个劲,得由他去费才有效。

南丽告诉爸爸，好的，那么我等你的消息，但也要快，因为有的城市已出通知，哪怕离婚，也要3年后才可买房，我们这里迟早也会有这样的限制。

这话让南建龙瞅着女儿的眼神里有了忧愁，他犹豫地问，南丽，这样办"离婚"，对你个人生活要不要紧？爸爸有点担心。

南丽知道他话里的意思，她心想，夏君山又不是你，人家是老实人，如果有你1%的花心，我都不敢这样做。

但她没想跟他探讨这情感风险的事。

她只笑了笑，说，让我和夏君山这么豁出去，是说明我真的没办法了，我连这都豁出去了，还有别的办法吗？爸爸，这下你就知道了吧，没有别的招了，所以要让爸爸帮忙了。

南建龙说，我懂了。

晚上7点，南丽下班回家，今天她回来得比较早，因为今晚"大夜班"由另一位副总编轮值。

南丽开门进来，见欢欢趴在餐桌上做作业。她问，吃过晚饭了吗？他们人呢？

欢欢告诉妈妈，吃过了，外婆回家去了，爸爸带超超去楼下玩了。

南丽注意到茶几上放着两盒点心，定睛一看，呀，不就是早上拿去给爸爸的"琳兰"芝麻酥吗？

她感觉心跳，问欢欢，这是谁拿来的？

欢欢告诉妈妈，是外公。

外公什么时候拿来的？南丽问。她的声音里有颤音。

欢欢说，外公今天下午来学校看我了，给我带来了一只新书包，还有两盒芝麻酥。

看妈妈有些发怔，欢欢也有些不明白，她问妈妈，又不是新学期才开学，外公干吗给我书包呢？

欢欢不解很正常，因为这外公平时跟她不太碰得着面，一年最多见两三次，但今天他突然来学校看她了，这就比较奇怪。

南丽笑了笑，说，你外公性情中人，可能是突然想起你了，就来了。

欢欢心里知道这不是理由，虽然她是小学生，但她也知道像妈妈、外婆这样的算是单亲家庭，外公平时从不来这边家里，原因嘛，不好说出来，但她懂的，因为她同学里有的是单亲家庭的小孩，所以说，外公对她有多少喜欢，这谈不上，这是她能感觉得到的，平时过年，外公也基本不给礼物和压岁钱，像他这样的外公，会哪天突然想起她，然后兴冲冲来学校看她？欢欢的小脑袋里有自己的谱。

欢欢就低头继续写字。今天的作业很多。

南丽问女儿，外公跟你说了什么？

欢欢说，没说什么，他要我加油。

哦。南丽心想，啥意思呢？你说把芝麻酥送回来还有啥意思？

南丽心里有清晰的懊恼。

欢欢一边写字，一边又回想了一下今天下午站在校门旁跟自己说话的外公,他说话的样子有些怪怪的。

欢欢咬了咬笔头,抬头问妈妈,是不是你想让我住到外公那边去,好去上雅德中学?

她有这样的联想,这么问妈妈,其实也不奇怪,因为如今班里小孩都知道"择校""公办""民办"这些事,家长谈多了,小孩也就听进去了,比如"民办"要考,"公办"里面"雅德"最好,谁谁谁转到那边去了,不用考了,因为他家在那边有房子,谁谁谁爷爷奶奶外公外婆住在那边的,可能会有办法……班上小孩在说这些的时候,欢欢也会想,我外公家不就在雅德中学旁边吗?

南丽避开女儿的视线,说,没想好,要住过去哪有这么容易啊。

欢欢盯着妈妈的脸,告诉妈妈,外公今天跑来要我加油,要我有志气,还送我一个书包和吃的东西,有点怪怪的,所以呢,要住过去的话,外公也不会答应的,这是我的感觉。

南丽心跳加快,心想,现在的是什么小孩啊,都这么精怪。
南丽指着芝麻酥,问女儿要吃吗。
欢欢对这类"老底子"风味的甜食没兴趣,她摇摇头。
南丽就把盒子从茶几上拎起来,放到厨房的柜子里去。
她明白爸爸南建龙把它还回来的意思了。
这意思是:蔡菊英不肯,他办不成。

其实,三个小时前,欢欢拎着两盒点心、一个新书包,从风帆小学放学回来的时候,就把上述她跟妈妈说的话,跟当时刚从幼儿园接超超回来的外婆赵姨说过了一遍。

因为外婆赵姨跟妈妈南丽一样,问她东西从哪来的,外公说了啥。

而且,赵姨盘问得更为详尽。

所以此刻,在离花苑新村四公里远的开元新村,在光线幽暗的梧桐树影下,站着两个人。

一个是赵姨,一个是南建龙。

两小时前,赵姨坐地铁、公交,一路转到这里,远远地守在楼下。

她先是看见跳广场舞的蔡菊英出门去了,然后终于等到前夫南建龙一个人从单元门里出来散步,她就走过去,把他堵在了这里。

这是他们20年来难得的相遇。

赵姨在心里对自己说,没什么紧张,没什么可笑的。

赵姨对他说,南建龙,我没敢跟女儿商量,我琢磨出了意思,所以自己过来了。

赵姨说,我摸到这里,你知道吗,这里是我离开时就没想再回来的地方,但现在我又来了,不是为自己,是为了小孩,你的小孩,你的后代。

赵姨说,当时我没要这房子,毫不后悔,现在悔得肠子都青了,不是为我,是为了宝贝,三个宝贝,一个是欢欢,一个是超超,一个是南丽。

她压低声音，但声音依然在路灯照耀的树枝间"嗡嗡"回旋。

南建龙看着她，眼睛发直，无语，没一点力气像当年那样跟她争吵了。

他想，多年没见，她的劲儿没减，这女人。

他想，她老成这样了。

她说，你对我可以没有良心，我可以笨到没有这房子的份，但这房子本来就有你女儿的份。

他惶恐四顾，好在四周无人。

他对她点头，答应想办法。

她就转身走了。

守了一个多小时，谈了10分钟，她感觉自己说清楚了。

后来，赵姨坐在地铁上，想着辛苦的往事与同样辛苦的将来，不禁掩面而泣。

当赵姨在地铁里哭泣的时候，夏君山在厨房里对南丽舒了一口气。

他轻声对老婆说，你爸不同意这样也好，这离婚的细节我研究了两天啦，头都大了，分财产，分子女，全是细节，烦都烦死人了。

他还告诉满脸郁闷的老婆，在网上查材料时发现，最近好几个城市都针对"假离婚购房"，出台管控措施了，到时咱可别离了婚又买不成房，反而把自己搞成了笑话。

南丽不耐烦地说，再说，再说。

她心情不好，心里头翻江倒海，前尘往事浮现眼前，与眼前的现实搅到一起，搅成一团说不清道不明的烂泥巴，堵得气都喘不过来。

这一刻她的懊恼、气闷与"离婚"无关，与"学区房"无关，只与她爸南建龙这人有关。

她心想，这么快就回绝我了，连这么点吃的东西都退还回来了，不敢直接面对我，却去学校里找欢欢，她还是小孩，你什么意思啊？

她想，我可没打你老婆家产的主意，你搞不定她，你就舍得你自己的外孙？他们可是你唯一的血脉。当年你舍得把我妈扫地出门，你舍得让我考砸中考，如今让你付出这么点，你都不舍得？

她想，你让欢欢有志气，你有什么志气？也配教育我们？

她想，断绝关系好了，欢欢、超超你也别看了，也不会让你看到了，你不承担，你一辈子都不肯承担，那你就别想得到，亲情也一样。守着你的蔡菊英去过你的吧。

她拿起保温壶，给自己倒了杯水，她对夏君山说，他会后悔的。夏君山轻轻拍了拍她肩膀，说："南丽，你还那么恨你爸？你真想为了欢欢这个学位与你爸闹腾一番？"南丽怔了怔，自己问自己，我怎么啦？我怎么跟田雨岚那么会算计了？

两个大人在厨房里说话的这会儿，外面的客厅里欢欢在刷数学题，超超在地上玩拼图。

第二天下午,南丽在办公室看报纸版样的时候,一个女人走了进来。

她穿着黄色绣花"民族风"衬衫,紧身裤,挽着发髻,她对着南丽叫了一声:南总。

南丽抬起头,天哪,蔡菊英。她来这儿干什么?门卫怎么给她进来的?

蔡菊英微笑着的脸,突然间变成了哭丧脸,她对南丽说,你别逼他了,好不好,我求你了。

南丽知道她在说啥,头皮发麻,就站起身,说,我逼他什么了?

蔡菊英伸手想来牵南丽的手,她说,他要被你逼出病了,我吃不消了,我求求你了,我搞不过你们的,我们老了,吃不消了。

南丽压低声音说,这儿是上班的地方,有事回去说。

这女人语无伦次,说,老头子一夜没睡着,我求求你手下留情了,你妈当年也快把我们逼死了,现在你上场了。

南丽心里的火焰在往上蹿,她说,当年我妈?呵,她不是给你腾地方了吗?没她逼你们,你不还在做小三吗?否则我今天会回来求他吗?他不是已经为你回绝了他自己的外孙了吗?得得得,你得笑,你赶紧回去让他好好睡。

蔡菊英脸上无限悲哀,告诉南丽,当年我是住进来了,但到这把年纪,我又要被你扫地出门了,我搞不过你的,我一眼就知道，我搞不过你，要不我死给你看算了。

南丽皱眉，从桌上拿起笔记本，说，我要去开会了，你可以走了。

蔡菊英被南丽支出了办公室。

蔡菊英心情郁闷地走到楼下，想着老公南建龙对自己从昨天阴沉到今天的那张脸，无限心慌。于是她又回到楼上来，看着门牌，摸进了城市早报总编辑蒋穗的办公室，她进门就哭诉道：领导，我家南丽想"假离婚"，我这老太婆无家可归了……

## 殊途同归

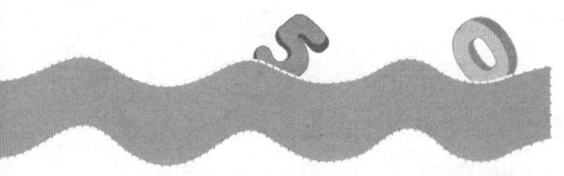

南丽坐在办公室里,她好像听到了整幢大楼都在窃窃私语。

蔡菊英这一通哭诉,让南丽的"假离婚"攻略泡汤,并变成了一个笑话。

南丽气打不过来,心想,这老女人,真是朵奇葩,都什么年代了,还跑人单位搞制造舆论这一套。

假离婚又怎么了?伤到谁了?哪像你,插足别人家庭,害人精。

窗外是城市的高空,南丽看着远处的楼宇发愣。

在她的少女时代,妈妈赵姨也曾带着她走进一个个领导的办公室,上门哭诉,其中有一个被告状对象就是"狐狸精"蔡菊英。

南丽悲伤地长叹一口气，带着一丝愤懑的情绪。这是轮回吗？哭诉来，哭诉去，从这一代到下一代，全是他妈的哭诉，妈蛋，我小孩上学的事对谁哭去？

厨房里，夏君山满脸惊呆，他对老婆说，啊？你后妈闹到你单位去啦？

而他心里则松懈了一大片。

因为这两天他琢磨这"离婚"细节，三观全碎，心烦意乱，而现在，显然不需再费这劲了。

夏君山安慰老婆，说，算了。

南丽知道他其实是松了口气，就反问说，算了什么？要不你出钱去买"云林雅苑"的房子，就在雅德中学旁边，每平方米8万元，省得跟南建龙、蔡菊英他们纠缠。

看老公没反应，她继续说，要不你托关系，找人，找到哪级领导，开条子入学。

她这是调侃，知道他买不起，也没这等关系。

他也知道老婆这是心里憋着火气。

雅德中学一带的学区房，均价已到8万以上，即使有钱买，也得"离婚"。

于是，他叹气道，难怪那么多人死拼奥数去挤民办初中，因为民办中学不要求学区房，嗯，这么说来，跟钱比，跟乱七八糟的折腾比，奥数还更简洁明了，它只求分数。

他突然睁大眼睛，恍悟道，妈蛋，原来这样啊，比下来，还是奥数省心，对没多少钱又没什么背景的人家来说，它还更可触，更公平，除了让小孩补课吃苦头。

南丽觉得老公在嘀咕这些没用。本来人就是会算的。哪一路都不好走，所以才是事儿。

欢欢把头探进厨房，两个大人赶紧打住。

南丽问女儿，要吃什么？

欢欢对两个大人吐了吐舌头，说，妈妈，颜子悠说"蔡外婆"大闹你们单位了，他妈妈说的。

欢欢脸上是古怪、好奇的表情，看上去像一只猫咪。

5分钟前颜子悠在QQ上告诉她这事，说是在餐桌上听他妈田雨岚在跟他爸颜鹏讲。

什么，什么？大闹了？

所以她来问爸妈了。

南丽脸红耳赤，心里很不是滋味，田雨岚怎么跟小孩讲这事？

这田雨岚最近已挺着个显眼的大肚子来上班了。今天这么狗血、丢脸的事不可能逃过她的耳朵。

南丽心想，她真多嘴，这小男孩和他妈一样多嘴。

夏君山赶紧对欢欢说，大人的事，小孩不要管。

欢欢的脸上闪过精怪的神情，她问，颜子悠说你们要离婚了，所以她来大闹了，是不是？

夏君山、南丽差点惊跳起来。

南丽慌忙哄道，爸爸妈妈跟你们过得好好的，干吗离婚？再说，妈妈爸爸要离婚的话，也不会先告诉"蔡外婆"、颜子悠他妈妈呀，而是应该先告诉你、外婆呀，欢欢，我们要养成独立思考的能力，你说爸爸妈妈这个样子像不像要离婚的人？

小女孩听妈妈这么一说，觉得也对。

于是她继续问，蔡外婆为什么要"大闹"？

夏君山赶紧胡乱地哄小孩，说，蔡外婆又不是孙悟空，又不是大闹天宫，别听人乱说。

第二天下午，穿着灰色孕妇裙的田雨岚，手里拿着一盒蔓越莓饼干，走进了南丽的办公室。

她对坐在电脑前的南丽笑道，哎，我自己做了一点饼干，你尝尝。

南丽转过身来，从她递过来的盒子里拿了一块尝了尝，说，好吃，自己烘焙的？

田雨岚眼睛笑得弯弯的，点头说，前阵子在家养胎喜欢上了烘焙，嘿，其实是喜欢烘烤时的那个味儿，来，南丽你再多吃几块。

南丽就又吃了两块，她确实有点饿了。

刚才中午的时候，她没下楼去吃午饭，昨天蔡菊英来单位闹了那么一场，让她今天去食堂都有了心理障碍，怕别人闪闪烁烁的眼神。

现在田雨岚在沙发上坐下来，她冲着南丽在笑，说，哎，南丽，其实哪，我看没必要去雅德中学，真没必要。

南丽知道她话里的意思。

昨天蔡菊英演了那么一出，这楼里现在谁都知道她南丽眼下在急什么，所以她是来劝慰呢。算她善解人意。

南丽嘟哝道，别听我后妈胡扯，她这人超没安全感。

田雨岚温婉笑着，说，真的，南丽，雅德中学不值得费那么大的劲，如果真要择校，就去"民办"，就翰林中学、桃李中学，别无他选。

田雨岚今天确实是来送劝慰的。

她对南丽说，你知道吗，"雅德"今年的中考就不怎么样，比去年滑坡了不少，你知道为什么吗？

她脸上的神秘之色让南丽疑惑。

田雨岚说，因为那个强势的阿丰校长春节后被调到考试院去了，因为雅德中学在给学生集体补课这事被人反映上去了，教育主管部门压力很大，因为公办中学是"减负"的，是不给组织补课的。

田雨岚说，阿丰校长被调走了，"雅德"以后还好不好就很难讲了，成绩就是靠训练出来的，读书就是苦的，尤其在如今普遍补课的大环境下，没别的诀窍，你看那些民办中学天天在给学生"加料"，"雅德"前几年之所以考得过不少民办初中，就是阿丰校长强化出来的，南丽，所以即使阿丰校长没走，你家欢欢去他手下，也是很苦的。

田雨岚说，南丽，如果咱看透了这一点，那么无论进哪所初中，只要你想考上好的"重高"，那都得吃一场苦，你现在想给小孩省掉两年的辛苦，但她到了初中，也是辛苦的，所以，算一算，还是无路可逃，你就别在意多了小学这两年拼奥数的苦了，反正做中国的小孩都是苦的，我们那时候不苦吗，那时候录取率那么低，我们也是拼得很苦的。

看南丽在微微点头，田雨岚继续说，南丽，咱是老同学，所以我把话搁在这儿，就现在来看，咱不值得费别的劲，也费不了别的劲，没用，还不如把奥数、外语搞上去，如果有文体特长，也好好包装，用这些去争民办初中的"面谈"机会，有了"面谈"，就有了考进门去的可能性。

田雨岚又"咯咯"笑起来，说，当然喽，你当领导的，还能找得到托人的关系，像我和颜鹏这样的老百姓，只能靠小孩去拼。

哎呀，南丽说，我这点层次，还够不上那层关系，如果真有关系，还用操心成这样。

南丽心想，真话，上次也算是去找过"松南外国语中学"的杜总、王校长了，人家话虽没点破，但多少也让你明白了这关系、人脉到底要到哪一级，才可能直接批条子，托的人成千上万，哪里批得过来，而他们也确实想多挑牛娃，就这么现实。

田雨岚见南丽在发怔，也知道就她这点层级，力量还不够。田雨岚笑道，反正你关系总比我多，知识分子不喜欢求人，但小孩读书这事，没人不跌倒的，只要有人可求，成绩加托人，双管齐下，会更有用，除非你家的是真正的牛娃，人人要抢，其他人真的很难说，因为没有标准，哪怕所谓的"面谈"，以"面谈"

为名的全套语数外考试,没有公开的分数线,所以人还是要托的,如果有得托的话。

南丽看着田雨岚因怀孕而珠圆玉润的脸庞,吐了一下舌头,摇头笑。

南丽内心嘀咕,这哪是来劝的,这分明是来加码的。

田雨岚抚着肚子,说,唉,看这个样子,这肚子里的宝宝,以后我就直接送民办小学算了,从民办小学直接衔接它对应的那家民办初中,这样还省心点,省得像颜子悠这样读了家门口的小学,最后还要花这么大的劲去拼民办初中。

南丽睁大眼睛,说,哎,这倒也是的。

田雨岚告诉南丽,翰林中学就办了一所直属的民办小学"翰林小学",小初衔接,据说翰林小学的小学生以后70%—80%直升翰林中学,算一下性价比,其实也是划算的,从表面上看,这民办小学的学费是贵了点,每年3万至4万元,但跟我们现在这样在外面补课、培训所花的钱比,还是差不多的,所以还是值得的,人是不会搞错的。

她说,南丽,你知道吗,这翰林小学现在也火得不得了,报名前是彻夜排长龙的,要进去也是要考试的,一点点大的小朋友也要考,除了考小朋友,还要考家长,都什么题目啊。

此类新闻近年已妇孺皆知,南丽点头,说,嗯。

田雨岚继续算账,她说,以家庭开销来算,其实还真的差不多,你看民办初中,一年学费是1万8,加上住校费,一年2万左右,公办初中呢,虽不收学费,但你读民办初中后就无须花太多的校外补课费了,因为学校里老师给你"加码",而读公办初中,你自己得掏校外的补课费,数语科外几门加起来,可能比读个民办初中没便宜多少。

南丽对此已深有体会了。

南丽对田雨岚伸出一个手掌,说,5万,我在欢欢补课费上已花了5万块钱了,才一年呢。

我们大概花了6万了。田雨岚眯眼笑道,人是会算的,所以民办学校才挤成这样,"小升初"挤,"幼升小"也挤,环环相关,读好的小学,才能升好的初中,进好的初中才能考好的"重高",以前门口的风帆小学还行,但现在也快成"菜场小学"了,因为有经验的好老师流失了不少,外来务工人员子弟多起来了,好家庭的小孩去得少了,学校势头在下来,这变化真快啊,也就这两年的事,唉,我这肚子里的宝宝,就直接读翰林小学了。

南丽有些发怔,风帆小学在她嘴里快成"菜场小学"了,这是什么空间腾挪,一瞬间,什么都飘移了,就像此刻窗外雾霾里的城市,轮廓线看不清了。

南丽听见田雨岚在说,哎,南丽,你家超超其实也还来得及,要我是你,就赶紧准备翰林小学,它承诺70%—80%学生"小升初"直升翰林中学呢。

每一次跟这老同学、老同事、老对手聊天,都会有这种信息万箭穿心,似软绵绵的针在扎身,然后脑洞大开的感觉。

南丽看着田雨岚,发现自己有些心乱了。

我这是什么脑子啊。南丽笑道,跟你比,我功课都没做透,没一个全盘思维,忙着欢欢的事,就把超超放一边了,以为就读风帆小学了,但听你这么讲,还得重新想一想。

是的,这个下午田雨岚送来了劝慰,还送了一个路径思维。

路径听着是对的,得失的算盘也打了一通,好像也是对的。

只是当妈妈的,心疼小孩,这是本能,超超才幼儿园呢。

于是,南丽起身给田雨岚倒了杯水,问,"幼升小",如果要进翰林小学,这"面试"到底难不难?是不是也要像欢欢、子悠现在"小升初"那样搞,正经八百地去上辅导班,参加培训?

田雨岚的回答是不言自明的。

田雨岚说,1700个娃娃里选100个的比例哪,怎么把人给考出来,中国人最懂了。那些题目哪,朋友圈里每年不也都有转吗?反正我看了,我得重新回去读幼儿园了,得回炉考小学了。

南丽与田雨岚一起笑起来。

其实,这些日子以来,无论在"考能""蓓蕾坑班",还是少年培训中心,南丽都已目睹了许多幼儿园的小朋友在学了。

现在看来,他们中的不少人早早地来培训,不只是为了日后"抢跑",或跟得上别人的"抢跑",还直接是为了"考"小学。

这相当于抢跑道,比抢跑还关键。

否则你跑到哪儿去了都不知道。

这是路径哪。

但南丽心想，若要去挤民办的翰林小学，就意味着超超比欢欢提前启动了。就又提前了，提前到幼儿园了。从四年级10岁提前到幼儿园中班5岁了。

南丽觉得面前这田雨岚绝对是来加码的。

而田雨岚觉得这确实是替老同学着想了，是自己提醒了这整天忙于单位工作的南丽，这是一种急中生智：与其等到欢欢这个年龄再去争翰林中学，还不如现在就让超超挤进翰林小学，占坑。

不是吗，早才省心，早才可能有点捷径，除了让小孩提前吃苦了，但至少占了坑，而读书的苦是迟早要吃的。

田雨岚说这没办法，那条排在翰林小学门前的"幼升小"长龙就这样告诉你。

她说，因为"小升初"难，所以引牵到"幼升小"了。人人都在赶早、抢前，越来越早，是疯了，更疯的是还有人想把你拉下来呢。

告诉你好了，田雨岚对南丽笑道，其实，雅德中学阿丰校长被人举报给学生补课，告状的不完全是其他公办学校的对手，主要的还是雅德中学内部那些排名较后的学生及其家长，因为他们没得补，所以他们也不希望别人有得补，因为他们觉得不公平，所以这时候哪怕你可能上去，他们也要把你拉下来，他们不管的。他们一反映一个准。

这心理，南丽懂。

但这话，让屋子里瞬间有了一丝莫名紧张的气息。

南丽笑起来，用手指点着田雨岚说，哎哟，好毒，你这鸡汤，补课成了阶层晋级的军火了。

田雨岚睁大眼睛，笑道，真的，教育主管部门如果想监督哪家公办学校补课，派学生家长去就行了，保证他们监督起来眼睛睁得比谁都大。

这个下午，田雨岚告辞时，走到门口又回过头来对南丽说，哎，告诉你有一个挺好的班，补奥数的，你们欢欢要不要去？我家颜子悠在那里补，蛮有效的。

她今天这样大方，让南丽有些诧异，也有些感动。

南丽心想也可能昨天自己被后妈撕破脸皮，让人可怜了。

田雨岚说，这个培训班叫"阳光数学课"，由一个叫"爱读书的小爸"团队操作，挂在"加速度"培训机构，它的主要优势是信息灵，有渠道，师资都是才从中学出来的老师，最知道考什么了。

"爱读书的小爸"？

南丽觉得这名字蛮有趣的。她暂时还不懂"渠道"指的是什么，所以没感觉。

田雨岚脸上升起了淡淡的笑意，说，其实这是我老公搞的，最近他的公司转身做教育了，跟他堂弟在一起合作。

南丽说，我有听说颜鹏在做教育了，真能干，转型成功。

田雨岚笑道，哪里，才开始呢，还要南总多关照，哎，你家欢欢想来"阳光数学课"吗？我跟颜鹏说一声，应该没问题，让他免费。

谢谢。南丽说,我们考虑一下,主要是欢欢的时间问题。

田雨岚笑道,有时间的话,你也可以先跟颜鹏聊一下,万一有需要,让他全力帮助,上次"陈氏私塾"没搞定,他一直不好意思呢。

田雨岚送了饼干、劝慰、路径、培训班后,蹒跚而去。

南丽脑子里在"嗡嗡"响。

窗外是雾霾中的城市下午,透过落地窗,她看着这一片宛若蒙着轻纱的景象,有些发怔。

作为置身媒体行业中的人,这些年来,她对"小升初""幼升小"热象虽有认知(甚至比一般人还了解得更多),但没像此刻这样,因为自己进入了情境,而有了更加深切的感受,和设身处地的茫然。

是的,她在进入情境。

# 路径

几天后,南丽对田雨岚说,我们欢欢的时间排不出了,"阳光数学课"她就不来了,到五年级下学期,我再看看有没时间空当,谢谢你和颜鹏。

田雨岚说,没关系没关系,六年级上学期的时候来也可以,可能还更好,到那时渠道就开了。

几天后,南丽在花苑新村地下车库遇到了颜鹏。

颜鹏拎着电脑包,刚从公司回来,头发剪得短短的,气色不错。

南丽问他,最近做得怎么样?听雨岚说你办了个"阳光数学课",是吗?

他笑道，最近还行，就是太忙了，跟我堂弟的培训机构"加速度"在合作，上星期有人给我们投资了4000万，想快速做大。"阳光数学课"这块嘛，挂在"加速度"，里面有几个才从中学出来的老师，教得很不错，他们每个人单枪匹马，所以想通过跟我们联手运作，把上课的品牌、平台快速做起来，呵，其实，这些主要是我堂弟颜青在张罗，我呢，主要负责网上的宣传、推广，算老本行，不过是用公号、微信朋友圈等方式，与他们互动。

南丽夸道，好厉害的样子。

颜鹏笑着摆手，说，创业不易，南总要多关照。

几天后，南丽在看报纸版样时，见创业板上一篇报道写到"爱读书的小爸"如何从一个公众号，通过吸聚粉丝，架构家长朋友圈，人气爆棚，进入教育服务领域，实现互联网创业，业界名师纷至沓来，"阳光数学课"新理念，新激情，百分百精准，甫一出炉，报名者趋之若鹜，刷爆手机……各种报不进名，各种急切。

作者果然是田雨岚。

南丽想了想，虽感为难，但还是把它撤下了版。

她给田雨岚发了个微信：文章不太合适，商业味浓了，品牌名称出现率太多，虽然我也想帮颜鹏，但它像个广告，而且对在校老师有煽动性，这不好，另外，"各种报不进名"描述欠妥，正因为我们深知焦虑的滋味，所以也知道焦虑传播的不妥，尽管我们自己也常忍不住焦虑,但做新闻还是有它的社会逻辑,所以算了,不用了。

南丽这样发过去,觉得她会生气。但不写透,南丽知道她以后还会把类似的"阳光数学课"关系稿送上来。她的性格,南丽了解的。

好在一会儿之后田雨岚回过来的微信是:理解,知道了。

几天以后,南丽在"蓓蕾坑班"陪女儿欢欢上完课后,没直接回家,而是飞快地带女儿赶往少年宫旁的"必胜客餐厅"。

进了餐厅,欢欢一眼看见爸爸夏君山、弟弟超超和外婆都已经在了。

桌上已经点了一堆披萨、沙拉、小食、冰淇淋、饮料。

好久没来这儿了,欢欢的表情是欢喜的,上了一上午数学课昏沉沉的脑袋,也为之一振。

双休日,一家人忙里插针,赶紧聚一下。

在欢欢吃了一块披萨、一只烤翅、半份焗蜗牛之后,妈妈爸爸把头凑到了她面前,说,欢欢,妈妈爸爸要跟你聊聊。

他们突然降临的这等语气,让欢欢心里一怔,心想,又要谈条件了,难怪带我来吃好东西。

南丽注意到了女儿脸上的动静,伸手点了一下她的小鼻子,笑着说,妈妈不是虎妈,跟你商量呢。

欢欢瞪大眼睛。

弟弟超超被外婆赵姨带到儿童角去玩了。

南丽说，欢欢，这两天妈妈爸爸想来想去，还是决定跟你一起去争取民办中学，像翰林中学、桃李中学。

欢欢点头。原来是这个呀。

她知道这点，好像早有预感，而且她也不奇怪，因为班上许多同学现在都在说大人想让他们去报这两所民办中学，她现在的成绩又不比他们差，甚至还比他们中的多数人好，所以总是要去好的、人人想去的地方，所以她不奇怪。

爸爸夏君山说，欢欢，比了一圈，感觉还是争取民办中学，事情相对简单明了，除了摇号，就是比成绩。

也不简单。南丽瞥了老公一眼，对女儿说，要进"民办"，咱就得有几样硬通货——奥数、荣誉、特长。

夏君山解释说，我不是这个意思。

南丽没理他，她向女儿扳着手指，说，荣誉我们已经有了一个"星光少年"，含金量不算高，接下来两个学期，我们再争取争取市区级的"三好学生""金奖少年"，这有点难，但要争取。

欢欢点头。

南丽说，特长呢，都是要获省市级文体比赛冠军的才算特长，这我们不太可能，现在练也来不及了。

欢欢没吱声。

南丽扳着的手指只剩下一根了，她说，所以，剩下最关键的一项，就是奥数"杯赛"成绩，这也是最硬的，各家学校都最看重的一项。

夏君山没吱声，看老婆在对小孩做动员工作。

南丽说，奥数"杯赛"一等奖，像"蓓蕾杯""华夏杯""飞跃杯"这种水准的，如果有几个同时在手，那民办中学就很有可能直接跟你签了，当然这很难，所以有二等奖也不错。

欢欢点头。

她是个聪明小孩，班上的小孩都在说这些，她知道的。

南丽说，有了奥数"杯赛"的较好成绩，就有可能赢得翰林中学、桃李中学对我们的兴趣，通知我们去"面谈"，而"面谈"其实就是考试，主要考的还是奥数，当然，语文、英语也会考，而对你们这些小孩来说，最困难的就是奥数。

欢欢吐了吐舌头，表情像一无所有的猫咪。

南丽伸手抚了抚欢欢的手臂，说，还好我们四年级起也在培训了，好在我们没停掉，现在看来这太重要了，"考能"这两次模拟竞赛，你都考得不错，"蓓蕾坑班"的考试你稍弱一点，这是因为"蓓蕾坑班"题难，牛娃多，所以，妈妈想给你在"蓓蕾坑班"再报一个"英才班"。

原来是来商量这个的。

欢欢支棱起眼睛，明白了，只是想到又要增加一个班了，她有点头痛。

她嘟起嘴，看着妈妈。

南丽知道她累，就哄道，欢欢，你还记得那个"蒙奇奇"吗，幸亏他爸给我们占了坑，你这么一通补下来，苦是苦的，但成绩到底是上去了，以后有机会你跟方小棋说一声，谁让他不坚持。

欢欢告诉妈妈,方小棋跟我QQ联系上了,他确实是被他爸"突然袭击"送北京了,他说他明年还会被送美国去。

欢欢脸上有可怜这"小猴子"的表情。是啊,就这么被送走了,他妈妈再也不来"坑班"门外等他了,看不到他了,他也看不到他妈妈了。

南丽不知道欢欢此刻心里的情绪,她在说,他有条件呢,爱去哪儿,就去哪儿,我们还得自己努力。

欢欢知道妈妈的主意定了,只能听她,于是点头说,好的,但是可不可以不做"英才班"发的作业?

南丽赶紧答应。

也确实,这样双休日就有5门课了,加上平日在家上的"数学一对一"网课,再加上如今调到了周五晚上的张雪儿老师的"雪孩子数学课",要完成的作业量加起来就太多了。

坐在一旁的夏君山开腔了,他建议老婆立刻对这些课进行梳理。

他说,网课就别上了吧,虽然欢欢现在是有上没上地在上,但也占了时间。

南丽点头,对的,它跟"杯赛"关系不大,就停了吧。

欢欢想了一下那只iPad Pro,看了眼爸爸,觉得他是有点笨的。

南丽问欢欢,要不张雪儿老师的课也不去了,好不好?

其实她知道她不肯的。

果然，欢欢没肯。

南丽、夏君山让欢欢再多吃一点桌上的东西。小女生就拿过一片披萨，慢慢地咬。

两个大人一起看着女儿吃，眼神怜惜。

他们心想，今天跟她商量增加一个奥数"英才班"还是顺的，今天动员她拼翰林中学、桃李中学，相当于一个启动工程，启动了，加油啊。

南丽向"儿童角"那头的妈妈赵姨招了招手，赵姨就带着超超过来了。

欢欢看着弟弟胖乎乎的小手举着一个纸皇冠奔过来，她将身子往座位的角落里蜷缩起来，对妈妈说，这个时候，就不想长大。

当目标确定，加油开始，读书就立马显出了与之前不一样的强度。

可以说，大不一样。

因为，现在是冲着"杯赛"去的。

这就像小体操运动员赛前上难度，冲击大赛一样。

南丽算过了，就欢欢而言，必须在五年级下学期和六年级上学期拿到"杯赛"成绩，过期无用。

而且，一个杯不够，最好双杯；三等奖还太low，二等奖也只是"意思意思"，所以最好冲一等奖，"华夏""飞跃""蓓蕾"这几个重要的"杯赛"就都得去比试。

这明确的目标，让听课、刷题的强度飙升了上来。

欢欢不是一个人在战，班上其他同学情形也差不多，想拼"杯赛"的，基本都报三个以上的奥数培训班，像极了一个个小运动员，转战于各家训练场馆。

于是，现在欢欢在校内校外听课、补习、刷题，奔波在这条路上，周周相连，就像《千与千寻》里的那趟魔幻火车，暂时没有尽头。

但她的数学考试技能也像被施了魔法，强劲地往上走。这是一目了然的。

同样一目了然的是，她的疲惫，和休息时间的不够。

于是，南丽问女儿，要不这个星期六的钢琴课上了之后，我们就停了钢琴课？

是的，女儿太累了，尤其星期六，从早上学到晚上。

再说这钢琴也不能算她的特长，会弹钢琴的小孩如今太多了，多到都不算特长了，民办学校看都不看了。

对于妈妈的建议，这次小女生欢欢没犹豫，就点头了。

星期六晚上，最后一次去"大地少儿艺校"上钢琴课的欢欢，跟教了她7年的李芹老师道别。

李芹老师见多不怪，对南丽说，知道她会停，但原以为她到初中才停，现在提前了，有点可惜，好吧，欢欢，再弹一遍莫扎特的《奏鸣曲》给老师听听。

于是，欢欢开弹，旋律在琴房里流淌。南丽搂着超超在一旁听着，心里有些忧伤。

李芹老师整天跟小朋友打交道，性格有点孩子气，她凑近南丽的耳畔问，停钢琴课，是不是因为欢欢数学成绩滑下来了？他们说弹钢琴会影响数学思维，我也不知道是不是真的。

　　南丽笑着摇头，轻声告诉她，哪能啊，数学现在是越来越好了。

　　等欢欢练完她的最后一节钢琴课，超超接着练，小男孩在老师面前是很认真的，张芹老师夸他乖，说，以后小姐姐不能陪你来了，你还想来吗？超超点头。

　　后来一家三口在回家的车上，开车的妈妈南丽听见欢欢在后排像小大人一样跟弟弟说，你也没几年好学，夏超超，你要学得快。


　　除了删去网课、钢琴课和某些课外作业，南丽在补课的汪洋大海中，一点点地盘算，想给欢欢支起一点休憩的空间。

　　这样苦心孤诣的大人身影，在奔往"小升初""幼升小"的人潮中，并不少见。

　　在"蓓蕾坑班"门前，如今有些家长支起了帐篷，好让小孩在上下午两个培训班之间能稍稍睡一会。

　　南丽、夏君山也是他们中的一员。

　　南丽、夏君山家的帐篷，就架在花坛旁的香樟树下。

　　其实，这帐篷的创意，最初还是来自于夏君山急中生智的首创。

　　作为爸爸的夏君山，如今也在"蓓蕾坑班"登场了，因为南丽单位、家庭、培训班几头连轴转，几个月下来，吃不消了，她说，我支不住了，夏君山你上吧。

于是，夏君山如今硬着头皮而来，与老婆轮流上下午在"蓓蕾坑班"陪听。

因为"蓓蕾坑班"离家远，不能像在"考能"补习一样，中午还能回家吃饭、歇息，所以，有一天中午，在"蓓蕾坑班"门外，哈欠连天的夏君山看着同样打哈欠的女儿，突然灵机一动，想到了搭帐篷。

当夏君山在"蓓蕾坑班"课室外的空地上搭起了第一个帐篷后，其他家长迅速"跟风"。

于是五颜六色的帐篷被架在"坑班"附近的草坪、树下，远远看过去，还以为他们在露营。

有了帐篷，就像有了一点私有空间。

中午时，南丽、夏君山和欢欢就坐在帐篷前吃饭，休息，交班。

南丽带来的盒饭、点心、寿司、水果也有了可以摆开的地盘，于是真像一次短暂的野餐。

甚至，弟弟超超也被接过来了。

如今这小男孩因为姐姐补课，双休日与姐姐、爸妈待在一起的时间都不太有了，于是外婆赵姨在他下了"游泳班"后，就直接把他送来"蓓蕾坑班"，让他在姐姐的中午课间，能跟姐姐、妈妈、爸爸在一起玩一会儿。

有时，他也累了，就跟小姐姐一起睡在帐篷里。

有一天，这一家的两个大人看着两个小孩睡在帐篷里，像两只还小的猪宝宝沉浸在短暂的酣睡中，无限心疼。

南丽问夏君山，以后是不是不想让超超这么累？

他说，有办法吗？

她说，现在让他去读民办小学。

他知道如今"幼升小"的面试难度，所以张大了嘴，说，啊？这不是让他以后不这么累，而是让他现在就开始补课考小学，现在就这么累。

她说，小，也许不感觉那么累。

他说，小才吃不消。

她说，那现在不去占坑，等以后大了，去拼"刷题、杯赛、特长"更累。

他瞅着她变得有点激动的面容，没响。

她用手指点了点课室的方向，说，正因为方小棋他爸帮我们占了这坑，我们跟那些报不上名来这儿补课的家长比，感觉还有点机会，因为这么练了一通，已站高了一级。

他知道她想说的意思。他睁大眼睛，嘟哝道，他也就一个5岁，过了就再也没有了，也就一个童年。

她知道他在说什么。

她心里有气涌上来，她说，夏君山，你以为我愿意吗？你以为我就舍得吗？你有本事，先把他们给我移民到美国去再说，不是都说那儿小孩读书轻松吗？

她说，如果没这个本事，那你挣两套房子回来也行，以后卖了给他们出国留学不走咱这边这条路，如果没有，那你闭嘴，你给我一年半时间，让我先把他们送进咱这儿的好学校。

这句话让夏君山嗫嚅，然后闭嘴了。

据说，这句话后来在南丽的朋友们中被传成了名言。

在随后的日子里，他的抱怨声暂时熄火。

孩子教育的决定权，由此被妈妈南丽一把攥在手里。

一年半时间，我会让你服帖的。南丽在心里对老公说。

到秋天快要结束的时候，在进出"考能"培训楼的那些小朋友们中间，有了小男孩超超的小身影。

现在他不是跟着妈妈来等姐姐下课的。

他背着一只小小的红色双肩书包，被外婆赵姨牵着走进课室，是来听课的。

他培训的目标是：考进翰林小学。

妈妈南丽在给他报名选课时，其实犯了选择综合征，因为这里的课目表上不仅有"学前"语数英三个班（即，提前进行小学课程教学，学拼音、识字、算术、少儿英语等），还有"逻辑训练班""情商班""趣味知识班""口语班""面谈训练班"等等，应有尽用。

学什么呢？南丽问他们。他们说都有用的，你们几岁小孩？南丽说，5岁。他们说，可以来了，从目前态势看，从4岁开始训练应考。

南丽想吐，又惶恐，说，打什么鸡血啊。

想不到"考能"的人说，是这样的，其实那些私立幼儿园关起门来给小孩练的也是这些，要不他们升学率怎么这么高？

南丽差点起鸡皮疙瘩，幼儿园的升学率高，那是什么？

"考能"的人笑道，当然是指考上热门民办小学比如翰林小学的比例是很高的意思。好不好笑？

南丽说，好笑，直接疯掉。

让南丽感觉肉麻的还有，这里竟然有针对爸爸妈妈的"家长面谈培训班"。

这培训机构也太会赚钱了，是看如今"幼升小""小升初"火爆，火上浇油抢钱啊？她心想。

这念头，加上想到让老公夏君山坐在一堆以妈妈们为主的家长中间听课，想想也不像，而自己又分身无术，这"考爸妈"听着又像个笑话，也就算了。

后来证明，这是大意了。

南丽给超超报了"语数英"。

但哪想到，超超上了几周课后，在门外等孩子的赵姨在跟别的家长交流中听说，光准备语数英还不行，"幼升小"面试是很活的，除了测试拼音、识字、算术之外，还有游戏、语言表达、逻辑推理，有些提问接近"脑筋急转弯"，知识面是蛮广的，比如"万圣节是哪一天""帝国大厦在哪个国家哪座城市""袋鼠宝宝如果把臭臭拉在妈妈的袋里怎么清理"，你知道吗？赵姨说，我不知道。

于是，南丽又去报了"逻辑训练""趣味知识"两个班。

所以，现在双休日的时候，超超就被关进这幢"考能"的"补课楼"里了。

每一次早晨他被牵进去时，脸上是笑嘻嘻的，而下午被放出来的时候，小脸上往往是没有笑的。

在赵姨心疼的视线里，它是木的，吃力的。

问他要吃什么？

不要。

问他，我们还去"蓓蕾坑班"看姐姐吗？

他摇头，因为累了。

外婆心疼地牵着他，去旁边的肯德基吃个鸡翅，想哄他高兴一点，他咬了两口后，也没多少兴致，然后就在外婆怀里睡着了。

终于有一天，赵姨忧愁地对女儿说，这样搞有用吗？你这么大的时候没肯德基吃，但至少还有得玩，有得笑。

南丽对妈妈说，你去问问门外别的小朋友家长吧，我也不知道有没有用，我的意思是，这么花力气都不一定有用，不花力气肯定没用。

有一天，欢欢对超超说，我发现妈妈其实是虎妈。

"虎妈"？超超"咯咯咯"笑起来，他还小，以前没听过这个词，他说，老虎妈妈？

他朝厨房方向看了一眼，妈妈跟爸爸正在里面忙。

厨房里，南丽正在告诉老公，自己今天下午去交了欢欢下学期的补习费,算了一下,两个小孩上课到现在已经花了十几万块钱了。

她苦笑着摇头道,真是抢钱,你教大学生的这点工资,还不如给小朋友补课。

夏君山说,那也要看到人家那种上法,也是很辛苦的。

# 都在忙

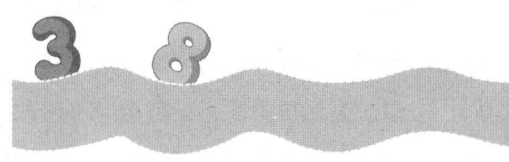

新年正在到来,冬天的风正在进入城市,吹拂着路人的头发和衣裾,每一个人都在匆匆地走。

南丽走进了社长兼总编蒋穗的办公室。

她不再犹豫,请辞副总编辑一职,想做回一个普通编辑。

她不好意思地对领导说,左思右想,还是做了这个决定,压力太大,也是怕误了单位的事,家里两个小孩,一个要"小升初",一个要"幼升小",撞在一起了,我这上夜班的节奏,两头奔波,都顾不好了,身体也扛不了了……

她这么说的时候,相信在领导眼里,这一刻的自己大概与几个月前田雨岚在自己眼里的样子是差不多的。

领导没同意她的请辞。

领导蒋穗是一位50多岁的女报人，端庄、沉静，她对南丽叹了一口气，说，南丽，你在单位辛辛苦苦了这么多年，"副总编辑"得来不易，这么放弃了也可惜，我想这样吧，也别辞了，咱换一个岗位，由你分管"策划活动部"，这一块是报业的经营口，虽然压力不小，但至少不用每天上夜班，这样你晚上还能在家照顾小孩的学业。还有，南丽，这"副总编辑"虽不大，但在小孩读书这节骨眼上，说不定托人帮帮忙还有点用呢？

南丽知道领导是对自己好，而且把话说到这么实在的地步了，于是，连忙感谢，并表示等两个小孩"小升初""幼升小"搞定，一定全力以赴干好工作。

蒋穗"扑哧"地笑了一声，说，呵，后面接着"中考""重考"又马上上场了。

南丽怔了一下，说，是啊，好像没完了。

蒋穗就有些叹息，哎，南丽你还记得吗，20年前你刚工作那会儿不是笑话过我吗，说我为儿子的中考忙到太焦虑，还说轮到以后你们这一代的小孩就不一样了，呵，你看，轮到你们了又怎么样了，给提前到"幼升小""小升初"去了，整整给提前了两轮，愈演愈烈啦。

南丽想起来，是有这事，好像还在眼前。她觉得郁闷。

蒋穗说，这"教育军火"提前了两轮，除苦了小孩，还等于把你们这些女生工作出业绩的黄金时段给压缩了。

这一刻，南丽相当认同蒋穗总编的观点。

而若干日子以后，南丽发现，有人不这么想的。

新年正在到来，田雨岚挺着肚子，走进了办公室。

许多人好心地问她，快生了吧，啥时回去待产？

她仰脸而笑，说，哈，现在倒没啥反应了，怪的，一点感觉都没，待在家也没事，还是待在办公室里信息灵，这年头变得多快啊，生一场孩子，可能就落伍了，咱得跟上，别的不说，我家颜鹏用互联网思维做了教育产业之后，满嘴全是新名词。这年头，不跟上不行，还是待在报社有八面来风，市面灵。

说罢，她转过头去，对着电脑"叭叭"敲字，写稿。

那工作状态，如果不算她上半年请长假待在家，应该有评"年度先进员工"的份的。

据凑近她电脑前瞄过一眼的人反映，她好像是在给她家的颜鹏写文章，全是短句，网文风的，可能是公众号上用的吧。

新年正在到来，颜鹏跟着颜青走进了位于江北区的赛马大厦。

赛马房地产集团公司就在这里。

因为之前"加速度"培训机构与"赛马"的投资合作谈判，都是颜青自己出马，颜鹏没有跟随，所以今天是颜鹏第一次来赛马大厦。

今天过来，是年前碰头，与投资方商量一下明年的发展思路。

以颜青的说法，就是研究"打法"。

颜鹏跟着颜青穿过装修风格时尚的纯银色走廊，走进"赛马"董事长办公室，他终于见到了这一阵子名字挂在堂弟嘴边的那个人，方远洋。

这是一位个子不高的中年人，清瘦的脸，时尚短发，戴眼镜，目光沉静，在此刻的室内穿着一件灰色衬衣。

当他开口说话时，声音低沉，强大的气场就像他的名字"远洋"，让人瞬间就能感知。

对他投资"加速度"的意图，颜鹏来之前已听颜青说过，所以知道这家"赛马"房地产公司特别看好教育市场，这两年已投过不少教育项目，现在想打通从幼儿、中小学生培训到留学中介这一系列的产业链，发展得好的话，以后还想做民办学校，"赛马"之所以看好教育产业，一是为公司开发的地产增加配套，提升地块附加值，二是为公司上市拉长产业链。

房间里是方远洋跟颜青交流的低沉声音，颜鹏坐在沙发的尽头，以听为主，他听出了方远洋话里的五个意思：

1. 中小学生课业培训行业风起云涌，群雄逐鹿，会迅速产生垄断性的机构品牌，所以，"加速度"需要快速提升核心竞争力，进行市场卡位。

2. 核心竞争力的关键是资源，就像做房地产，得拿到地，而你们的资源是什么？名校通道！名师！牛娃！三圈环流，相互吸聚，缺一不可，所以针对"三圈"，要有"必杀技"，连环出掌，布一个生态系，网罗天下牛娃，牛娃是宝，最优质的资源，你的衣食父母。

3. 每个家庭都梦想房子，同样，每个家长都希望孩子能成牛娃，这两者都是刚需，真正的刚需，房子与孩子这两头一卡，谁都逃不了，谁让咱是中国人嘛，所以才热成这样。教育与房子虽不一样，但既然上了市场，就有同样的商品属性，以我卖房的经验，要火，必须得来不易，必须难，难得像做数学题，必须抢，"三圈环流"每一个圈层，都得让人来抢，恐慌，巨大的恐慌，这就成了你的市场。

4. 无论是办教育还是卖房子还是做网商，所有的胜利都胜在价值观，"加速度"想输出怎么样的价值观，想过没有，家长为什么着急，因为孩子是每家每户的未来，所以研究一下，要急家长所急，让他急了，还得递一个"苹果"过去，这时他会跟你走，跟你走，才有你的空间。

5. 你们放手去打吧，我们资金保障。通过教育板块，提升地块价值，推进地域经济，我相信政府也是很支持的。天时地利，明年就让"加速度"成为全城小孩的福地吧。

方远洋说完，朗声而笑。

他又说道，我喜欢与你们年轻人合作，年轻人做事有激情，看得出，你们做这一行的，是能吃苦的人，所以，一定能做好，我相信。

颜青点头，说，我曾是贫困大学生，吃过苦，最知道读书是什么，痛点在哪里，相信一定想出"必杀技"。

颜青转过脸来，对颜鹏说，刚才听方董这么一讲，感觉有高度了，有俯视感了，我们争取明年把"加速度"做成一个传奇。

方远洋笑起来，说，高度倒没有，教育倒是了解的，我每天一睁开眼睛，也面对的，因为家里也有小孩啊，小孩读书也让我费心的，尤其儿子，转了好几所学校，看样子不适合国内的教育，现在送去北京国际学校了，等小学一毕业，送美国去读算了。

由此聊到了自家的小孩。

接着，颜鹏竟听见这方董事长说他儿子在风帆小学读过一年的四年级。

颜鹏就问方远洋，我儿子也在风帆小学，你孩子叫什么名字？

方远洋说，方小棋。

啊，是方小棋。颜鹏说，我儿子是有说起过这名字，说他转学了，原来这样，方董，真有缘。


新年正在到来，颜青穿着一件藏青短款风衣，在翰林中学门口的传达室登记好自己的姓名，走进校园。

冬天的校园雾气飘逸，他走进副校长华梅梅的办公室。

因为来之前，已托熟人约过了，所以华梅梅老师知道他的来意。

果然，华梅梅开门见山对他说，合不合作，这承诺意思不大，只要你们手里有牛娃输送过来，质优、量大，我们自然就算是合作了。

颜青心想，这是嫌我"加速度"牛娃产能不足、不稳吗？

于是他对这风姿绰约的女校长笑道，给点阳光就灿烂，只要你们给点"阳光"，从我们这片地里长出来的牛娃自然就多了。

他想要的"阳光"，是合作的通道。

这通道，与如今的政策和对策有关：

教育部门为防"生源掐尖""生源争夺战"乱象，出台了政策，不允许民办初中"小升初"举办正式的书面考试，也不允许各种形式的"面谈""面试"每年被提前得太早。

于是，对策就潜入水下。为抢收牛娃，不少民办学校就委托培训机构，以后者名义，悄悄组织学生考试，抢先挑人，这也像"抢跑"的小学生补课，每年越抢越早，相互催促，彼此倒逼。

而这些被委托的机构，与学校之间就构成了一条隐性的"牛娃产销通道"。于是，对家长而言，让孩子提前进入这些培训机构补习，其优势、机会是不言而喻的。

于是，这通道对培训机构而言，就像阳光，还真的是给了就灿烂。

这就是颜青此刻向华梅梅争取的"阳光"。

华梅梅当然不会轻易点头。

虽然翰林中学近年来也确实与几家培训机构有这样的合作，但这不能说破，因为这"阳光"是不可能普照的，因为它不适合搞到动静太大。道理你懂的。

所以，现在华梅梅对颜青朗声笑道，给点阳光？都已经是很阳光的呀，如果要给，我们翰林中学还指望你们大家给我们阳光呢。

在颜青耳里，这是外交辞令。但又有什么办法呢？手里有牛娃，才有筹码。

但是没有她这"阳光"，"加速度"对全城牛娃的磁力就还不够大，若靠自然积累，要到哪天哪月才有碾压优势？

于是，颜青就对这粉面含春威不露的女校长笑道，华校长，明年"加速度"会有一个大扩张，学生人数爆发式增长了，牛娃自然就多了，相信我吧，我保证明年我们牛娃质优、量大，如果以后有机会，请华校长给我们多一点关注好吗？

其实，这个上午，这小伙子的清澈目光和激情脸神，让华梅梅觉得他还是相当灵光的。

加上，他是托朋友介绍过来的，她也不好太扫他的兴，心想，如果他以后能送一些牛娃过来也是好事，现在桃李中学、新岗中学抢生源来势凶猛，翰林中学可能也得广撒网了。

于是，她对他说，你既然说了，我们明年也关注一下你们，这样好了，你把你们奥数"杯赛"一等奖里面的尖子生，做一张名单提供给我们，我们看看再说，名单春节过后你就赶紧拿过来，省得好的小孩被别人签了。

颜青开心地笑了，一迭声地说，好，华校长，我这就去办，我这人嘴笨，但挺靠谱的，你看我这么赶来赶去的，真的是相当于这些小孩的家长了，除了教他们刷题，还要吃透他们的成绩，好给他们联系对应的学校，呵，管考试，还得管出路。

嗯。华梅梅笑道，这也是有回报的嘛，你们这些机构呀。

他笑道，但愿。

新年正在到来，华梅梅进了少年培训中心。

这一天她开车路过这儿，想到好友张雪儿如今在这里开班，就决定进去看看她。

她停好车，顺着主楼墙上的标示，顺利找到了"雪孩子数学课"课室，透过走廊上的窗，她看见张雪儿正在上课呢，一些小孩正仰头在听，张雪儿在里面也看见她了，笑了笑，继续讲课。

15分钟后，数学课结束了，孩子们被门外的家长接走了，张雪儿出来对华梅梅笑道，怎么有时间过来？

来看看你呗。华梅梅说，刚路过这儿，想着也不知道你如今单干得怎么样了，就上来看一看，好像蛮不错哦。

其实她心里感觉学生少了点，就她了解的张雪儿的教学水平而言。

张雪儿抿嘴笑道，感觉还行，上课在哪儿都差不多，把课室从那边移到了这边而已。

华梅梅问她，总归还是有点不一样的吧？要操心的事，恐怕不止讲课了吧？

张雪儿知道她说的是啥，也知道她性子直，就笑道，也是，学生来源什么的，我不能跟那些人比，他们真是有本事，能宣传，会营销。

然后，她告诉华梅梅，幸亏以前的学生在跟我，但总是他们跟着，我也不好意思，感觉怪怪的，好像我出来了，把他们也带出来了，所以也想有其他生源，不过，也急不来，就慢慢来吧。

华梅梅了解她的性格,就想帮她出主意了,就瞅着她笑,说,呵,既然出来做了,拉动生源这事,也不能太慢,否则后面做不顺,哎,你这边有好的苗子,推介到我们翰林中学这边来,就当是个通道。

张雪儿表示感谢。

但华梅梅感觉她还没开窍,还没到那个路子上,也就是前天找上门来的那个颜青的那种路子上,她就点破了说,雪儿,如果你带的学生连续多人能考进我们那儿,"雪孩子"口碑传传是很快的,家长都是非常现实的。

张雪儿说,那是。

华梅梅给好友鼓劲,说,好酒也要吆喝,而且小孩子是喜欢你这种型的,所以要做好传播。

好呀。张雪儿笑着点头又摇头,说,我发现我这人可能这块还真不行,不是不懂,懂了好像也做不来,呵。

华梅梅建议好友改变一下个性,她说,加油哪,搞培训这事,不只是上课,更多还是经营呢,本来就是这样的呀。

新年正在到来,颜青走进了城东"众创空间"。

堂兄颜鹏的创业公司在三楼,一片敞开式的办公区,长长的原木办公桌,海蓝色墙壁,空中飘着咖啡香,每个人面前立着电脑。

颜青今天来这儿,是给正埋首在"小升初"论坛里奋战的年轻人打鸡血。

他夸他们的"爱读书的小爸"越来越有腔调了。

他说,魔性来了,有点意思了,话语方式没端着,亦正亦邪,似真似假,击中人性。

他要求他们继续发力,让"小爸"魅力横生,做到与人争时,要有血性;放出风声时,要有温情;包打听时,要有帮办精神,那才叫OK。

然后,颜青把颜鹏拉到一旁,布置了一个任务。

他说:"加速度"准备一开年就推大片,"0元公益课",这可不是那种偶尔给人上几节的免费课程,而是实打实的一整套、一个完整周期的课程辅导,我们现在有资金,烧得起,目的只有一个,通过"0元"活动,掀起培训的革命,把人引过来。只要人过来了,影响就上来了,大量牛娃就浮出了水面。

他说,颜鹏,一开年,你就负责宣传、推广咱们的这个大动作,除了在网上炒,这次还要与主流媒体合作,我们要的是上台面,我相信这种公益的教学活动,报社一定喜欢,我们通过媒体主流平台,推行我们的价值观,"补习业的大众情怀",所以,你策划一下,挑选一家媒体,邀他们跟我们合办,我们付钱,当广告成本好了。

颜鹏点头,说,这主意不错。

颜青伸出双手,向窗外冬日下午的天空,做出双枪瞄准射击的动作,说,啪啪,好好打吧。

新年正在到来,颜鹏走进了城市早报。

自他离职后,他已经很久没回报社大楼了。

今天重返原单位,他是来向南丽表达合作意愿的,因为如今南丽分管报社经营口的"策划活动部"。

最近他跟南丽打过的几次照面,都是在自家小区的地下车库,而今天,他正式走进了南丽的办公室,坐在了她的对面。

他对南丽说,"0元公益课",是公益的,我们做这一活动的主旨,是针对目前培训市场的虚火。

南丽点头,深有感受。

颜鹏说,如今很多家庭在子女课外培训上负担太重,我们想在这个领域倡导"大众情怀",所以我们想跟报社联手主办,南总你放心,我们完全公益,15种课全赠送,让全市小孩享受阳光补课的机会,让培训散发暖心的力量。

听他这么说,南丽也激动起来,觉得这是相当不错的活动。

而且,作为合作方,"加速度"愿意付给报社25万元广告活动费用。

南丽点头,同意合办,将活动取名为"暖心的力量"。


在这些大人的一片忙碌中,新年终于到了。

开年后,"暖心的力量——0元公益课"炫目登场,不出所料,火爆全城。

学生、家长纷至沓来,声势浩荡,让补习界一片惊呆。

而追到南丽这边来的告状电话,也让她惊呆,傻眼。

"凯思""新梦想"培训机构来电说,"0元公益课"在报网互动的宣传中有意贬低别家公司，以家长受访形式，借人之口说我们的课程"死板""填鸭式"，活动主办方有"加速度"，这是有意的。

霞湾小学校长来电反映，网上有篇报道借受访者之口，说我们小学临近化工区，这是造谣，谁都知道"加速度"跟我们的竞争对手云岗小学走得很近……

"考能"培训构机前来喊冤：昨天有篇公众号，借夸"0元公益课"，说有学生在我们这里上课得了忧郁症，有根据吗？我们强烈要求你们登报道歉，消除不良影响。

新风中学校长打来电话，生气地说，"加速度"想自我夸耀，那就说他自己得了，扯上我们干吗？我们不愿意被机构当枪使。

……

南丽听出自己在坑里了。

她赶紧对颜鹏和"加速度"喊停。

她知道了"加速度"搞这个活动有其营销影响力、碾压对手的用意了。

她也知道了其他机构都睁大着眼睛，在紧盯相关报道字里行间的每一层意思，琢磨着呢。

所以不好搞。

她决然退出活动。

她没料到，这一行竞争如此激烈，简直是刀光剑影。

# "杯赛"场外

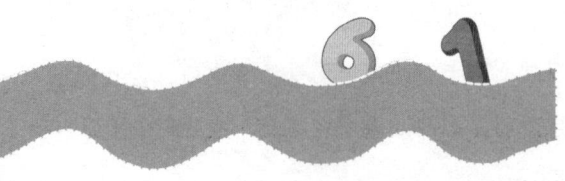

南翔职业技术学校门前的南湾路,被各色私家车堵成了狗,车辆一直绵延到了清涛东路。

在这个星期日的早晨,全城1万多名小朋友和他们的家长,正从城市的四面八方向这里涌来。

颜鹏的车也在车流中,车里还坐着老婆田雨岚、儿子颜子悠。

他们正在前往考场。

奥数"挑战杯"今天上午开赛,考场就设在南翔职业技术学校。

太堵,车走不了了。车内的颜鹏看了一眼手表,回头对老婆、儿子说,还剩35分钟了。

车窗外,可以看见不少家长带着小孩从车里出来,开始步行了。从这里过去,大概1000多米。

田雨岚抱怨道,早上出来的时候,不是叫你们早点嘛。

颜鹏说,算好时间的,哪想到会堵成这样。

其实不能怪他,要怪也怪田雨岚自己,早上是她想让儿子颜子悠多睡一会儿,没舍得早一点叫他起床。

这是因为儿子昨夜迟迟不能入睡,在床上翻来覆去,直到今天凌晨三点半才勉强睡着。每逢"杯赛",这小孩都这样。甚至这两年"眺望杯""华夏杯"等重要赛事前夕,他都毫无例外地发烧,因此影响了发挥。

所以,昨夜,妈妈田雨岚看儿子睡不着,心里叫苦。今天早上直到7点钟了,她才叫醒儿子。手忙脚乱出门前,她与老公还发生了争执,因为老公说"我一个人送送就可以了,你不用去了"。

老公这么说,是因为她的身子越来越不方便了,预产期是下个星期三。但她哪能放得下心来,自家小孩是敏感小孩,她要去陪的,要去给他加油的。

现在坐在车上,看这路堵成了这样,田雨岚庆幸自己来了,幸亏来了两个大人。

她对老公说,我带子悠走过去,你开车回去吧,等会儿来接我们。

颜鹏回头看了一眼她的肚子,犹豫了一下,但总不能让肚子鼓成这样的她来开车吧。于是他说,好的,你们走慢点。

于是她带着儿子颜子悠下车。母子俩跟着步行的考生和家长们,沿着路边往前走。

身旁全是相似的一对对小孩大人"考试双人组"。田雨岚怀孕的身影和蹒跚的步伐,使她在步履匆匆的人群中显得非常异样。

好多人走过她身边时,都小心地避让。她吃力地走着,嘴里还在关照儿子颜子悠,"做不出的题不要盯着,先做下面的","不要粗心"……

这让小男生颜子悠相当发窘。

他昨夜没睡好,头还在发晕。他瞥了一眼妈妈的大肚子,在这早晨的马路边,在这些投过来视线的行人中,它显得如此巨大和令人吃惊。这肚子里的宝宝本来就让他心烦。他可没想要个小弟弟。妈妈像企鹅妈妈式地这么跟在他身边,还唠叨个不停,这让他难为情。他就对她嘟哝道,知道了,知道了。

他是想让她别说了。但她还是不放心地在提醒。

于是,他加快步子往前走,她在后面吃力地跟,说,子悠,慢点,还来得及。

小男生有些任性,走得很快,像一只窘迫的小鹿。

他在同学们中本来就擅长跑步,所以步频快捷。

这让她跟得有些气喘,对儿子说,慢点,等等妈妈。

她心里说,别走得这么快,妈妈快要生宝宝了,不能走得太快。

母子俩终于走进了南翔职业技术学校，还好，还有12分钟。

满校园都是来比赛奥数的人，田雨岚喘着气，迈着企鹅步，跟着儿子，穿过密密的人流，找到了考场的位置。

子悠站在楼梯口，皱着眉头，回头对妈妈说，妈妈，你不要过来了，我自己进去了。

好的。田雨岚说，妈妈给你加油。

她向儿子伸出手去，摸了摸儿子的额头。其实，今天从起床到刚才路上到现在，她已经摸过N次额头了。还好，没有热度。

哪有热度啊。小男生颜子悠觉得别扭，因为他看见同学欢欢、赵琳在远处跟自己打招呼。他就向妈妈甩了一下手，想挥开她搁在他额头上的手，他的手落到了妈妈的腹部。

哎呀，田雨岚叫了一声，说，你不能打妈妈的肚子，宝宝要掉下来的。

这是一个有点寒冷的上午，但等在考场外面的田雨岚感觉热气腾腾，因为刚才走了这么一段长路，走得气喘吁吁。

田雨岚下意识地把手搁在肚子上，她在心里保佑此刻正在场内的子悠。

周围全是家长相似的脸色：相似的期待，相似的不安。而耳畔，也全是相似的声音，奥数，奥数，"拿过几等奖了"，"一等""二等""还只有三等"……

人群中，田雨岚突然看见南丽在跟自己打招呼，就知道她家欢欢也来参赛了。

南丽走过来了,说,哟,你这肚子还要过来啊。

从上周起,田雨岚已请假在家待产了,所以今天南丽没想到她还来这儿陪考。

田雨岚"咯咯"笑了,说,呵,还得来一下,小孩有点紧张,给他当一下定海神针嘛。

于是两个女人一起坐到排球场边,面对满目的家长们,一起聊天。南丽说,这是我们家欢欢第一次参赛呢。

田雨岚淡淡地笑了,说,会好的,我们子悠也是这样走过来的。

她瞅着远处的考场,告诉南丽,自家这娃单去年这一年,就参加了五大"杯赛",用了洪荒之力,全部入围,"花朵杯"预决赛还分两次,每次3个小时,这哪是比脑子,是拼体能了,太梦幻了,也正因为这样,每逢重要比赛就发烧的子悠功亏一篑,老是拿不到一等奖……

南丽安慰她,今天没发热,所以今天一定顺的。

后来田雨岚说,我去上个洗手间,今天老是想上厕所。


颜子悠在考场里做题。他突然听到了门外有一阵骚动的声音,好像有许多人在跑,隐约有人在说,"生宝宝了","女人生宝宝了"。

他一下子警觉起来,生宝宝了?是不是妈妈生宝宝了?

刚才他打到了妈妈的肚子,妈妈不是说宝宝要掉下来的,难道现在掉下来了?

他竖起耳朵,果然,听到了教室外面的动静,是有人在说"生了一个宝宝"、"啊,生了"。

考场内其他小孩也注意到了外面的动静,他们从试卷上抬起头,好奇地看向门口。

一位监考老师对他们说,注意力集中,没什么事,好好考。

另一个监考老师出去张望了一下,回进来,对前一个监考老师轻声说着什么。

"卫生间里","生宝宝了","天哪",这几个词飘进了坐在第一排的颜子悠的耳朵。

他想,是妈妈吧,没看见别的大肚子,应该是妈妈。

于是,他心头一紧,急得想哭了,他就站起身,冲出了教室去找妈妈。

他看见一些人在往一个方向快步走,他跑过去,他嘴里在说,是我妈妈吗?是我妈妈吗?

5分钟后,颜子悠在这个学校的医务室里看见了妈妈。

她躺在墙角的就诊床上,身上盖了毯子,还盖了一堆别人的衣服,身边放了一个小宝宝,小宝宝被包在大人的衣服里,露着皱巴巴的小脸,在"哇哇"乱哭。

医务室里挤着一群考生的妈妈们,在她们中间,颜子悠只认出了同学欢欢的妈妈南丽阿姨。

颜子悠挤到妈妈田雨岚面前,愣愣地说,妈妈。

他看见妈妈的脸也是愣愣的。他听见妈妈在问,考好了?

他还听见妈妈在告诉他,妈妈生了一个小弟弟。他还听见有人在对妈妈说,嘿,生在考场里,以后肯定是学霸。他听见好多人在笑了。

他告诉妈妈,我没考完,我出来了。

妈妈说,你怎么不考完呢?

他突然哭起来,你生小宝宝了呀。

旁边有人在安慰这母子俩,说,好的,好的,母子平安,也是人生赢家。

## 奔跑

小宝宝在田雨岚手中啼哭,从冬天,到夏天,在一天天的长大中,感知这世界给他的不安。

背书包的小孩们穿梭在教室、补习班之间,在一天天涌来的题海中,感觉这一生最初经受的负荷。

从冬天,到夏天,在整个五年级下学期,"小考试运动员"欢欢的训练强度在继续往上拉升,箭头直指民办初中"测试""面谈""校考"等等各种考。

各种"考"中,实质是语数外全套考核。

所以,现在的欢欢,除了原先那一串补习课之外,每个星期五下午3点,爸爸夏君山也像别的家长一样来学校接她,去校外培训机构补"语文";而星期六晚上,原本因停了钢琴课而有的空当，现在被填上了"作文课"。

至于英语，因为有爸爸这个教授在，所以在家自己强化。

转，转，转。

从冬天到夏天，在这一片旋转中，转得这一家人忙个不迭、面容失色，但也转出了一天天的念想。

念想中最大的一片曙光，来自于欢欢首次参加"杯赛"就拿到了"挑战杯"二等奖，这虽比不得那些牛娃，但也使她的简历上有了作为民办初中敲门砖的奥数"杯赛"成绩，如果接下来的六年级，她还能在"蓓蕾杯""华夏杯""眺望杯"中再拼一把，再上一个台阶，那砝码就会更大一些。

所以，欢欢在拼。

同样，不是她一个人在战斗。学校班里、校外补习班里的那些小孩，也都在战斗。

即使在欢欢自己家里，这么一个小小的屋檐下，她也不是一个人在战斗。

甚至，5岁弟弟超超的训练节奏都在跟上来了。

比如，这个晚上，妈妈南丽在厨房间里跟爸爸夏君山说的事，就即将与超超有关。

南丽告诉夏君山，同事李谷鸣的女儿李甜比欢欢高一年级，拿到了桃李中学的签约，这女孩子成绩一般，但擅弹古筝，桃李中学看重民乐，他们学校有一支有名的少年民乐队，每年会为了这支乐队招"民乐女生"。

夏君山说，这倒不错哦。

南丽说，是啊，你想想，一支民乐队需要多少人啊？早知道这样，就让欢欢学民乐，而不是学钢琴，现在会弹钢琴的娃娃遍地都是，所以，专攻哪一项"特长"，真需要消息灵，李谷鸣说这两年如果哪个女生唢呐吹得好，立马被"桃李"招进，因为他们需要这一款，为乐队增添表演感。

夏君山说，让欢欢去学唢呐吗？

欢欢不像是吹唢呐的女孩，而且也来不及了，到明年招生，也就一年都不到的时间了。南丽说。

夏君山又问，那么翰林中学看重什么？

南丽说，100米、400米、800米这些田径项目，没学校不重视的，所以田雨岚家的颜子悠从小就练中长跑，400米想冲进全市前三名，冲进去了就稳了。

那，还重视什么？

南丽告诉他，围棋，"翰林"的校园特色文化是围棋，跟市少年围棋院有战略合作，听说小孩达到业余围棋五段，就优惠录取，哎，你不就喜欢围棋吗？你当年怎么就没想到让欢欢学围棋呢？要不然现在她也就不用这么辛苦拼奥数了。

夏君山说，哎哟，五段哪有这么容易的？不过，咱超超现在还来得及，他现在下得挺不错的。要不让超超从现在起加一把劲？

夏君山本人喜欢围棋，所以他觉得这是一个好主意，至少，比现在欢欢这样在补习班里受煎熬要好。

南丽也眼睛一亮说,对啊,我们还有超超。

从第二天起,小男孩超超正式向围棋进军。

寻找培训,寻找师傅,报名,交费……

从第二个星期起,超超的钢琴课也停了,因为没有精力。

当一个人有了专攻方向,确实没有了别的精力,何况超超还是个小孩,何况这小孩在"考能"大楼里还有"幼升小"的不少课程在学。

更何况,夏君山在一通盘算之后,发现:最好能在幼儿园阶段拿下围棋四段,否则,上小学之后,课业上来了,就没那么多时间下棋了。

下棋特费时间,得静心,得花时间练,所以,趁超超现在还没上学,赶紧开足马力吧。

当然,这不是为了明年的"幼升小",而是为了7年之后的"小升初"。

也因此,超超学着学着,就烦了。

很正常,当一个目标被锁定后,奔向它需要凝神、专注和强度,这会让人疲劳,何况超超才5岁。

超超对妈妈说,要学钢琴。

超超"呜呜"地哭道,李芹老师在等我去。

妈妈指着正伏案做作业的姐姐欢欢,告诉儿子说,你看姐姐现在苦不苦,如果你不想以后这么辛苦,那现在学围棋是好办法，学围棋总比做这么多作业好。

做作业的欢欢回过头来，吐了吐舌头，点头劝弟弟，比刷题是好一点，下棋算是玩。

超超说，我不要玩。

到秋天的时候，超超连幼儿园都不太去了。

因为时间不够。

如今他的时间需要分配给"围棋""小升初"的"语数外"，以及"逻辑训练""趣味知识"等培训班。

现在外婆带着他转战少年棋院、少年宫、"考能"大楼。

一开始他还想念幼儿园里的那些小朋友，后来就不想了，因为幼儿园里的不少同学也来"考能"的"补课楼"了，他们在这里相聚了。

有一天，他和外婆赵姨在"考能"一楼大厅里，遇到了一个美女妈妈推着小推车，里面坐着一个宝宝。

美女妈妈向他们打听：听说这儿新开了"智力早教课"，在几楼？

外婆说，你去5楼问问看。

外婆看推车里的小孩粉妆玉琢，还不太会说话的样子，就随口说，总不是这宝宝吧？

这美女妈妈说，还就是这宝宝。

多少个月？

18个月。

连超超都笑了。这宝宝好像还不太会说话呢，也想来上课了？

哪想到，美女妈妈还真的告诉他们，这宝宝已经在上课了，在"金贝儿"学游泳。

学游泳？超超"咯咯咯"笑起来。宝宝这么小连救生圈都戴不了。

美女妈妈看这小男孩高兴成这样，也笑了，伸手摸了一把他的小脸蛋，对外婆赵姨说，现在小孩学费真叫贵，像这么点大的宝宝，学个游泳，350块一次。

350块？一次？赵姨瞪大了眼睛，心想，这么点小人，学啥游泳？

超超伸开手臂，嘴里嘟嘟着"小飞机""小飞机"，就飞出了"补课楼"。

别跑。外婆在后面追得颤巍巍，说，别跑，超超，你看人家这么小就来上课了，别跑，外婆追不上了。

南丽和老公夏君山是虎妈猫爸吗？

在现在的这片奔跑的节奏里，他们屁颠颠地在陪跑。

他们俩还做了分工，就像责任田，包干到人。

爸爸的责任田是：欢欢的英语、作文、背课文；超超的围棋、英语口语、知识面拓展……

妈妈的责任田是：欢欢的奥数；超超的算术、拼音、识字……

有一天晚上,一家四口坐在桌上,小孩写字,大人分管各自的责任田。

欢欢咬着笔头,此情此景令她突然说,这就是学习型家庭。

爸爸夏君山正捧着欢欢的课本在默背古诗《别董大》,等会儿要跟女儿"接龙背诗",所以自己得会背。

夏君山听女儿这么说,就瞥了一眼老婆南丽,她正埋头在解一道"利润率"的题,草稿纸上推理了黑压压的一大堆。

他又看了一眼儿子,儿子笨拙地攥着笔,在纸上一个字一个字地用劲在写,每个字都写得有杨梅般大。

# 广场舞大妈动起来

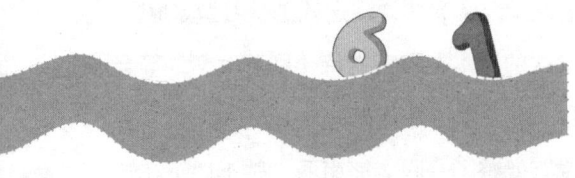

透过朝南的窗,可以看见梧桐树叶已经泛黄,每阵风过,"沙沙"作响。南建龙躺在开元新村家里的床上,视线落在窗外的树上,视线有些飘忽,走神。

上个月初,他跟一群退休老头去爬月牙山,下一个小坡时,他没走台阶,而是老当益壮地跳了一下,但毕竟不年轻了,结果摔了一跤,一条腿骨折。

这让他在床上躺了一个多月。

人病了会想一些心事,在一个屋子里躺久了,情绪会沉入某些暗角,出不来。

所以这个上午,蔡菊英厚着脸皮走进报社大楼。

她走到南丽的办公室门口，向里张望了一下，见南丽正好在，她就走进去对南丽说，我不行了，南丽，你就不能给我点脸面吗？

南丽见她穿着白底红字的文化衫、紧身裤，又这么走进来了，大吃了一惊，心想，怎么又来了？来向我要脸面？

南丽说，有没搞错。

南丽皱着眉头看着她。这办公室因她的出现，突然有了一种广场舞的气息。

南丽压低声音，告诉她，上次你已经搞到让我丢尽了脸面，你现在倒来向我讨脸面了，我干吗要给你脸面？

蔡菊英表情黯然下去，说，你爸已经很久不爱说话了，我过不下去了，他对我爱理不理的，不说话了，对什么都不说了。

南丽心想，关我啥事，难道要我去给你们调解吗？

南丽不想听，打断她的话，说，你们的事，我不懂的，我介入进去是要吵架的，你懂的。

蔡菊英张了一下嘴，嘟囔道，你已经有很久没回来看你爸了，他现在卧病在床，我知道他在想啥，我知道他在怪我啥，你饶了我吧，你已经有快一年没来看他了。

南丽说，是说我不孝吗？得，我认了，我干吗要对他孝？他生病了就跟我来讲孝了？我生病了，我小孩生病了，我妈生病了，他啥时候有来问过一句？你如果是我，对他只怕还不如我。

蔡菊英今天没想跟老公这女儿吵，她是真的来找办法的。

她说，南丽，你已经有一年没带小孩来看他了，他也是想他们的。

南丽说，你不知道他们有多忙啊，你们怎么就不知道如今的小孩有多忙啊？双休日都在上课，被关在里面，哪有时间出来。

蔡菊英说，老头子也就这两个孙儿，他也想他们的，我知道的，他昨天竟要我去把他们带来给他看看，我怎么带啊，南丽。

南丽撇嘴，说，如果说要看小孩，就在这城里，怎么就从没看见他过来看他们呢？

她说，他最近摔伤腿了，还有，我知道他是没这个脸，所以，他怪我了，越来越怪我了，我感觉得出来，我又不是傻子，是我没遂他的愿，是他遂了我的愿，但他却因此又怪我了，可能是恨我了，越来越不爱说话了，我想他会不会得忧郁症了，我也要得忧郁症了，我要被你们搞死了。

她就"啪嗒啪嗒"地往下掉眼泪。这让南丽生怕有人走进来。

见她这么哭，可能一时半会儿走不了，南丽有些心急了，说，其实，别走近，咱不熟，就没事了。

蔡菊英说，但他想小孩了，人老了，会想的，他说你是不准备给他看小孩了，他连爷爷也没得当了。

有人在门口探了一下头，是想进来汇报工作。

于是，心烦意乱的南丽赶紧打发后妈蔡菊英说，这里是上班的地方，要说这种事回去说。

蔡菊英就只能起身，捂着眼睛，走出去了。

三天后，南丽还是去了一趟爸爸南建龙的家。

按理说，他在家养伤，她得带点营养品，但想到上次他居然跑到女儿学校去退回东西，她心里有火，啥也没买。

她空手进去，见爸爸躺在床上，气色比想象的要好。也可能是他看见她来了高兴的缘故。

她问了伤情，然后告诉他，自己这一年来工作忙，帮小孩搞功课忙，为小孩读书这点事忙，忙得转不过身来，所以你们既然老人了，就要管理好自己了，现在经不起病病伤伤。

说到了小孩。南建龙看着女儿笑了笑，眼睛略微眯起，说，南丽，把小孩带来给我看看，我想看看。

在这老式的房间里，在这床前的一瞬间，她感觉他的表情有点像个讨要糖果的小孩，那种在病中央求糖果的小孩，这让她又心软又心烦，她对他说，他们现在是比我还忙，"小升初""幼升小"，都要考，都要比，双休日哪有时间出来？

嗯。他脸颊上掠过失望，说，也别让小孩太紧了。

她告诉他，唉，如果能松，没人想紧的。

他就不吱声了。于是南丽就起身告辞，说，我要去单位值班了。

一个星期后，蔡菊英再次走进南丽的办公室时，南丽都要疯了，还有完没完了？怎么动不动就找上单位来？

她想，这有多土啊，是报复我妈当年找你单位吗？那你找她去呀，找我干吗？

蔡菊英今天表情深沉，说，我没办法了，南丽，我会出力的，我这把老命拼掉，这力也是要出出来给你和你爸看的，否则，我发现这结解不了了，你爸心结解不了了，我也要被他搞疯掉了。

啥意思？南丽皱眉，看着这后妈。

蔡菊英说，我已经在做了，哪怕把所有的社会关系捋一遍，我也要翻出来看看能不能托到一点谁，南丽，我会出力的，会为两个小孩"幼升小""小升初"出力的，我实在受不了你爸觉得是我让他没得当爷爷了。

南丽皱眉，说，哎哟，我可没不让他当爷爷。

南丽说，小孩读书不关他的事，更不关你的事，你们别管。

蔡菊英今天来这儿可没想跟她争论什么，也没想多诉什么苦。

她放缓声调，告诉南丽，现在我在广场上跳舞时都在跟人打听，我那些跳舞姐妹的社会关系也被我摸了个底，谁的儿子媳妇、表妹、堂弟、小舅、小姨、孙子、外甥……跟翰林中学、桃李中学、新岗中学的人有关系，昨天早上还真给我找到了一个，姚伟霞，她儿媳妇在桃李中学当教导主任，我托她了，她回去跟儿媳说了，她儿媳回话过来，让我拿一份欢欢的简历过去。

南丽吃惊地看着她。

欢欢的简历现在就放在南丽桌面一角，因为昨天刚请了版式设计师帮了忙，做好了初版，打印了一叠。

南丽就拿起一本，递给蔡菊英。

蔡菊英翻看这精美得像画册的小学生"小升初"简历，被震了，她嘴里喃喃地念着简历上的字："吾志明，意坚，善写作、专数理、擅琴画，有参赛，亦获奖。勤学善思，星光少年。好挑战，勇探索……"

哗。她抬起头，对南丽说，小姑娘真了不起。

她说，应该不是我们申请他们的问题，而是他们应该请我们欢欢去为他们学校增光添彩的问题，这样的学生。

南丽差点要笑出来了，她说，这是简历，每个小朋友简历都很出彩的。

蔡菊英觉得一本不够，她要了10本。她就带着这一叠简历走出了南丽的办公室。

从这一天起，她在广场上，在姐妹们中，寻找托人的路径。

# 夏家坑班

傍晚时分,田雨岚抱着婴儿,在花苑新村附近的商业学院运动场上散步。

运动场边,一株株银杏一片金黄,在夕阳下灿烂得像在燃烧。

粉嘟嘟的婴儿在田雨岚怀中转动脑袋,发出"咿呀"之声,另一个儿子颜子悠正在运动场上绕400米跑道奔跑,一圈,两圈,三圈……

这个秋天,许多个傍晚,田雨岚都带两个儿子来到这里,一个出来透气,一个进行训练。

只是今天,她遇到了偶尔过来散步的南丽。

嗨。她向南丽打招呼,你怎么过来了?难得哦。

南丽告诉她，先出来透口气，等一下回去做题目，小孩他爸在跟超超下棋，嫌我在旁边影响他们。

田雨岚心领神会，"等一下回去做题目"当然是指她晚上陪女儿刷题。家家都是一样的。

欢欢呢？田雨岚问。

南丽告诉她，小女孩今天肚子不舒服，我让她先睡一会儿，等会儿起来再做作业。

她俩沿着跑道外围走。

南丽问目前请哺乳假在家的田雨岚，还好吗，宝宝晚上吵不吵？

田雨岚告诉她，累的，晚上吵的，跟养第一胎那个时候比，体力明显不一样了，到底老了10岁了，而且最近我老公颜鹏又忙，家里是一点照顾不了。

南丽说，颜鹏忙总是好事嘛。

田雨岚笑道，也是，他转到教育产业后，他的整个生意就顺了，盈收上来了，我都怀疑是不是因为子悠恰好"小升初"，给他这爸带来了运气。

田雨岚怀抱里的婴儿在"咿咿呀呀"，一张粉嫩的小脸，一股奶香，令人生怜。

南丽说，给我抱抱。

她伸手把宝宝从田雨岚那儿抱到了自己的怀里，轻轻拍着，不禁说，如果小孩永远这么点大，抱在手里，虽也辛苦，但也没像我们现在围着小孩读书这么累。

是啊。田雨岚朝大儿子颜子悠奔跑的方向看了一眼,说,想着这二宝还要再来这么一遍,一阵心烦就袭上心头,早知道不生了。

南丽就笑她,呵,长大了就是个宝啦,还是个儿子哪,又一根顶梁柱,人家想要生还生不出来。

田雨岚脸上有哭笑不得的表情,说,啥宝啊?两个儿子,以后就得准备两套婚房,看样子我家颜鹏要累死了。

她说她原本是想生个女儿的,好凑成一个"好"字。

这个傍晚,绕着运动场散步的两个妈妈,除了叹息累,还说到了迫在眉睫的"小升初"和"幼升小"。

是的,越来越近了,已在风吹草动了。"你听到风声了吗?"家长圈里许多张嘴也在问了。有人听说有学校已在收简历了、有学生家长已接到校方悄悄打来的联系电话了……当然,传言不一定是真的,但,传闻里的这批率先启动的学校,大都排名较后,这又增加了可信度,因为这类学校心态更急,更想抢先下手,以揽到好的生源,所以每年"升学季"的初澜也大都是先从它们那儿扬起来的。

因为说到风声,所以田雨岚还跟南丽交流了下个月即将开赛的"蓓蕾杯"。

这是子悠、欢欢"小升初"前最后一次冲击奥数一等奖的机会了。

而"蓓蕾杯"在一大堆"杯赛"中,又是含金量相对高的一个。

所以,南丽对田雨岚说,但愿子悠、欢欢这次都能顺。

她知道,子悠每逢杯赛就发烧,这已成了田雨岚的心结。

田雨岚笑道,也是啊,子悠这次总该没事了吧?以前不是他发热,就是我生小孩,你说,该有的事也总该出尽了吧,还会有什么事吗?

南丽说,你就等着好消息吧。

这么说着,田雨岚又有些感慨和迷惘起来,她说,如果真拿到一等奖了,真的管用吗?

是的,家长圈里眼下是在传:如今小孩都涌向"杯赛",各大"杯赛"一等奖人数加起来多如繁星,即使是含金量较高的"蓓蕾杯""华夏杯""眺望杯",一等奖人数合计也不是小数字,而像翰林中学这样的民办初中,每年扣除摇号名额,自主招生只有250人左右,所以,如今"杯赛"一等奖也没有了"一针顶破天"的作用了,哪怕"双杯""三杯"在手,学校也未必直接签你,你还得去争取该校的"面谈""面试""校考"机会,即使有奥数佳绩,争取不争取得到"面谈",还很难说,还要看学校对你的"综合考虑",如果他们悄悄通知你参加"面谈"了,就说明你之前所做的一切是有用了,但这也才是刚刚入了门,最重要的还在后面——"面谈""面试""校考"本身,即,对你进行几小时的考测,语、数、外全套考试……

此刻,站在运动场边,南丽明白田雨岚的所指,这些日子以来,随着越走到了更前方的位置,还真的越发现路径模糊了,情况年年在变。

南丽看着田雨岚眉宇间的愁云,宽慰她道,"杯赛"成绩好,总是有用的,人家通知你参加面试的概率总会高一些,否则看什么呢?而后面的"校考""面试",据说还是考奥数题型……

田雨岚沉浸在自己的情绪中。

她对南丽说,你发现了吗,民办初中招生,这里没一个明确的标准,到底哪一个条件才有用,到底达到怎样了才比较管用?没人会说透,没人说得透,都说奥数有用,于是一堆人都拥过去,然后又听说另外的什么也有用,比如今年就说"语文"也很重要,于是一堆人又拥过去,无头苍蝇似的,一个个好可怜,但不拥过去,那什么有用呢?原来有用的后来变得没用了这也是自然的,因为人多了就变得不值钱了。但是,那个所谓"综合考虑"的标准在哪儿呢,什么时候学校能给我打电话让我去"校考""面试"呢,一颗心一直浮着。

南丽忍不住说,真不如直接、公开考试。

田雨岚笑道,那不行,小学生减负,是不能像"中考"那样考的。

这南丽当然懂。

她也明白这是悖论。

如今搞教育的也真不好做。

只是在这悖论中,那些花头筋也由此间的缝隙而生,吃力的除了小孩,还有家长,还有家长的钱包,还让培训机构赚了一票。

南丽告诉田雨岚,你还好,就一个"小升初",我这边是"小升初""幼升小"双响炮,明年一起上,这"幼升小",走近一看,发现跟"小升初"架势一模一样,也人山人海,也是"面谈""测试",也是找不到北的标准,不好搞,所以我们也是两手准备,如果超超考不进翰林小学的话,我们就准备发展他的"特长",让他攻围棋,为7年后的"小升初"早点准备起来。

田雨岚从南丽手里接过婴儿,说,对的,你家超超是好早一点准备起来了。

暮色正在飞快地降临,两个妈妈站在运动场边,言语中的那条升学路径,就像面前这环形跑道,绕着圈圈,没有连接终点的简洁直线。

小男生颜子悠走过来了,气喘吁吁地说,妈妈,我练好了,我要回去了。

他的运动衫湿透了,额头上全是汗水,头发在升腾着热气。

他专攻的是400米,他的目标是在"小升初"前跑进1分钟以内,若达到这个成绩,无论翰林中学,还是桃李中学、新岗中学,都是要来抢的。

南丽看他气喘的样子,夸他真乖、厉害。

田雨岚说,子悠是乖的,懂事,从小学一年级就在练了。

南丽拍了拍子悠的肩膀,说,阿姨给你加油,现在能跑多快啊?

子悠脸上有可爱的表情,说,1分5秒。

南丽说,哗,那是很快的,以后当刘翔。

田雨岚在一旁笑道,呵呵,也可能奥数拼了老半天,到最后发现还是跑步管用。

子悠觉得这两个大人好像想得太美、太轻松了,就对她们说,但是现在提上去每一秒都很难了啊。

现在提上去很难的,还有小女生欢欢。

妈妈南丽感觉到了。

现在欢欢的刷题量在不断增加,但解题能力没了先前的上冲态势。

南丽注意到了女儿的疲态。她在慢下来,对难题的反应能力,好像在钝下来。

为此,她停掉了女儿周六上午"考能"的科学、英语两课,因为打听到了"小升初"各校不考科学,而英语呢,如今欢欢成绩不错,由爸爸在家辅导也够了。

像大赛前的教练员,现在南丽也在精打细算,以节省精力,调整女儿有些疲下来的状态。

但还是没用。

南丽心里明白,这是可以理解的,换了谁都有疲惫的时候,原先有后发优势,但冲了这么一年了,慢下来,兴奋度减低,学习兴趣降了,是正常的,人毕竟不是机器,人的意志也不是铁打的,才这么大的小孩。要不你来试试看。"

"要不你来试试。"

这其实是欢欢如今的口头禅。

如今,每当她觉察爸妈有责怪的苗头,她就说:"要不你来做做看""要不你来背背看""要不你来写写看""要不你来算算看"。

一句就把你问上天。

心疼去吧。

妈妈南丽是在心疼,心疼这小倦容、小身体、小意志、小可怜,心疼这自家11岁的宝贝在这千辛万苦的冲刺中还懵懂地迎来了她作为女孩的初潮。小女生对这事的惶恐、不安和羞怯,加深了妈妈的心疼,都已经这么累了,它居然也来了,原先是多么想能再晚点来,哪怕再晚个半年,过了"小升初"就好了,但它还是不听使唤地来了:那天接到班主任何靓靓老师打来的电话后,南丽心跳一百地从单位赶往学校,走进教室时,看见女儿坐在位置上小脸害羞的样子,她心疼无比,慌乱地把女儿带回家,洗好,像个小宝宝一样搂着,哄她没事,肚子不舒服会过去的。

后来,那天晚上欢欢还做了一堆作业。南丽要她早点睡觉,她还不肯。小女生欢欢是无法忍受自己不交作业的,加上白天时在教室里她感觉自己出了糗,所以更不肯明天因交不出作业而被其他小孩重新议及这出糗的事。

后来好不容易等她把作业做完,南丽哄她睡下。睡下去一个小时后,她又出来了,说要上卫生间,她挪着脚步,脸上是迷糊的表情，因为她看见妈妈伏在桌上做试卷。

她问，妈妈，你怎么还在做作业？我已经做完了呀。

南丽没抬头，嘴里说，让妈妈复习复习，妈妈现在睡不着。

欢欢像一只小猫一样凑过去，见妈妈原来是在做她刚才做过的一张数学卷子，妈妈把答案写在旁边另一张纸上，一道道地重做一遍。

她突然发现妈妈在哭，是的，妈妈脸上是泪。

小女孩被吓了一跳，问，妈妈，你怎么了？

妈妈没抬头，说，没事，妈妈想感觉一下乖宝有多辛苦。

在欢欢眼里，这虽没头没脑，但在这样的夜晚，妈妈这个样子让她心里突然有种难言的情绪上来，她也跟着哭了。

夏君山听到动静，从卧室里出来，看见母女俩这个样子，他傻眼了。他说，怎么了？超超都睡着了，别吵醒他。

你别管。南丽说，你不懂的。

这天晚上，南丽是跟女儿一起睡的。

她跟女儿挤在女儿的小床上。她听着女儿在另一头酣睡的声息，她轻轻抱住她的小脚，无声地哭了一场。

这个秋天，南丽动不动想哭，动不动就跟老公起争执。

她这样子，让老公很诧异，他心想，是太焦虑让更年期提前了吧？

有一天，他对老婆说，算了，我看不对劲了，过度了。

他说，算了吧，欢欢、超超不上这民办学校又会怎么样？

她不想跟他辩，太累，无解，无意义，而且已争辩过多次了。

她只说，夏君山，我不是说过了吗，给我一年半时间。

他说，时间不是到了？

她说，还有半年时间，坚持到明年4月份，让答案见分晓。

他说，按你这样，明年4月以后，还有初中、高中，初中还有分班考、中考，高中还有分班考，高考……不会完了，你不会到时候再问我要一年、一年的吧？

她脸上也有自嘲的苦笑，她说，你不知道我有多心烦听到这一年一年的，没完没了，你应该知道我比你更无法忍受，因为他们是我的乖宝。

他说，那就顺其自然呗，我也坚持不牢了，你也别让他们赢在起跑线上了。

她说，我这哪是想让他们赢在起跑线上？你忘了，我有说过的，起跑线被拉前了，他们不得不站到起跑线上了。

他回了一句，还不是被你拉的。

她怜悯地看着他，由衷觉得在这小小的屋檐下说这些没什么意义，而且还有些可怜，说过多少遍了，全社会都说了N年了，谁有办法了？你问谁拉的，哪个家长第一个拉？去查一下，查清了又怎么了？欢欢、超超又不能生活在真空里，就你保卫童年？

但，现在她决定再对老公说一遍，最后一遍。

她说了这样四点：

1.如果你要这样想，觉得我焦虑，那就算是吧，我还没跟你说，我现在有在吃药稳定情绪，别怕，医生开的，很正常，很多妈妈都在吃。

2.如果你觉得我做法太功利，我承认我对"考试"有情结，因为我们自己就是从这条路上来的，考试、读书是我们上来的武器，所以自然对它们有情结，一辈子的情结，别怪我。

3.就目前全社会你追我赶的态势，我们这样人家的子女一代，如果顺其自然，那么他们中的三分之二将达不到我们的水准，这是有专业人士进行社会学分析过的。

4.所以，在欢欢、超超读书、学习、考试这个阶段，我不愿意他们输在这个阶段。

他瞪大了眼睛，张开嘴，像一条鱼一样在呼吸。

他终于反问，输了会怎么样？

她说，输了？你想试试吗？

趁他没回过话来，她赶紧继续说，你说的那些培育自由的心、轻快的灵魂，我自己也想，做梦都希望，但如果你，夏君山，你提供不了实现的条件，那它对我们就只是蓝图，蓝图太美，对我们就是有负能量的，因为它太远，太梦幻，无法励志，所以与其你跟我争，不如给我和小孩来点切实的励志。

励志？他目瞪口呆，说，我从哪儿给你们去励志？

他语无伦次地说，我也需要有人对我励志啊！我看着超超现在根本不愿意坐下来下棋的样子，他那张小脸对着棋盘别转过去、一点笑容也没了的样子，我才需要励志呢。

这个秋天,因为子女教育三观分歧,他们常常争论,一直争到如上语无伦次的状态。

他们需要的励志,还真有人给送来了。
这人是张雪儿老师。
欢欢冲不上去了的状态,张雪儿老师也发现了,她对前来"雪孩子数学课"接欢欢下学的南丽说,小姑娘是累了,但这个时候要加油,就像100米,都跑了80米了,最后20米要打起精神,向前冲,其实这个时候别人也累了。

张老师说,我放眼过去,一群孩子,比到最后,其实是比意志,这个时候需要斗志。

南丽问张雪儿老师,有什么办法吗?雪儿老师,您有经验,有没有什么榜样让她学学?小孩是需要看样的。

她俩说话的这会儿,"雪孩子数学课"的孩子们正在课室里静静地做试卷。

今天南丽过来得比较早,还需15分钟才下课。刚才张雪儿老师见她在外面等,就从课室里出来了,所以才有了上面的这一段交流。

现在,张雪儿老师透过走廊上的玻璃窗,往课室里看,她眼睛闪了一下,说,对的,米桃,这小孩值得学习。

她告诉南丽,欢欢同班同学米桃,好像是不会累的,永远在冲,她原先的基础是比不过欢欢的,但最近这半年拿下了奥数"华夏杯"一等奖、"眺望杯"二等奖。

南丽夸道，那是你老师教得好。

张雪儿说，不是，她特别懂事，有意志力，很拼。

她指了一下走廊那头，对南丽说，那是米桃的爸爸，他也来接小孩了，要不跟他聊聊。

南丽看过去，那是一个穿蓝制服的矮个子中年人。

米桃爸爸叫米宝山，来自安徽，在公交公司开车。

他对南丽说，我没啥文化，平时没管她，全靠她自己要。

他憨厚地笑了笑，解释道，我不用教她要好好读书，也不用管住她做作业，她自己懂的。

他说，如果说有什么教育，也就一次，那是4年前她跟我从老家山区转来这里读书，我告诉她，妈妈在家种茶叶，爸爸和你都在外面，妈妈想你，你也想妈妈，我们在这里读书是不容易的，你会看到你的同学跟你不一样，他们有的你没有，但20年后，你可能会跟他们一样，可能你比他们有的还要多。

他说，我跟她讲过了这话，就算解决她的思想认识问题了，所以，此后根本不用我管她有没做作业、有没贪玩，她自己会花工夫的，还有，张雪儿老师是她的恩人，她一辈子要记牢。

南丽听得心都颤了，这么一点点小的女生，这是多懂事，要强啊，真是穷人家的孩子早当家。

南丽突然心想，这样的好小孩如果能跟欢欢一起做作业有多好啊，一个星期如果有一两次也好。

她想，公交公司离花苑新村也不远。

于是,她赶紧向米宝山师傅提出来,米桃爸爸,以后能不能让米桃跟我家欢欢一起做做作业,她们本来就是同学,让我们欢欢向米桃学学。

张雪儿老师在一旁说,这不错,相互帮助嘛。

米宝山笑道,当然好的,没关系,同学嘛。

南丽赶紧增加"福利",说,我还可以让我老公教小孩"英语诗歌欣赏",他有时被中小学校邀去讲,蛮受小孩喜欢的。

米宝山说,那是太好了,是米桃需要向你们学习。

接下来,星期六上午,米桃就背着书包来欢欢家做作业了。

于是,两个小姑娘就坐到了一起,写字、刷题、背课文。

米桃的到来,还真给这屋子捎来了一种利落的、向前奔的气息,她低头咬着嘴唇飞快地刷题,她对于难题的那种执着、韧劲,以及她言语中那种半懂事半懵懂的信息,是有微妙的影响力的。

她告诉同学一家,爸妈也想让她读民办初中,因为民办初中好,她自己呢,也想跟学得好的同学再做同学,爸爸说学费"全力以赴",妈妈明年也会来打工的,妈妈现在家种茶,已经半年没见到她了,爸爸说考完就带她回去看妈妈……

因为她的到来,欢欢星期六上午复习的节奏、劲儿就有些不一样了。

甚至连小男孩超超,都因为家里来了这么一位一起学习的小客人,而有了新鲜感,愿意坐在两个姐姐旁边识字,做算术,听她们讲悄悄话。

夏君山的"英语诗歌欣赏",作为对小孩做数学题的调剂,也开起来了。

因为有米桃这个别人家的小孩在场,所以比之前夏君山单独讲给女儿欢欢听,更像正式上课了。

这样的情景,就像在"学习型家庭"里开了一个"小小班":做作业+英诗欣赏。

三个星期之后,除了米桃,家里甚至来了一队"蓝湾双语小学"的人马,6个小朋友。

他们也来参加夏君山家这个"小小班"了。

他们主要是冲着夏教授"英诗欣赏课"而来的,兼带跟欢欢、米桃、超超一起写作业。

作为一起学习的同伴,你知道"蓝湾双语小学"的小学生有怎样惊人的实力吗?

或者说,你知道"蓝湾双语小学"吗?

这是全城最牛的贵族式私立小学,每年只招一个班,30人,想让娃进那儿难于上青天,学费贵还不是重点,小孩得有顶级聪明的脑袋,所以"蓝湾"集中了一批才思敏捷的少年(每年"小升初","蓝湾"30人会被翰林、桃李等民办名校瞬间抢尽)。

那么,南丽、夏君山是从哪儿把他们搞到家里来的?

原来,夏君山是受"跟米桃一起做作业"这事启发,联想到了牛校"蓝湾"里的那些小孩。

他想，如果能从"蓝湾"请几个娃过来，陪欢欢、超超一起学习，那么效果会怎样？

很显然，这是在米桃的励志熏陶之外，得到另一种激活。

这绝对异想天开。

但，后来还真被夏君山搞定了。

因为他教过的一名研究生裘安，在"蓝湾双语小学"执教。

他向裘安求助，说，能不能给找几个尖子生星期六来我家做作业，带动带动我家闺女，我免费教他们英文诗歌和口语。

裘安在电话那头笑道，这没问题，小事一桩，你大教授的课，还免费，还帮人管小孩，还督促他们做作业，家长是求之不得的，要来抢名额的，如果放开来的话，我估计你家都不够大，好吧，我先让小孩和家长自愿报名，再选6个顶尖牛娃，来你家做作业、听英文诗。

所以现在星期六上午，夏君山家也如同开了辅导班。

6个"蓝湾"牛娃，1个"寒门学子"米桃，再加上夏家的欢欢、超超，一片学习的氛围，一片良苦的用心。

学学学，帮扶带。

南丽在厨房间给这些小孩做点心。

她夸老公夏君山，这事你做得是真靠谱，有智慧。

夏君山有一天跟欢欢开玩笑，咱这"小小班"如果起个名，是不是可以叫"夏家坑班"？

坑班？欢欢"咯咯咯"笑，说，也叫"坑班"？都掉坑里了，确实够坑。

"夏家坑班"，姑且这么称呼它吧。

它的名声居然迅速扩展，闻讯来问"你们还收不收小孩"的人络绎不绝。

当然，他们都是周围的一些熟人和朋友。夏君山的高中同学吴玉，甚至带着小孩闯进门来了，她说，帮帮忙，老同学。

夏君山看了一眼那孩子，说，不行，太小了，才幼儿园呢，我们这儿是小学生。


南丽在又一次去"雪孩子数学课"接欢欢的时候，对张雪儿老师说，米桃这孩子来了之后，还真有点不一样，这小孩懂事，有股子劲儿，连我家老公这么迟钝的人都被感染到了，这就是正能量，能激活人。

张雪儿老师笑了，说，有用就好，这相当于建构心理刺激模式，有时是得换换小孩学习的小环境，增加新鲜度，树立新对标。

她告诉南丽，面对一群冲刺的小孩，教着教着就知道了，为什么"新东方"那些教外语的老师会那么善于励志演讲，因为小孩需要，因为被关着学得太辛苦了，所以需要，像吸氧一样。

张雪儿老师又轻叹了一口气，笑道，其实，我们教小孩的人也一样，有时候也就冲着那些乖的、要的小孩，才坚持着，要不一天天这样冲也做不下去。

南丽注意到张雪儿老师气色不太好，心想，自己出来办班到底是辛苦的，就是我们那个"夏家坑班"星期六一个上午陪那些小孩下来，也手忙脚乱、累得要命。

# 大闹

这又是一个星期天的早晨,石花路上车流拥堵,人流浩荡。

1万多名小学生和他们的家长,从城市的四面八方,拥向江东电子科技学校大门,空气中都是考试的味道。

奥数"杯赛"中的明珠"蓓蕾杯"今天开赛,承办方蓓蕾教育机构将考场设在了这里。

颜子悠和妈妈田雨岚吸取了上次的教训,今天早早地到达了考场楼下,一颗心放下。

现在,颜子悠避开了妈妈伸过来的手,说,没有热度,你可以回去了。

其实,今天颜子悠就没想让妈妈跟来。

他嫌她太烦，每次她都太烦，还有，每次她跟来他都不顺，上次她竟当场生了个宝宝，可能全世界都没有，狠狠地出糗，使得他在同学面前都成了笑话……

所以今天出门之前，他见她在穿外套，好像要跟来的样子，就直起眼睛问她，你干吗？难道你还想去啊？

她说，妈妈送你呀。

他说，你还要跟？难道你还想跟？

她被儿子问糊涂了，睁大眼睛，疑惑地问，为什么不要我去？我不去你怎么去啊？

他皱着鼻子说，你上次都生小宝宝了。

她抚了一下自己的肚子，笑道，这次不会生了，妈妈给你去加油。

他恼得眼圈都红了，作为小男生，对这么一个执拗的妈，他几乎无语了，他就说，我要爸爸送。

颜鹏手里抱着婴儿，对老婆说，我开车把子悠送到学校门口，他自己进去就行了，老选手了，搞得定的，你也不用去了，在家管小孩吧。

结果还是没拦住，她还是来了，她把小宝宝留给了颜鹏，让他这个上午在家带小孩，而她自己则准备在考场外等儿子考完。

所以，现在站在考场楼下的颜子悠，是多么想把妈妈支回家去，别在这儿守着了。

在他看来，跟发烧相比，她在这里才是魔咒呢。

要不为什么自己老得不了一等奖?

他突然在人群中看见欢欢和她妈妈南丽了,他就对妈妈田雨岚说,你走你走,别等在这里,考完我会跟欢欢妈妈的车回来的。

田雨岚感觉到了儿子今天情绪有点暴。她就有些心急,以为是他昨晚没睡好而心烦气躁的缘故。

她对儿子笑道,别想昨晚没睡好,一看题目就全醒啦,妈妈在外面给你保佑。

颜子悠无语,转身,飞快地往考场里走,知道拗不过她,随她去吧。考砸给你看好了。

颜子悠走到楼道转角,欢欢从后面追上来,说,子悠,你走得这么快干吗?等等我。

两个小孩走到二号考场门口时,都惊叫起来,呀,方小棋。

是的,一个穿红毛衣的小男孩正站在二号考场门口,在对欢欢和子悠做鬼脸。

你怎么来了?

你跑哪儿去了?

你们怎么来了?

你还走吗?

"蓓蕾坑班"让你来参赛的?

你还去"蓓蕾坑班"吗?

……

一通兴奋,一阵叽喳之后,欢欢、子悠搞明白了,方小棋最近从北京国际学校回来了，以后也不去了，因为三天后他就去美国了，而在走之前，他爸非让他来参加这个比赛。

为什么？你还考得出吗？他们问他。

方小棋吐着舌头，说，保证考不出，太难。

欢欢、子悠说，那你还来？

方小棋告诉他们，我老爸说这是人生财富，出国前得再尝一下，他说我以后还是要回来的，还是要跟中国小孩PK的，所以得知道中国小孩怎么在学。

欢欢拉了一下他的耳朵，说，那你就留在这里尝呗，有你尝的。

方小棋摇头说，啊，那不行，我考不出来。

这"小猴"耍赖似的表情，让欢欢觉得他好滑头。欢欢说，哦，你把我搞到了"蓓蕾坑班"，你自己溜了，你得待着，别跑。

方小棋的眼珠滴溜转。他的表情仍像一只"蒙奇奇"。他辩解说，我没跑，我去北京了呀，"蓓蕾坑班"，我怎么会跑？

欢欢心里一闪念，那个"猴妈妈"。她就告诉他，你妈妈去找过你了。

方小棋笑了，伸出手指，往走廊外一指，对欢欢说，我妈妈今天又来了，在那边等。

这时进场铃响了。监考老师对他们说，进场了。

这个上午，坐在考场里的颜子悠做题不顺，连续三题被卡。

他告诉自己别盯着，往下面做。可是，下面还是卡。结果一点点地心烦意乱起来：一等奖又麻烦了。

解题思路被卡，可能是因为"蓓蕾杯"题型他不太适应，之前他没在"蓓蕾坑班"受训，这些题目他乍一眼看过去，感觉会做，但做下去，就发现局部有转弯，头绪就受阻。

他默念着题目：一个牧场上的青草每天匀速生长，这片青草可供17头羊吃30天，或供19头吃24天，现在有一群羊吃了6天后卖掉4头，余下的羊又吃了2天……

他脑袋里浮现一片草地一片羊，昨天晚上睡不着，妈妈也让他数羊，一只、两只、三只……

他想，妈妈还在外面等吗？

他盯着卷面的视线中，浮现了妈妈在外面等着的样子，他觉得心里很堵。

他抬起头，看了一眼前面的考生，他看见欢欢在左侧前方飞快地写着，而坐在第一排的方小棋在看窗外，方小棋做不出来是肯定的，而欢欢写得好快哦，她是在"蓓蕾坑班"培训的，而这个杯赛是蓓蕾教育机构承办的，这么看，她好像比自己划算，那还比什么呀？

他心一烦，就拎起试卷抖了一下，用力大了，"扑吱"一声，试卷裂开了，许多人回头看他，他感觉脸热了，老师在向他走过来，是要批评了吗，还是要让自己出去了？他心想。他想起身往外冲，就像上一次妈妈生宝宝一样。于是，他推了一把桌子，真往外冲了，桌子被带倒在地上了。天哪。考场里有哗然的声响。

他往前跑，门就在前方，他看见前排也有了骚动，是方小棋，这小子看见他跑了，也把卷子往头上一抛，也起身拔腿往外跑。

子悠几步就跑到考场门口了，他练中长跑的，速度飞快，他掠过方小棋身边时，感觉自己的手被人牵住了，毫无疑问是方小棋。

两个小孩就奔出了考场，奔过走廊，一路飞跑。

他们听到身后一片纷乱的惊叫。

这就是第二天在本地各大媒体上被称为"奥数小孩怒掀桌子"的新闻事件。

它搏尽眼球，轰动全城，也成为一个导火线，点燃了众多大人小孩心里郁积多时的情绪，也引发了人们对"杯赛"的强烈争议，"小学生杯赛减负"呼声雷动，甚至惊动了市里有关方面。

一个星期后，教育部门出台政策，对目前名目繁多的各类"杯赛"紧急喊停，进行清理整顿，取消了作为民办初中敲门砖的民间"八大杯赛"中的六个……

"杯赛"喊停，小孩子在偷笑了。

方小棋对着电脑就在笑。

他现在已到了美国加州，在一家私立学校上学，他跟子悠、欢欢在QQ上联系，密切关注此事，他问，搞大了吗？

欢欢说，相当大，"怒掀桌子"，你俩成英雄了。

颜子悠说，但我妈晕倒了，因为我搞砸了。

欢欢给了一串又笑又哭的表情符号，然后说，我妈也晕倒了，因为"蓓蕾杯"这次不公布分数了，我也没分了。

气晕的还有"赛马"公司董事长方远洋。

他在对颜青、颜鹏说，晕倒，我让"蓓蕾教育"安排我那小屁孩去体验一下比赛，人家尽力，他倒好，把人家的场子给砸了，还让人比赛给停办了，我在"蓓蕾"还有投资呢……

方远洋由此得出教训，他对颜青他们说，教育产业虽是风口，但因为千家万户的眼睛都盯着，所以什么情绪都有，所以我们更要注意细节，否则会惹出事，出大事，你看两个小屁孩干的……

确实，什么情绪都有。

与小孩的偷着乐相反，网上有家长在发急了：

"没有杯赛，那么以后看什么？那不就要看条子了吗？咱小人物托不到关系的，所以，跟条子比，还是杯赛更体现教育公平。"

"杯赛被减少了，这剩下的两个，难度不就更大了？小孩不就更苦了？"

# 小冲锋

新年和春节过去之后,掠过操场的风一天天变得暖和起来。

魂萦梦绕中的"小升初""幼升小",就双双迫近到了眼前。

大人带着小孩向前迈动的步伐,开始了冲锋。

最近许多个傍晚,在花苑新村附近的商业学院运动场上,奔跑的除了小男生颜子悠,还有南丽、夏君山夫妇。

小男生步履轻捷,后面两位则累成了狗。颜子悠是为了升学,后面两位也是。

颜子悠想冲进400米一分钟大关,成为"小升初"特长生;后面两位,是为了让体重减下来,否则有可能连累超超,使他进不了翰林小学。

因为有传,翰林小学不仅坚决不招小胖子,就连家长是胖子的,小孩也不要。

因为据说,胖表明你自律性不够,缺乏自我管理能力。而从自律性不够的家庭出来的小孩,有可能是让学校头痛的小孩。

所以,如果你胖,你就对不起你家小孩了。

所以,微胖的夏君山和永远嫌自己不够瘦的南丽,眼下在紧急减肥。

田雨岚抱着婴儿,站在运动场边,看着他俩跑得满头大汗的样子,差点笑晕过去。

后来,气喘吁吁的南丽停下来,对田雨岚说,你笑什么呀,当妈就容易吗,这民办的小学什么鬼啊,不但要求家长双双本科以上,还要求双双身材好。

田雨岚笑得连小宝宝都快抱不牢了。

南丽说,你说是吗,我感觉以后女生找对象更难了,学历高嫁不出去,学历低影响后代入学,身材不好表示孩子也养不好。


如今,在向前冲锋的人群中,还有南丽她爸现在的老婆蔡菊英,因为各家民办初中开始收简历了。

所以,从这个早春起,她怀抱夏欢欢的简历,奔波于翰林中学、新岗中学、解放中学、南湾中学等等学校门前。

她把简历送进各校传达室的接收窗口。

这就行了吗?

显然不够,因为从那扇窗子瞥进去,吓死人了,同样精美的小孩简历摞得像小山一般高,你这本会被淹没吗?别人看得见吗?

所以,在如今广场上跳舞的人群中,蔡菊英继续向跳舞姐妹们打探:有认识那些民办中学的人吗?

她脸上有忧愁的表情,她对人说,是我老公前妻小孩的小孩,怎么不关我的事?关系大着呢,唉,一言难尽。

蔡菊英上次托到的桃李中学的那条线索,可能不太顶用,因为简历送过去后,一直还没给回音,哪怕透露一句会给面试的,那也好去南丽那儿表一下功劳呀。可惜还没有。

当然,作为小人物的蔡菊英,对此也能理解。她心想,这"小升初"确实是难的,要不怎么成了全社会焦虑,我这点跳舞跳出来的关系,还绕了圈,没什么用也是正常的,哪有这么好搞的。

蔡菊英跑送的学校多了,南丽又在担心到时各校"面试"会不会太密集,彼此撞车,小孩太累。

蔡菊英赶紧就此打听,结果发现还真有这个问题:有的学校"面谈""面试""校考"故意跟人时间撞车,就是要考验你的忠诚度。

在向前冲锋的人群中,当然还有未来的接班人、"升学季"小主人欢欢和超超。

欢欢继续刷题,语数外全套,奥数依然是重中之重。

超超除了识字、算术、儿童英语、常识、逻辑思维,眼下主练"一对一面谈"。

对于小朋友,这个"一对一面谈"是需要突破的难点,因为届时家长无法陪同小孩入内,所以必须训练小孩面对陌生老师提问不紧张、不发怵,面对"人机对话"快速回答,冷静从容。

南丽在"考能"为超超买了10节"私教"课。原本还想报名"兔宝"培训机构最新开办的"人机对话"强化班,可惜机位有限,南丽挤在一堆家长中通宵排队也没报上名。

南丽只好让老公在家模拟机器。

比如此刻,夏君山问:达尔文最喜欢的植物是,1.食肉的捕蝇草;2.喷瓜;3.菜花。

超超答:1。

夏君山问:万圣节小孩敲门讨糖果,会说一句什么话?

超超飞快地答:trick or treat。不给糖就捣乱。

夏君山问:小鸡和小鸭一起在路上走,小鸭掉到坑里了,小鸡应该怎么把小鸭救上来?

超超答:放水。

夏君山问:妈妈今年30岁,爸爸比妈妈大3岁,想想再过5年后,爸爸比妈妈大几岁?

超超皱起眉头,有点不耐烦了,答:3。

……

欢欢和妈妈南丽组成了另一对"双人组",除刷数学题,还背书,比如现在,南丽背:千里黄云白日曛。

欢欢接:北风吹雁雪纷纷。

南丽接：莫愁前路——

欢欢接：无知己。

南丽：天下——

欢欢接：谁人不识君。

……

在两对"双人组"的冲锋行动中，当小孩的，都有点怀疑面前这两大人以前幼儿园、小学是不是真毕业了？

而当大人的，还真感觉到了自己复习小学生功课收效甚大，别的不说，光这唐诗背的，万一现在突然给拉去电视台参加"中国诗词大会"，也不会太丢脸。

爸爸夏君山还在钻研小学生作文。

《最新小学生获奖作文》《小学生作文36计》《考试作文1000篇》……他看了一篇又一篇范文，边看边做笔记，他发现了一个得分"秘密"（当然，这"秘密"对写惯文章的南丽来说不存在，只是她疲于应对欢欢的奥数，没精力辅导写作）。

爸爸夏君山说，嗨，欢欢，我发现了一个在考场上写作文偷懒的办法，文章中间最大的那一部分，其实不重要，你随便写，重要的是写开头和结尾。

欢欢好奇地看着爸爸，问，中间不重要？

夏君山扬了扬眉，说，开头要让人感觉新鲜，想法观点要特别，最好用比喻等等好句子，而结尾呢，一定要去呼应开头，万万记住，很多小朋友写着写着就会忘记开头，如果你写到最后，还记得去点一下开头，结构就在那儿了，分数就不会太低……

他提醒欢欢一定要记住了。

在向前冲锋的人群中,当然还有"加速度"培训机构老总颜青的抖擞身影。

虽然到樱花怒放的时候,他还是没能拿到翰林中学的"通道"(那种他期待的"小升初"测试、推荐生源通道),但在这个下午,他获得了翰林小学"幼升小"的协助问卷调查机会。

华梅梅副校长电话告知他。他手拿电话,看着有一道午后的阳光正穿窗而入,落在书桌上,嘿,神了,他里也一片敞亮。

"幼升小"的机会,这也得之不易,他懂的,实力超群的翰林中学毕竟已不缺通道,而"翰林"教育集团目前更急于打造开办才两年的翰林小学的品牌。

他想,华梅梅副校长能帮忙给这个口子,说明这一年自己的诚意、紧盯没白费劲,也说明"加速度"正在被业界承认,好吧,跟"翰林"的关系,就先从这"幼升小"开始吧,相信这也是"翰林"对"加速度"能力的试探,做不好这次的话,就没有以后。

颜青向电话那头的华梅梅老师坚决保证,我们一定协助做好问卷调查工作。

他一边打电话,一边心想,我们一定要让家长们在被调查中觉得翰林小学高级,让他们在参与中自愧不如,甚至连他们自己都想来重上小学,这就能令人趋之若鹜,让最聪明的小孩浮出水面，绝不输给那所"蓝湾双语小学"。

打完电话后，颜青在网上搜了两小时相关材料，然后去了少年培训中心，找在那里开班的教育专家韩明乐，请他帮助出两套智力测验题。

他跟韩老师谈好后，看还有时间，他又拐到三楼的"雪孩子数学课"，又去拉张雪儿老师了。

这是他每次来这儿的常规动作。这一年，他常这样突然而至，来邀请她加盟。这是他的个性和行事风格。当然，也可能是张雪儿老师确实很对得上他的眼。她越是不随他的意，他越起意。

是的，她那种看透了他似的目光，似有若无的笑意，让他心里不服，较劲。

所以，此刻他笑眯着眼，又在对刚下课的张老师嘀咕了：雪儿老师，你过来吧，你就没看见我们"加速度"的上升势头吗？春天来了，"升学季"来了，我们的机会来了……

他还对她说，听到风声了吗？"汇学宝"马上要进来了，它那种大规模、集团军似的风潮就要冲过来了，你赶紧跟我们抱团吧，否则会被冲没影了。

她笑道，那就没影好了。

他睁大眼睛，说，哎，来吧，你这种小作坊，是农业社会的，跟孔子也差不多，现在的大趋势是集团化，你不进入产业线，就会失去信息源，市场最宝贵的是什么？是信息。你从学校出来时间还不长，现在还有信息，但再下去，你的信息会滞后……

哦。张雪儿笑起来,说,原来你是怕我落伍哪,谢谢颜总好意,跟你们动作这么生猛比,我怎么着都前卫不了,你们产业化好了,我不懂,我不懂产业化我懂人心,我就滞后好了。

他发现她话里有话,还有小刺呢,就瞪大眼睛,犯傻似的说,你懂人心?

她告诉他,自己是上课的人是需要对着小朋友的一张张脸一颗颗心的,这么对着他们的时候,就没脑子想别的了,自己这人心软,是女生。

他有点不知她所云,问,心软?女生?那怎么办呢?

张雪儿老师说,不办就不办呗,说真的,如果像你说的那样才能做,我还真没想好,指不定,再下去,我也不一定做了,是的,最近确实有想过这事,所以你也别拉我了。

他心想,她要退了?也是,就她这样子,"汇学宝"那种规模化的东西进来,怎能不退呢,好多培训机构不也一样吗?

这个傍晚,他没说动她。他悻悻走了。

但他心里对大趋势有了更强的直觉,他想,必须快,卡位。

而张雪儿老师看着他离去的背影,虽觉得让他扫兴也不太好意思,但心想自己说的是实话,昨天好友华梅梅过来的时候,自己也是这样跟她讲的,类似的意思。

她昨天是这样对华梅梅说的:唉,这么一年做下来,收入是比学校多很多,但费神,还要跟人争,你不争,别人跟你争上门,生源啦,声势啦,课程设计啦,渠道啦,上课是静的事,但这个样子就不像能静下来了,哎,也就看着好些来上课的小孩乖、知道要,所以跟他们一起顶着,要不然,还真的"世界这么大,我想去看看了",我又不缺钱……

华梅梅当然知道雪儿家境不错,确实不那么缺钱,就缺了个男朋友,跟自己一样,但是,这补习班的活儿,既然你做了,它就有它如今的门道,不以你的意志而改变,就像自己学校每年挖空心思"抢收"牛娃,是有点过了,但没办法,因为3年后中考在那儿横着,各学校比到最后拼的其实就是生源,如果"翰林"比不过人家,校董事会不干还其次,区教育局、区政府也不会乐意的,区里的教育质量下来了怎么行,比不过别的区怎么行,他们压力也大着呢。

所以,昨天华梅梅还是劝导了张雪儿,她对她笑道,雪儿,你是累了,加油哪,"雪孩子"要再多做点推广,像你去年输送到我这边来的4个牛娃,换成别家补习班早吹上天了,你人可以低调,但推广不能低调,你得这样想,做顺了,以后就不那么费心了,起步总是纠结的,我给你加油。

颜青回到"加速度"自己的办公室,立马召集公司骨干紧急开会,堂兄颜鹏也被从"众创空间"叫来一起参加。

颜青心急火燎,给他们布置了这样几个任务,让他们向前冲:

1. 助力翰林小学"幼升小",激情推广学校品牌、影响力。

2. 从"家长问卷调查"这一切口入手,突现参与性,好好考一把家长，考倒他们，敲打家长自我素养建设的紧迫感，让家长面对问卷觉得我们很高级，有追求。

3. 在网上，"爱读书的小爸"将发力重点放在"问卷难度"上，一句话，让人觉得难考、超难考，越难就越让人感觉高不可攀，越高不可攀就越体现学校牛×、有水准，人就越想迈进这门槛。这是最好的宣传。

4. 炒难度不光为他们，更为了咱"加速度"培训引流。但，这不能被说破，所以"爱读书的小爸"要做得巧妙，似有若无，让人联想两者间的某种关联就足矣，绝不可直接。

5. 为"加速度"下一轮即将开班的"幼升小面谈""儿童逻辑思维""家长智商培训"做好全面准备，尤其，名额要分批发放，一批批地出来，饥饿销售，让人急起来。

颜鹏诸位听得眼睛发直，面对颜青和他身后的白板，感觉有火在"扑扑扑"地烧起来。

颜鹏觉得自己这堂弟创意思维爆棚，但作为曾经的媒体人，他对其中的"考倒家长"一环表示异议，他说，这可能会有争议。

站在白板前的颜青，朗声笑道：要的就是动静，只要逻辑存立；要的就是任性，只要有我们的依据。

4月中旬，一个星期六，翰林小学的网上报名开始了。

南丽登录网站，凝神静气填写申请表格，当她填完超超的信息后，发现还需填写家长信息，即父母双方的学历、职称、职业、职位、爱好、擅长、成果等等。

这在她的意料中。如今有些民办小学是要看这些东西的，希望能招到好家庭的小孩，也希望了解家长的社会背景、资源。

让她感觉意外的是，还要填爷爷奶奶、外公外婆曾是干什么的，职位是什么，爱好是什么，"第一学历""第一学历毕业院校"诸如此类。

这是干啥？查祖宗八代啊？

显然，这让南丽起了点情绪。除了因为他们都不是大学生，还因为南爸与赵妈是离婚的，后妈蔡菊英要填吗？

她没填。谁知道这外公外婆离婚的情况填上去的话，对小孩有没不利。

好在她自己和老公夏君山的简历还算给力，让她心生了一些填表的乐趣：一硕士一博士，一教授一副总编。还能怎么样？爸妈这边没拖你后腿吧，乖宝超超。

填完后，南丽发现报名通告上还有这么一条：如果有条件，请提供一段家庭视频，展现爸妈与孩子在家里的学习、生活的美好情景。

妈呀，够滑头的，查八代外，还想考察家庭现场实况呢。南丽心想，要不要递交呢？

显然，她得提供。因为虽说是自愿，但既然说了，那就得办，万一有影响呢？

南丽从电脑前转过脸来，环顾自家，第一感觉好乱，第二个感觉怎么这么乱,第三个感觉是无论如何收拾,都达不到"美好情景",这是一望可知的。

她盯着电脑发怔,刚才还让她骄傲的简历,在此刻的视线里有些无力。她想,要么到小区里去拍?但,这小区也灰扑扑的。

到下午的时候,她终于想出一招:对了,拉到高中同桌、闺蜜刘婷婷家去拍,她住的是别墅。

于是,她火速打电话给刘婷婷,说等会儿带小孩、老公去看她。

刘婷婷虽觉突然,但他们来玩她总是欢迎的。

接下来,南丽赶紧去华海商务大楼,把正在"考能"上课的女儿、儿子接回来。

两小孩很奇怪妈妈今天怎么提前让他们回家了,课也不用上了,但听说现在马上去刘阿姨家玩,很高兴。

夏君山今天有同事聚会,也被南丽火速叫了回来。南丽向他交待原因时,他虽觉得这有点丢脸、有些傻,但没办法,因为她说,家里太乱太low,要么你赶紧回来收拾,打扫出一个美丽新世界。

他们一家风风火火赶到城北郊外"幽兰山庄"刘婷婷家。

穿过绿草如茵、月季盛开、桃花怒放的前花园,进入欧式风格的豪宅,两个小孩欢天喜地,两个大人心里低到了尘埃里去了,自卑了,好像开不了这口说:婷婷,借借你的家当我家的布景。

而且是在这两小孩面前。这假装需要有演出的勇气。这演员是不好做的。

刘婷婷手忙脚乱安排下午茶,她老公、儿子、公婆也都在家,两户人家大人小孩各自扎堆,房间里溢满了欢声笑语。

南丽跟刘婷婷坐在沙发上聊了一会儿天,因为事没办好,南丽有些心不在焉。

南丽嘴皮动了好几次,就是开不了口说实情。对于她这能干要强的复旦才女来讲,这事实在难以启齿。可是想到翰林小学的报名要求,想到超超的上学,她干脆心一横,要么不跟刘婷婷说明白了,就装做自拍,反正这年头玩自拍的人多的是。

她看见了花园里桃花树旁的秋千架,灵机一动。趁刘婷婷去厨房端新烤出炉的茶点,南丽对在屋子那头玩疯了的儿女唤道:欢欢、超超,我们去玩秋千。

两个小孩就奔过来跟妈妈跑到了花园里。

母子三人坐在秋千上,南丽对老公喊,喂,你过来给我们仨拍照。

夏君山不明就里,走过去,接过她递来的手机时,听她在说:拍视频。

夏君山突然就明白了,他赶紧拍。

南丽左手搂欢欢,右手搂超超,她对着老公手里的手机,让脸上的笑容再大一点,她大声说,这是春天的花园,我们的家园,我们生活的地方,这是我的宝贝,超超就是今天的小主人公……

两个小孩因为晃荡在秋千上觉得好玩,所以也没在意妈妈的话风突然有变。

夏君山拍啊拍，他还调转镜头，伸长手臂，把自己的头凑到他们旁边，于是视频里好歹也出现了他的脸。

南丽对着手机大声说，这是小孩的爸，他是孩子们的好伙伴，其实他有点顽皮。

两个小孩"咯咯"笑起来，表情生动，可爱。

OK，相当成功。

刘婷婷从屋里出来了，她端着一盘热腾腾的麦芬，喊他们过去品尝。

南丽对老公夏君山说，可以了，够了。


报名表和视频都传过去了。

夏家的准备工作还在冲锋。比如，现在南丽在告诉儿子超超：面谈的时候，如果老师问你幼儿园放学谁来接你，你不要说外婆，要说妈妈。

超超眼珠在转，不明白。

为此，接下来，南丽连续几个下午请假一小时，从单位赶到幼儿园去接超超，让他对此有感性认知。

原因呢？跟超超说他也不会明白。

多半人也不会明白。

这是因为最近南丽有听到一种传说，说的是民办小学喜欢招全职妈妈的小孩，因为这样的小孩背后有一个妈妈在全心全力辅助教育，所以，在"面谈"时，他们会套小孩：小朋友，幼儿园放学谁来接你？是外婆、奶奶，还是妈妈？

南丽向报社蒋穗总编请这一小时假的时候，蒋总三观被震。

不是吗，上次她说过"小升初""幼升小"的压力让妈妈们的职业黄金时段被压缩了，你看，人家压根儿就喜欢全职太太。

在这一片冲锋的步伐中，如今"夏家坑班"暂停了。

因为考试临近，孩子们更没时间了，都散落在自家复习了。

"夏家坑班"停歇，但夏君山可没有歇口气的感觉，因为如今身边这老婆的某些举止和思维，让他气喘，有被雷到的感觉。

是的，她越来越急，风吹草动就睡不着，她原本那种偏硬朗的职场理性范儿，现在回到家后因情绪上身常被覆盖了，女人本性大暴露了。他心想，还爱装，假，神叨，有没搞错啊？真的还有文化吗？当真需要急成这样？夏君山心想，她原先不是这样的，也不是急性子，要不她也当不到单位高管呀。

夏君山皱着眉头，打量这屋檐下的家。他发现这冲锋的空气里，除了老婆，连小孩的情绪也在明显变化。

像小胖猪一样在试卷堆里拱着的女儿欢欢，如今少言寡语，只知做作业，或者，总是问这句话：爸爸，你说我考得进翰林中学吗？

就连原先还算好哄的儿子超超，如今跟他练"人机对话"时，说着说着，小男孩就闭嘴不答了，怎么问都不说话。

想想也是，如果你遇上这么一对爸妈，吃饭、走路、写字、散步的每一瞬间，但凡跟你说话，都是想考你、想问你题的样子，你觉得好玩吗？

你也会烦他们，甚至不想理他们。

夏君山不舍又无奈，心想，快快过去吧，好在也快了。

是的，好在也快了。

凡事，最后总有到万事俱备的那一刻。

4月底，当南丽收到翰林小学的"面谈"通知时，这一家就真的要上场了。

# "面谈"AB面

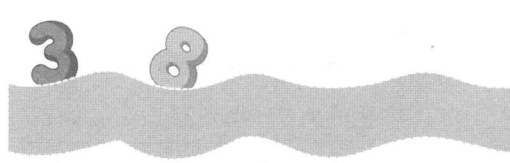

一件红色灯芯绒衬衫,一件灰色薄毛衣,一条藏青小西裤。这都是超超平时喜欢穿的。

今天一大早,妈妈南丽就在给超超穿衣服,因为等会儿要出发去翰林小学"面谈"了。

南丽轻拍超超的脸颊,说,不怕,我们围棋都下到四段了,超超,不怕跟人比,你久经沙场了,身经百战了。

超超说,一定会赢。

这是围棋老师平时教他念叨的话。

妈妈给他扣衣扣,又说,超超,要放松,面对老师,要微笑,心想反正我们还可以读家门口的风帆小学。

超超说,不,我不读风帆小学,我要读翰林小学。

超超说，考进翰林小学的是聪明小孩，我不是笨的。

他皱着小鼻子，态度还挺任性的。这倒让南丽心里乱了一下。

她知道，他这任性，至少有一部分来自幼儿园、"考能"课室里的那些小朋友们。

这一年来，这些小孩半懵懂、半懂事地轮转在各家培训机构里，在那片被称为"童年的高考"的备战氛围中，耳闻目染，所以也常像一群小麻雀在一知半解地叽喇："考进的是聪明小孩，笨小孩考不上的。"

南丽现在来不及去想万一他考不上怎么做安慰、疏导。

她感觉到了，这也是个麻烦事。

现在她能做的是亲了亲超超的小脸，说，妈妈给你加油。


妈妈南丽、爸爸夏君山带着儿子超超，来到了翰林小学门前小广场的时候，是早上8点。

小广场上早已人头攒动，一片声浪，"今年4000多娃里选不到200个哪……"

在稠密的人群中，超超看到了"雅泰幼儿园"同班同学张苗、毛东东、方歌悦、王凯……还有"考能"里的"课友"李兰芽、陈远帆、吉贝……

除了熟人，那座卡通风格的校门，同样吸引了每个来到这儿的小朋友，因为它很像格林童话里的城堡。而校门内，那些彩色积木造型的教学楼，红、黄、蓝、白，一派绚丽，像儿童乐园。

站在小广场上向学校眺望的大人、小孩，今天都是一身盛装。

在人群中，夏家"三人组"毫不逊色：妈妈南丽一身裁剪精致的玫红小洋装，拎一个迪奥红包，喜气冲天；爸爸夏君山穿着黑色紧身运动款长袖T恤，削瘦、精干到像一道闪电，瘦身成果一览无遗；儿子超超，红衬衣配灰毛衣，衬着白皙的小脸，小小的他竟也有了几分儒雅。

8点半，校门打开，家长孩子分时段进入校园。

当南丽、夏君山、超超一家，听从学校工作人员的安排，从城堡般的大门走了进去后，他们将分别沿着三条道，进入各自"考小学"历程的AB两面。

儿子超超的A面。

超超在教学楼"学生面谈"入口处，像一只小羔羊，与爸妈分开，被排进了一条小孩的队伍，10人一队，超超排第4个，超超幼儿园同学张苗刚好排在他身后，是第5个。

教学楼前，一下子形成了无数这样的小队，一个个小娃，像一串串安静的小螃蟹（他们都已被家长反复教过了，今天绝不能吵）。

随后，他们被带进教学楼，以小队为单位，接受各轮测试，为时3小时，包括每队在各间教室门外等候或在指定场地合作游戏的时段。

孩子们鱼贯穿行，在他们头顶上方的许多个角落里，一台台摄像机的监控镜头，在悄悄对准他们。

这个上午，超超跟着自己的小队，穿梭于不同的教室，无论拼音、看图说话、说反义词，还是算术、等量代换、数字九宫格、找规律，他都一路顺溜，并表现了如下亮点：

在1号教室，进门的时候，超超热心捡起了一把跌倒在门边的扫帚（这在"考能"是有被训练到了）；在2号教室，当老师还没来得及对他说"你好"的时候，他先说了"老师您好"，老师用英语问他叫什么名字，他用英语回答；在4号教室，才艺表演，他用英语讲了"小蝌蚪找妈妈"（爸爸教的）；在5号教室，听故事排顺序，他排得干脆利落；在7号教室，他脑筋一转，猜出了"小明不穿高跟鞋，小明换灯泡不用梯子，小明是谁"，他说，小明是姚明……

总之，超超人生中的第一场升学考是顺利的。

**爸爸夏君山的A面。**

儿子被编队带走之后，家长们也被分成了几组。夏君山、南丽这组先被领进了一个阶梯教室，做一张卷子。

"一上来就考哪。"有人在嘀咕，被老师听见了，老师笑道，这不是考，这是问卷，是帮大家梳理育儿心得，也有助我们了解孩子成长信息。

南丽、夏君山两口子，一起看问卷上的题，"我最喜欢的食品是_____"（爸爸填）、"我最喜欢的风景地是_____"（妈妈填）、"最打动我的一本书是_____"（爸爸填）、"我孩子最喜欢的礼物是_____"（妈妈填）、"我孩子最难得的一次体验是＿＿＿＿"（爸爸填）、"我们对孩子最大的期待是＿＿＿＿"……

两口子填到"双休日我家经常一起参加的活动是＿＿＿"，他们填上了"补课"，还觉得挺机灵的，这说明有多重视学习啊。呵，也确是事实。

接下来，就大眼瞪小眼了，依然是填空，每题5分，你填吧——"子曰：'弟子＿＿＿＿＿，出则弟，谨而信，泛爱众＿＿＿＿＿，行有余力，则以学文。'"、"子路曰：'愿闻子之志。'子曰：'老者＿＿＿＿，朋友信之，少者＿＿＿＿。'"、"一粥一饭，＿＿＿＿＿；＿＿＿＿，恒念物力维艰。"、"凡事＿＿＿＿，得意不宜再往。"、"文章当以理致为心肾，气调为＿＿＿＿，事义为皮肤，华丽为冠冕。"……

交了卷，吐着舌头从教室里出来，接下来才是真正的大戏，夏君山和南丽也被分开了，因为工作人员说如果一家来了两位家长，派一人做代表参加"家长面谈"就可以了，另一个可以去做问卷。

前者，就是传说中"可能会连累孩子"的"家长面试"，众所周知。

而后者呢？什么，还要做问卷？刚才不是已经做了吗？

工作人员说，这次是"自愿"，反正你们在外面等也是等，如果有兴趣，可以来做做题，问卷上的题有一定难度。

哪怕再"自愿"，这项目既然摆在这儿，家长多半都会参与，不参与万一对小孩不利呢。

那么谁面谈谁做题？一众爸妈，有人犯难。工作人员笑道，代表家庭最高水平的去"面谈"，比较会做题的去做问卷呗。

他说得有些调侃，却影响了南丽、夏君山今天的决策。

原本，这"面谈"该由妈妈南丽担当，但此刻南丽突然改了主意。她想，不是说做题很难吗，自己陪欢欢做了两年奥数习题，这方面一定强过老公，而"家长面谈"呢，自己虽已做足准备，但老公夏君山是每天上课的人，表达不会弱，甚至可能更好，不是说代表"家庭最高水平"吗，他博士、教授这名头，去外面官场、职场竞聘可能没啥用，但在这教育的场子里还是相当拿得出手的，再说，看今天这些家长的样子，参加"面谈"的多半是妈妈，去了他这么一个男的，会给人更多印象，加上他是大学教授，对小学面试老师来说，心理上会有些仰慕吧。

还是爸爸去面谈吧。

南丽料事如神，这个选择没错，当夏君山走进"家长面谈室"时，他发现，除了自己，这一组其余5位全是妈妈。

他跟这5个妈妈围坐成一圈，被一位利落、靓丽的女主考官轮番提问。

女主考官问她们较多，问他较少，她问她们的问题较难搞（有两位妈妈回答时身体和手脚都在发抖，如"坊间传我们学校压力大作业多，你怎么看，你希望压力如何"），她问他的较单一（从他的职业，向他提了有关英语教育的几个问题。这是他的专长哪），这也没什么好奇怪的，谁让他是男人，育儿的事，总是妈妈为主，没人会太为难男人。

所以，从这个角度说，他是顺的，让他这个爸爸来，也是对的，尤其让他这个大学教授去应对小学面试女性考官，也是符合逻辑的。

南丽的A面。

南丽走进教室，卷子发下来，一看题，她心里叫苦，满目图形，也不知是啥意思。

她盯了一会儿，知道是考逻辑。而耳边，其他家长在发出"嘤嗡"之声。南丽知道他们也做不出来。

她心里就起了情绪：考个小学，可把爸妈考到墙角里去了，看样子今年要从4000多娃里选出这5%，200个，在考智商遗传学理了？

她想，别到时小孩过了我没过，砸在我这妈的手里了。

她让自己静下心来，赶紧做题。后来她做出了几道。

她想，这么讲来，由我来做题也是对的，总比老公能多帮超超弄几分回来。

这一天中午12点，当南丽、夏君山、超超"三人组"从校门口出来，这一切总算过去。

大人小孩的脸上，都有透了一口气的神情。

作为女人，南丽的情绪比较兴奋，话比较多。

她对老公说，这题目坑爹，但估计别人也做不出多少。

她对儿子吐舌头,把自己的脸贴在他像被考得像小苹果一样红彤彤的脸颊上,说,妈妈如果是笨妈妈,你别怪妈妈噢,怪不怪?

她又扭头过来,对老公说,真是措手不及,我敢肯定,明年会有更多的妈妈去"考能"上家长鸡血班,你信不信?

果然,她话音刚落,一群等在校门口的培训机构的人,向他们拥了过来,请他们回忆刚才考了啥。

每一个牵着小孩出来的家长,都会被他们如此虔诚相待。

而南丽一家,也像多数刚考完情绪还沉浸其中的人一样,乐意倾诉,他们仨东一句西一句地回忆着,那些人飞快地记录。

尤其超超,一群人单腿跪在他的面前,这小娃嘴里说出的每个字句,都被他们手里的录音笔、笔记本收录了。

好多家长也围过来听,到后来,四下一片唏嘘,都说,哎,你们培训机构明年是不是又有内容策划方向了?

夏君山一家三口,在翰林小学附近的快餐厅里吃了已经过点了的午饭,出来时已近3点,他们就赶往"蓓蕾坑班",等欢欢下课。等欢欢出来后,又一起去了"必胜客"吃晚饭,也算庆祝"幼升小"的初战结束,虽还没有战果,但小男孩超超的"童年高考"确已完结。

这一天当他们回到家,已经有点晚了,等欢欢做完作业,南丽也哈欠连天,累了一天了,终于熄灯休息了。

这作为"童年高考"的奇特一天也终于落幕。

但，生活远不是如上的A面。

像这样的夜晚，如果你站在这星球的高处，鸟瞰这座城市里的这一家人，你会发现，其实在这一天的历程中，夏家大小三人都悄悄地走过了各自的另一面，即B面。

儿子超超的B面。

超超所在的小队被领进教学楼后，走过楼梯转角那一刻，排在超超身后的幼儿园同学张苗突然问超超：你怎么来了？

张苗说这话的口吻，让超超有点不舒服，好像别人不能来。

平时在幼儿园，张苗说话也常这样拽，有点霸道，所以超超不太喜欢他。

超超就低声说，那你怎么来了？

他的口吻同样戳到了张苗，张苗就推了超超一把。因为是站在楼梯上重心难控，超超就摔倒了，超超还没来得及站起来伸手做回击，前面带队的老师就叫起来了，哎，怎么打架了？

老师赶紧走下来，把超超拉起来，把两个小孩分开。老师说，这个时候怎么能打架呢？

这一切被转角上方的那只摄像机拍下了。

爸爸夏君山的B面。

上午入场后，当夏君山和另外5位妈妈围坐一圈，面对那位高挑、利落的女主考官时，别的家长心情紧张，而夏君山整个就懵了。

这不是华梅梅吗？

9年前他曾经带过班的一个学生，一个很要强的女生。

他脑子"嗡嗡"直响，感觉麻烦大了。

（是的，他面前的这女主考官，还真是翰林中学副校长华梅梅。今天因为家长小孩实在太多，所以"翰林"教育集团从翰林中学调集了全部初中老师过来相助。）

夏君山脸带尬笑，视线避闪着这位昔日的学生，心里惶然，感觉很糟。

这有点怪吧。按理说，"幼升小"面试遇上主考官是熟人，还是自己的学生，这运气不错。何况，这主考官好像也明白，不是吗，整个过程，她乖巧到就只问你有关英语教育的心得？这学生做得还不够吗？

是这样。但对夏君山来说，却不是这样的逻辑。

为什么？

因为，他这学生华梅梅，当年几乎可以说是带着一腔埋怨，离开了学校。而这埋怨与他这个班主任有关。

记得，那是华梅梅毕业那年，学院有一个留校做辅导员的名额，作为班长的华梅梅跟"学霸"冯婉争得互不相让。两个学生各有千秋，班主任夏君山最后定了个性更适合学术氛围的冯婉（事后证明，他的眼光也没错，后来冯婉一边做辅导员，一边攻硕攻博，如今在美国哥伦比亚大学做访问学者），他有他的理由，但华梅梅铺天盖地的委屈也有她的理由，她对着夏老师哭泣："我哪里差了，我4年总成绩比她高8分，我是班长，为班上做了这么多事……"因为这事，华梅梅显然有了心结，这个班毕业后的每次同学会，她从来不来，跟班主任夏君山也没什么联系。

你说，今天轮到她考夏老师了，换你是夏老师，你啥心态呢？

并且，你还是为了你那宝贝儿子而来的。

夏君山眼神避闪，心里明白她也认出了自己。

怎么可能不认出来呢？刚才不还自我介绍了吗？

但她的表情里，却没有一点认出来的意思。

从考场纪律来说，这可以理解，并且她做得相当到位。

但在她心里如何在想，有没有想打一声招呼的想法呢？

他想，我主动打招呼没关系，只是，这在如今的她看来，是不是会有想火线套近乎的意思呢？

他想，我哪怕再想，也不敢奢望，你就放心好了。

他还想，她想打招呼吗？谁知道呢？

所以，夏君山从考场出来，就知道不妙。他惶恐到都没敢跟老婆南丽说这事。

说了会是一种怎样的效果呢？

那就等于把一盆冷水泼到了老婆和儿子充满期待的脸上吧？

所以，此刻夜深人静，躺在床上的夏君山心里忐忑，无法入睡。

南丽的B面。

上午交卷时间到了，南丽还没做完题目。

她从教室里出来，坐在树荫下，等还在考的老公和儿子。

她等得有点心焦，就掏出手机，研究刚才用手机拍下的那些题目，琢磨了半天，还是想不出来，她就把题目发到了朋友圈。

她写了一句：问万圈，谁做得出？"幼升小"妈妈表示自己被考晕了。

这条"考晕了"，甫一亮相，就晕倒了整圈的朋友们，他们回应过来的是一个个又哭又拜又囧的表情符。

他们说，"啥大招？""题目也看不懂，怎么做？""笑死了""我老公也被关进去做了""幺蛾子"……

南丽坐在树荫下，跟他们互动，在一片大呼小叫中，感觉到了些许安慰。

等老公、儿子从考场里出来后，南丽就没再去管它了，接下来就一家人一通忙乱，一直到晚上入睡。

所以，此刻入睡了的她一定没想到自己发的那条"考晕了"，从中午到现在，一直在网上飞快地流转，已传遍了全城，甚至传到了外地。

是她朋友圈里为数众多的媒体同仁的转发，让"考晕了"有了这样的辐射力，并发酵成一个引来无数眼球关注的新闻事件。

除了眼球，它甚至引来了"集体做题"的热潮。

比如此刻，在这城市许多透着灯光的房间里，无数人对着手机就在做这些题。

还有一堆人在网上调侃:"不聪明的你,没生娃的资格了""别去考,就不自取其辱了"、"老大不努力、少小徒伤悲"、"我承认我拖了小孩的后腿"、"我全做对了,尚无女友,有意共同育娃者请回"……

这一刻,睡不着的,除了网上的人马,还有"翰林"校方。

校方从下午开始,就面对了蜂拥而来的各路采访电话,一直到深夜,他们还在招架。

校方有些乱了:这动静也实在太大了,看样子问卷调查让人做这题是过了,那么是谁先传出去的呢?

他们对打来电话的人解释:家长问卷调查与招生结果不挂钩,是请家长自愿做做的,是开动脑筋。

这一刻,睡着了的南丽,如果知道这一切,她还会睡得着吗?

## 余波

在接下来的两天,南丽几乎一刻不停地盯着手机,生怕漏听每一个铃声,错过每一条信息。

在单位,在家里,在路上,在无数瞬间,她不时掏出手机看一眼,几乎寝食不安,像得了强迫症。

她在等翰林小学的招生结果。结果还没出来。

所以,每当手机铃响,她都有心惊的感觉。可是,一看,又不是。

她注意到儿子也在留意她的手机。

这个6岁小孩,也在等消息。现在每当她手机有响动,他都会歪着脑袋问,妈妈谁打你电话?

看得出他也在紧张。

南丽俯下身，搂住儿子，宽他心说，会有好消息的。

超超问，妈妈，考上翰林小学的话，你发朋友圈吗？

南丽知道，他那些幼儿园同学的妈妈有很多都是"晒娃狂人"，所以他们这些小孩也都知道有什么好事是要发朋友圈的。

南丽握住超超的小手，笑道，妈妈不是"晒娃狂人"，但这事，要发，我们加油。

除了留意手机，这两天南丽也在密切关注那条"考家长"新闻的走向。

是的，连日来各路媒体都在聚焦此事，网上也是人声鼎沸。

那些批评、质疑的锋芒，让南丽解气。在她作为媒体人的眼里，这是必须的。她自己所在的城市早报也在对此进行连续报道。

但作为"幼升小"家长，她又有担心：可别因为这事影响到翰林小学今年的招生名额，结果还没出来呢，超超还没拿到通知呢。

也因此，她心里有惶惶然，因为在那些广为流传的题目截图中，有她发的那段"考晕了"，也有别的家长发的图文，而从时间推算，最早发的应该是她吧。

她想，我从教室一出来，就坐在树下，发了。

她想，也可能这是当记者给当的，传播的直觉和习性。

是的，对于这事，她承认眼下自己心态有些分裂。其实何止分裂，往前走是双重人格了。她认真审视自己，自己都觉得自己陌生了。她像是被一个巨大的漩涡卷进激流之中，旋啊旋，没完没了，看不到方向，看不到出口，疲惫不堪喘不过气，但她还得不停地旋下去，没完没了……

若没有今年超超报考，她可能早就亲赴翰林小学采访去了：请问，你们考虑过吗，这里面有对家长"智商、文化、学历歧视"吗？

网上关于"考家长"的舆情在继续发酵。

有人唏嘘："做不出来，人生重来"、"人生重来的话，连小学都没得上了"、"鸡血啊，亩产6万斤"、"快别让孩子刷题了，改刷家长智商了"、"商机来了，培训机构快开'爸妈鸡血回炉再造班'吧"、"大人变成了小孩，小孩变成了大人"……

有人调侃："以后生娃前，大家必须先做逻辑题考准生证，不合格不给生，免得生出来那么多年之后再考父母智商，不合格也晚了。"

有人分析："有教育专家透露，这些题，是著名的智力测验题目，它要求测试者快速反应作出判断，以形成区分性的分布。一群小孩子，在都没受强化训练的情况下，筛查智商是比较准确的方法。在反对提前学习的情况下，由家长的禀赋来推断孩子，要比面向学生的测验更合理，怕的是，有培训机构利用这个，策划新项目，有市场才有培训机构，而且还是大量的……"

有人怀疑："据说，就读某培训机构的孩子或家长会做那些题目，联想翩翩啊……"

众声喧哗中，翰林小学校方连连解释：我们不排斥父母文化程度稍低些的；家长问卷调查与小孩入学无任何形式的挂钩……

争议的声浪，也一波波地渗进了"加速度"培训机构明净的落地窗内。

颜鹏皱着眉头，在对堂弟颜青说，我感觉不妙。

颜青面容阴沉，这片反馈的声浪超出了他原来的想象轨道。

他对堂兄说，哈，这反应是比我想象的要大，他们都这么玻璃心。当然，从宣传效果来说，倒是好的。

他一挥手，让"加速度"的骨干们过来开会研究对策。他在白板上画了一张楼群的草图，楼群有点像此刻窗外的街景，只是上空多了一堆云。骨干们看不懂这是啥意思。

颜青说，让他们醒醒吧，这世界不相信怨妇，如果要哄着他们说这世界都是平等的，别人有的，你也一定会有的，那就让他们退回妈妈那儿去吧，长大了再来面对这个世界。

他对颜鹏说，咱们"爱读书的小爸"得从另一个角度，来表达这事的逻辑。

颜青在白板上写："哈哈哈，这些题还是做得出的。"

他写："比家长的智商，总比比家长的钱、权、关系更公平。"

他写："没有足够的钱、足够的权去进那些贵族式精英学校，还能靠自己的智商，去争取一下民办学校，这么想，还是一扇窗。"

他写:"不是说这些题不与入学挂钩吗?那只是一个学校表达自己对智慧境界的向往吧,高大上,可以的。"

他写:"如果这点题目都害你成玻璃心了,那这年头一出门,遍地都有刺激。"

……

他对面前的颜鹏们说,我们就从这几个角度,跟他们争论吧。

接下来,他甚至亲自上阵,敲击电脑键盘。他化身"爱读书的小爸",在本城著名"幼升小"论坛"娃娃娃"上,与人对喷。

颜青还没发完力,"翰林"华梅梅老师的电话就追过来了,她说,你给我停掉,什么乱七八糟的,你给我过来一趟。

颜青赶到翰林中学,见副校长华梅梅一袭黑裙,面有愠色,映衬着空气里的严峻。

颜青连声对她说,不好意思,不好意思。

他唯唯诺诺的样子,没让华梅梅不生气。

她尖声说,你让我掉进坑里了。我把你推荐到了小学那边,结果你让人也掉进了坑。这阵子我在忙翰林中学这头的事所以大意了,没生个心眼对你把关,你搞了什么名堂?

华梅梅脸色阴沉地告诉颜青,这次小学招生让他协助做家长问卷调查这项工作,只是想让他帮着推广翰林小学在公众中的影响力，让人感觉到校方是重视家庭文化素养建设的，"但是，你把什么题放进去了？！我们可没想筛选智商。"

她说，办教育是有导向的，以我的直觉，这事太有歧义，所以麻烦大着呢。

她盯着颜青的脸，说，还有，有传在你们那儿培训过的小孩家长都会做这些题，如果是这样，我告诉你，你这不仅是砸我的牌，更是砸你的饭碗。你记着我这话，只看眼前这点空间的人，没有未来。从这一刻起，我们协作停止。

华梅梅预感到了结果。

一天后，教育主管部门对这一事件进行了核查，在教育系统内对"翰林"通报批评，并责令校方迅速整改，向家长和社会公开致歉；同时，对"加速度"培训机构发出停业整顿、限期整改的通知，要求其规范教学、经营行为。

网上一片点赞。

再接下来的几天，在高涨的"净化整顿教育培训市场"的呼声中，教育主管部门检查了全城数千家教育培训机构，针对教学、经营等方面存在的"无照经营""无资质条件""过度炒作""课程内容拔高、超前""违背学生身心发展规律和教育教学规律"等问题，开展分类整治规范。

## 有转折

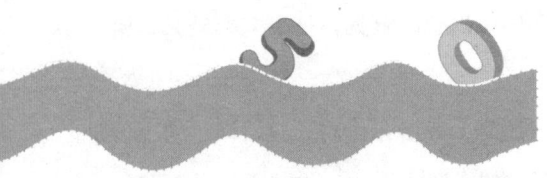

外面的世界，变化在渐渐云涌。

而屋檐下，忧愁、焦虑还在延续。

日光灯下，夏君山在给女儿改作文，他听见儿子超超在问妈妈，电话来了吗？

夏君山还听见他在跟妈妈嘀咕，如果考不上就不能让妈妈发朋友圈了。

正在做作业的女儿欢欢也听见了，她扭头说，妈妈，弟弟不能让你发的话，还有我这边呢，我能给你发。

超超就嚷道，我也能的。

南丽脸上的表情似笑似哭。而夏君山的心里，只有想哭的份。

如果这一刻华梅梅在面前，他跪求的心都有，哎，就算老师对不起了，不念过去，只看未来，好不好？

这些天来，在这屋檐下的4个人中，其实算他最愁肠百结。

老婆儿子对翰林小学望穿秋水，他都看在眼里。他眼前掠过华梅梅9年前哭泣的面容，他怀疑那是循环的命数。

翰林小学"幼升小"入学名单公布的那天上午，南丽在新闻出版广电局开会。

被关在会场里的她，最先是从朋友圈里看到有妈妈在晒心情了，"我儿中了"，种种心花怒放，穿屏而出。

南丽飞快地进入"幼升小"家长群，果真，学校是在发通知了。

她按捺"扑扑"的心跳，用手机联学校的网页，想上去看看有没名单，但联不上，是会场里信号不好吗？

她不停地联，还是联不上。

她焦急地瞅着手机，等短信提示音的到来。它没来。

她知道老公夏君山此刻正在外国语大学的课堂里给学生讲课。她给他发了个微信，让他一下课赶紧去网上看看。

等了1个小时，手机短信还没有接到，她知道不妙了。又等了10分钟，老公回过来了：看了，没有。

她像坐在了冰窟里，熬到散会，回单位，她在路上给老公打了个电话，听到他在那头唉声叹气：哎，怪我不好，运气不好，早知道那天你去面谈了。

她好像看到了此刻电话那头他疲惫的面容，她就安慰道，我也未必能发挥得有多好，算了，算了，接下来6年，我们再给超超加把劲呗。

回到办公室，南丽打开电脑，打开翰林小学网页一看，名单上果然没有夏超超的名字。

她知道，结束了。

她还知道，从现在开始，需要琢磨的是回家怎么安慰超超，给他疏导。

中午的时候，南丽在食堂里心不在焉地吃饭，吃着吃着，突然听到手机"叮咚"响了一声。

若是早两个小时，这声音会像鼓点一样砸在她期待的心上，而现在她漫不经心地拿过手机，看了一眼。

啊。她跳了起来，面前的餐盘被她碰到了地上，饭菜洒了一地。但她顾不上了。

天哪，夏超超，天哪，被录取了。怎么怎么？怎么就录取了？现在才通知我，要把我搞出神经病了。

南丽的脸涨得通红，她盯着这发自翰林小学的入学通知短信，像个傻妞似的站在一地狼藉之中，看啊看啊，笑啊笑啊。

赶来收拾的保洁员大妈，在她脚边挥动拖把。

保洁员说，让一让，让一让。

南丽痴痴笑道，好，我让你。

她就举着手机奔出了食堂，奔到半路上，又觉得不对劲，会不会搞错了，刚才不是看过网页了吗？那上面没有"夏超超"。

于是，她飞快地奔向办公室，她得再去网上核实一遍。

10分钟后，当她登上翰林小学的网页，看见名单上清清楚楚地写着"夏超超"时，她被惊得合不拢嘴了。

她给老公打电话，急不择言：老天爷显灵了吗？你快去网站上看，又有了，怎么回事啊？

她说，宝贝中了。

夏君山坐在办公室里，窗外是中午时分的校园。

他盯着电脑，脸上喜悦、晕眩、惊讶、惆怅、迷糊、感伤……种种复杂。

他知道，不是老天爷显灵了，是有人帮了一把。谢谢谢谢。他对着电脑说。

悲极喜来，直达心里最软的隐痛，让他简直想落泪。

他转过脸来，看着书架。那个班级的通讯录就在书架上，是去年开同学会时做的，虽然她没来，但有些同学跟她还是有联系的，所以那上面有她的电话。

他走过去，把通讯录拿下来，找到了华梅梅的号码。

他想，不管怎么说，总得对她说声"谢谢"，真的谢谢了，华梅梅，是你不容易。

他就站在书架旁，拨通了手机。他听到了那头一个悦耳的女声，他说，嗨，你好——

293

"兰亭咖啡馆",在外国语大学的对面。

在这样的4月天,咖啡馆窗台上月季怒放,映着窗外难得的蓝天,穿窗而入的光线,照耀着室内一张张各有心事的脸,咖啡浓香弥漫在空中。

当华梅梅穿着一件黑色小洋装走进来时,夏君山分辨着随她而来的空气里是否还有往日的怨绪。

如果有,他今天会向它投降,然后对它吹几口气,让它像轻烟一样消散。

他暂时没看出怨绪,因为华梅梅在笑。

她向他摆摆手,说,不用谢,夏老师,是你孩子本人表现好。

她显得干练、优雅、大气,像那些专业领域的领军者。

当然,在他这老师的眼里,她也与其他那些昔日学生一样,如今有了让他心生的悯意:长大了,是真的成大人了,眼睛里有了经历世事的了然,眉宇间有隐约的疲惫,显然,也在经受生活的辛苦,也在扛。一代代就是这样迅即长大,一眨眼的工夫。

夏君山对华梅梅说,很感谢,本来我想我可能没希望了。

说了这话,他又觉得不妥,这话啥意思呢,是说本来怀疑她会跟自己过不去?

于是,他赶紧摇头笑道,呵,没想到在考场上遇到了你,算我运气好。

华梅梅对老师捂嘴笑道,还运气好?夏老师,你不知道你那天有多紧张啊。

她吐了吐舌头，又说，不过，这事也确实奇葩，以前你考我，现在我考你，呵，不好意思，当时我脑子也转不过弯来了。

她这么说笑出来，是因为她也知道彼此面前有一些雾气，需要先吹开去。

于是她告诉他，好多年没来见老师同学了，不是自己有什么想法，而是自己这人怕比较。

她自我调侃，以前是工作不顺，现在呢，呵，还没把自己嫁掉。

她还笑道，跟大家走动少，也是因为工作太忙，当然你们可以把这话当是我的借口，但是，夏老师，我这边民办学校可是真忙，几千号小孩，万一有什么事，家长可不答应，这不，这两天翰林小学那边就惹了一些事。

空气里，因为有她主动、爽利的言语，局促感在迅速消散，根本不需夏君山去吹。

他心里感动，心想，到底是自己的学生。

她甚至还主动对老师说到了那件留校的事，她说，呵，原先心里是在意的，但出了校门，没有时间在意了，外面的阳光很灿烂嘛，我现在做得还不错，还算给老师争气的。

看得出的。夏君山连连点头。他告诉她，其实谁都怕比较，没关系的，我也不太去同学会，还有，工作越忙，你越要劳逸结合。

他还说，找男朋友的事，你条件那么好，也别太急，缘分会来的。

她就笑，说，夏老师是比以前会说话了。

她还告诉夏老师，现在回过头来，也觉得当时自己有点钻牛角尖的，可能因为那时是在封闭的学校环境，思维有点狭窄吧。

她朗声笑道，嘿，像是一个一定要讨老师表扬的小女孩，最受不了老师不喜欢我，还有呢，呵，就是当时特想在大学里当老师。其实，外面的阳光很温暖，如果要搞教育，围墙内外都是机会，墙外还更大，我现在感觉到了。

夏君山在心里吐了一口气。

他说，你这么说，老师也就放下心了，否则老师也是纠结的。老师当年也年轻，做事之前不会做思想工作，让你感觉委屈了，真对不起了。

她脸红了，笑道，哪里哪里，快别这么说了，夏老师，我已经好了。

他说，当时是觉得你生存能力强，在外面能成长，你看，果然，现在轮到你考老师啦，把老师考倒、考扁了，真高兴。

这么说着，她就说到了那天小男孩张苗、超超打架的"小插曲"。

她说，呵，你家这"幼升小"还有点"小插曲"，你注意到了吗，今天夏超超的通知发得比较晚？

夏君山疑惑地看着她。

她说，因为我平时工作的重心是在中学这块，加上最近有整改的事忙得焦头烂额，所以对你这事关心不够，昨晚名单出来了，我看了一眼，发现没有夏超超，我调看了"面谈"情况，发现夏超超各方面表现都很不错，但有一条记录，说他在走廊上跟人打架了。

夏君山睁大眼睛，说，打架？小孩没说起啊。

华梅梅晃了晃头，说，哦，应该说是另外一个小朋友打人了，夏超超被人推倒了。我们昨夜又调看了录像，虽然之前招考老师已有看过，但因为在楼梯上，又是许多小朋友排在一起，判断有点难，但再难，也不能有冤枉啊，所以这一次重看，是用了心的，还专门请了有关专业人士，我们学生家长中有这样的人，他们一看，就看出来了，所以到今天上午终于确定，这才把夏超超的名字加上了，你小孩本人是不错的……

在这春日的咖啡馆里，夏君山目瞪口呆。

他心里"扑扑"地跳着。他明白了，原来如此啊，好险。

他想，怪不得今天通知来晚了。

他想，幸亏她看了一下，如果她不去看呢。天呀。

他想，她有这份心，而我原来怎么在想她啊？

他眼睛里有水，无法遏制地在涌出来。他发现这眼泪好像从那天"面谈"起，就一直憋到了现在，还是没能忍住，现在终于在这样的情境里夺眶而出了。

他泪水夺眶的样子，让华梅梅惊慌失措。

她一边递纸巾，一边说，夏老师，怎么了？别这样，对小孩的事，我是应该做的。

他捂着眼睛说，老师太激动了，太感动了，老师谢谢你了，这小孩读书的事，真的是太难了，无法言喻了，一波几折，哪一折都提心吊胆,老师谢谢你了。

看着老师突然泪流满面,华梅梅手足无措,情绪里也有莫名的感伤,她也想起9年前自己曾在他面前哭泣,想留校,那时是怎的时光啊。

这个下午,师生俩的谈话到了这个时段,面前的雾气就彻底消散了。

这个下午,在后来的时间里,华梅梅听说夏老师女儿欢欢即将"小升初",她还机智地为老师支了一招。

她说,夏老师,我们今年碰上晚了,我手里仅有的两份"翰林中学"直升名额用掉了,没了,但我想到了一个办法,夏老师,要不你来我们这边吧,翰林小学今后的发展目标是"双语小学",所以正想招一名大学英语教授来当副校长,要不你来吧,我帮你牵线,我想你一定胜任。

他瞪大眼睛,说,啊?让我去小学当老师?

她没理会他的诧异,她在为他美美地设计,她说,夏老师,如果这样,你女儿作为"翰林"教工子女,就直接进翰林中学了,另外,你儿子作为教工子女,小学6年学费就省了不少,而且6年后进翰林中学就保险了,否则,哪怕现在进了翰林小学,6年后"小升初"还是有淘汰率的。

他听懂了,眼睛里闪过亮光,说,这样两个小孩就都解决了。

她兴奋地说,你有两个小孩,这就更划算了,从此不必操心小孩读书了。

他说，嗯，只是我不知道我干不干得了小学副校长？

她听出了另一层意思，即，从大学老师变成小学老师的身份失落。

她说，我们副校长这个岗位的年薪是100万，比夏老师你在大学多吧？

他吃了一惊，100万？

看他被吓了一跳，她反倒不好意思了，脸红了，解释说，夏老师，我们民办的，收入是比公办的高，但跟那些自己开班给人补课的比，还不算高，他们一年赚七八百万的都有。

夏君山有点发怔了，这一天，从上午到此刻，他的思维、情绪都处在跌宕起伏中，有些信息他还需要消化。

而华梅梅也在感慨，她告诉夏老师，也可能现在是教育最好的时代，我们教书的，从孔子这一路下来，都是清苦的教书匠，但现在苗头正在好起来，也可能给我们这一代赶上了，夏老师，我感觉到了……

他用手指轻拍额头，说，谢谢，让我考虑考虑。

他说，钱倒还是其次，如果能让两个小孩少吃点补课的苦，这倒是条路子。呵，我再想想。

她点头，是的，跟师母商量一下。

呵。他笑道，她呀，估计她会抢着、跳着让我去小学的。

# 又有余波

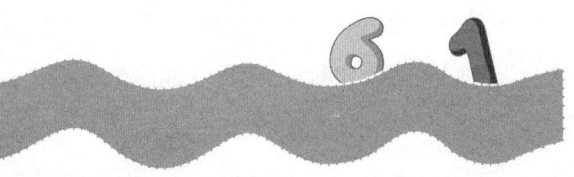

"幼升小,我家的小确幸"。南丽写了这一句,配了一张早已备好的夏超超小帅照,发到了朋友圈。

旋即,引来满屏点赞、玫瑰,甚至有开玩笑来提亲的。

当夏君山在"兰亭咖啡馆"面对华梅梅无法遏制自己的眼泪的时候,他老婆南丽则沉浸在朋友圈这片美滋滋的气氛里。

下班后,南丽去单位旁的蛋糕店买了个水果蛋糕,拎回了家。

等夏君山回来,南丽、欢欢、超超已经在吃蛋糕了。

超超端着一块颤巍巍的蛋糕,向爸爸奔过来,说,爸爸,爸爸。

夏君山俯身夸他,超超,心里的大石头落了吧。

超超说，嗯。

夏君山吃了一口蛋糕，对南丽使了一个眼神，把她叫到了厨房，告诉了她那个"小插曲"。

南丽听罢，目瞪口呆，心有余悸，感动到哭。

她说，啊，这样啊？这也太险了。

她呜咽道，你这学生，这师生情，幸亏我那天让你去"面谈"，你看，这是命，这是缘……

她伸手打开了水龙头，让"哗哗"的水声掩盖自己的呜咽和说话声。外面两个小孩还在吃蛋糕呢。

在这片水声中，夏君山还跟她讲了华梅梅的那个建议和邀请。南丽眼里的泪水立刻被止住了。

她瞪大眼睛说，什么什么？两小孩都解决了？再也不用担心他们读书了？还有100万年薪？还不去吗？

她看见老公夏君山在咧嘴笑，就知道自己的表情可能夸张了，被鄙视了。

她就说，当然，你的大教授也就做不成了。

她说，当然，你还得转换身份了，事业编制给丢了，所以，这得再琢磨一下。

是的，先搁一下，又不是明天就要去应聘了。现在她急着出去与小孩一起继续庆祝。

她就擦干眼泪，走出了厨房。

刷屏，除了刷出满屏的点赞，也有刷出忧愁的时候。

一天以后,下班回来的南丽生气地对老公说,有人在搞事。

她所说的这搞事的人,是小男孩张苗的妈妈乔珍。

这女人一整天都在"幼升小"论坛里诉说不公,喊冤连连:我们托人去查了"面谈"情况,说我们打架,但,一个巴掌拍不响,打架总是两个人的事,为什么只盯着我家小孩?太冤了……

南丽心里虽火,但克制着,没去理它。但这女人不肯停歇,连续几天都在论坛里倾诉委屈。

于是南丽回了一句:冤有头,债有主,现在都高科技了,你完全可以去调监控录像看,把事情搞搞清楚,再来这里喊。

乔珍果然去了翰林小学,要求查看监控录像。

校方给她看了,她当场哑口无言。

但她在停顿了一天之后,又开始了网上的情绪倾倒和"隔空喊话",她说,打架?好端端打什么架?那个小男孩也太蔫坏了,从小就会用话激人,在幼儿园里就知道怎么惹毛我家小孩好让给他弹钢琴……

她还说,你不用话戳人,人家推你?真是害人到了紧要关头,我小孩碰上了小阴谋家了,算倒霉的,你想上,也没必要让人踩坑……

乔珍倾诉到了雅泰幼儿园的"家长群"里,她忧愁地说,人生有几个这样的节骨眼,我们给搞砸了,我家苗苗现在是天天茶饭不思,小孩也知道这事要紧了,天天睡不着,问我还有没有机会,还可不可以去读翰林小学,我这当妈妈的受不了了,都不知道怎么对他说……

南丽也受不了了。

南丽在"家长群"里回应：你当妈的不知该怎么说？你当妈的早该对他说收起"小霸王"脾气了。你怎么教的？有没有教养？班里有多少小孩被他欺负过，你不知道吗？

南丽说，正因为不教，所以临场掉链子，一切都有它的道理，这是一次教育，你得庆幸人生起跑线上掉链子，还刚开始，还来得及……

乔珍说，有什么牛×的，给我上课，我起跑线落下了，后面小学中学、中考高考都成问题了，是你小孩害的，害了他一辈子，我告你。

两个妈妈在"家长群"里争起来，一时火气冲天。

幼儿园的小朋友们也都知道了，于是超超害怕去上幼儿园了。

他仰着圆圆的小脸，皱着小鼻子，对南丽说，妈妈，别的小朋友对我指指点点，妈妈，我不想去幼儿园了。

南丽对儿子说，超超，握起你的拳头，给自己加油，我们又没错，你围棋四段都拿下了，久经沙场了，已经有一颗抗击打的心了，别人的这点攻击怕什么，我们应该把头仰得高高的。

显然，在幼儿园里超超还是没能仰起头。

他竖着耳朵在听其他小朋友和老师在说这事，他还看见张苗变得一声不吭了。过了几天，张苗就不来上幼儿园了。

小艾老师对来接小孩的赵姨说，超超心理压力很大。

赵姨牵着超超的手回家，说，超超，大人的事随他们去，我们是小孩。

超超瞅着外婆说，外婆，苗苗还有机会读翰林小学吗？

赵姨说，他不乖，就不能读。

超超轻声问，他以后会好吗？他以后长大了会怪我吗？

赵姨回到家，给女儿打了个电话，说，我看小孩这几天也别去上幼儿园了。

于是，从第二天开始，超超就待在家里练围棋。

下着下着，他还会想幼儿园的事，这时候爸爸夏君山就用故事、外婆赵姨就用零食把他的念头引开去。

两天后，两位老人的登门拜访，让南丽目瞪口呆，万般感慨，无限纠结。

这是一对老夫妻，年过七旬的样子，他们敲开南丽的家门，对南丽说，超超妈妈吧，不好意思，冒昧了，我们是张苗的爷爷奶奶，这件事是我们苗苗错了，我们懂，我们道歉，我们想求您帮帮忙，能不能帮我们去向翰林小学说说情。

南丽心想，这还有啥用。招生都已经结束了。这是不可能改变的。

但两老人乞求地看着南丽，说，我们想你们说情可能会有点用，因为你们是被打的一方，你们原谅我们小孩，是不是可以让学校手下留情，再考虑一下我们苗苗，小孩为"幼升小"学这学那花了很多力气。

南丽表示为难，说，我去说没什么用吧。

那位爷爷突然说，我媳妇现在是不让我们见小孩了，怪我们平时没管教好小孩，因为这小孩平时是我们爷爷、奶奶在带的，我媳妇现在不给我们见小孩了，我们爷爷、奶奶都没得当了……

老人脸上是难以言说的羞赧和伤心。这家务事向陌生人开口，估计来之前也犹豫了再三。

这让南丽犯愁、纠结、心软。她不禁想起自己的父亲和后妈。

"爷爷、奶奶都不给当了。"南丽一晚上想着这话，让自己心里打起找人求情的干劲。

第二天一早，她赶去了翰林小学，以采访的名义进入校园，找到素不相识的金校长，为小男孩张苗求情。

金校长是位胖胖的中年女士，"爷爷、奶奶都不给当了"虽同样让她吃惊、感伤，但她也没有办法改变结果。她说，很遗憾。

从翰林小学回来的路上，南丽看着车窗外的街景，想着怎么去答复那两位老人，想着儿子超超这些天被关在家里的小脸，想着那个乔珍还在网上发泄不良情绪，心情黯然。

她想，唉，考上也没那么开心，因为事还没完，啥时完呢？

这天傍晚，南丽还做了一件事，她让欢欢放下作业，让超超穿上外衣，跟她一起去开元新村。

当她带着儿女走进她爸南建龙的家时，南建龙惊讶地说，今天怎么有空？

他看见孙女欢欢、孙子超超长高了许多。他高兴得满脸通红,说,长大了,长大了。

他已经有好久没看见他们了,因为女儿说他们在准备考试,没时间来。

南丽说,今天来报个喜,超超"幼升小"搞定了。

## 每一种经受

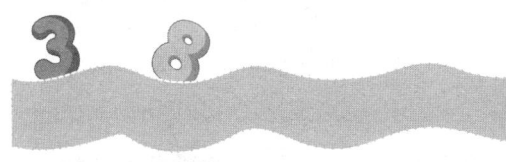

当爸妈还陷身在"幼升小"的纠结忙乱中,女儿欢欢那边已迎来了一场场神出鬼没的"测试"。

"小升初"正在进入闯关阶段。

到4月底的时候,这些测试更为密集,于是,现在的许多个夜晚,你都可以看见欢欢背着书包,奔波在去考场的路上。

爸爸、妈妈和外婆中的一位,陪着她,穿过霓虹闪烁的街头,走进那些考场——它们大多位于某个时尚的写字楼里,或在某家培训机构的教室中,或在某所学校附近,某条你可能一辈子都不会进去的小街上……

进去之后,她就被关在里面了。

考吧,语数外全套,包括写作文,而数学呢,题型基本都是奥数。

两三个小时之后,她和其他小孩,像一群小鸭子,被放了出来,考得鼻青脸肿似的,他们吐着舌头,脸上带着滑稽的表情,对门外的大人说,太难了……

这就是这个春天里的"考试流"。

它们多半暗涌在放学后的夜晚时分。

最初起潮时它们或由培训机构悄悄为某学校组织,或由民办学校自己找场地低调张罗,到后来,学校公开的"面谈""校考"也开始登场……总之,林林总总,各有通道,组织者不事张扬,大人小孩闻风而动,考考考,各种考。

于是,欢欢和一群群小孩,就像安静的小鸭子,被牵引着,穿梭在春夜的考场中,忙个不迭,希望能撩到自己期待的那根稻草,比如,对欢欢而言,是翰林中学、桃李中学。

那根稻草,就像这个年代里所有让人感觉稀缺的东西,总是不易得到。

所以,考过了的那些试,多半雁过无痕,甚至连考了几分也不知道。就等冥冥中的那只电话吧,它一直没来,只能继续考,考得停不下来了。

有一天,坐在夜考场里的欢欢,考着考着,就有点疑惑了:这一屋子人每次能考出几个?2个?3个?可能一个都没吧。

而等在外面的家长,在春夜的走廊里、大楼下,等着等着,也就有点知道了:选拔是一轮轮的,一次次地考,成绩好的小孩一批批被人定位,其中先签了的就先上岸了,而绝大多数被留下来继续测试,层层圈选,直至进入校方"面谈""校考"和全凭天意的摇号……在这个过程中,机会神出鬼没,有时还得配合人脉资源互动(如果你有),一切不好说,这就是寻常人家"小升初"进民办学校的步履,真的无尽漫长、渺茫。

有一天,等在考场外的夏君山,看着身边那些家长在夜色中等得恍惚了的脸色,突然心生荒诞。

他想,外星人如果从高处看我们这个星球,见有这么一群大人小孩深更半夜偷偷摸摸地在考试,会不会以为这是一群令人纳闷的夜间生物?

他想,别说外星人了,就是此刻马路对面的行人,不,甚至是隔壁大楼里的人,朝我们这边看,都不知道这些人这么晚了还聚在这里是在干啥吧。

与夏君山情绪杂乱的漫想不一样,南丽等在外面的时候,念叨着的是女儿在里面奋战3个小时的辛苦。

她跟一位妈妈说,啥时上岸啊?一天下来,小孩从学校到这儿都坐了十几个钟头了,脑子一刻不停地转,会不会烧坏了?

而考完后,她又发现,与考试本身的辛苦比,女儿对考试结果的等待、期望然后渐渐失望,这一过程更令自己心疼。

女儿总是在问,妈妈,你接到电话了吗?他们会来电话吗?怎么还没来电话?

她还问,翰林中学、桃李中学什么时候还有测试吗?他们在通知人了吗?

所以，现在的南丽几乎一刻不停地盯着手机，生怕漏听每一个铃声，错过每一条信息。

与"幼升小"的那些天里一模一样，可以说是完全重演一遍。

辛苦真是漫长。

这个傍晚，夏君山又陪女儿欢欢去考试了。

南丽带着儿子超超从家里出来透气，他们散步到了商业学院的运动场上。他们看见田雨岚陪着小宝宝在沙坑那边玩，而跑道上颜子悠在奔跑。

田雨岚也看见南丽了，她老远就问，有什么消息吗？

南丽知道她指什么，也知道颜子悠最近也有参加那些考试。她就告诉她，我们还没消息哪，考过几场了，但还没"翰林""桃李"的消息，"民悦""松南"倒是想跟我们签了，但我不甘心，你家子悠上岸了吗？

田雨岚指了一下跑道，说，如果上岸了，还用这么跑？

田雨岚让小宝宝自己坐在沙坑里玩，她直起腰，告诉南丽，"桃李"倒是给我们暗示了，让我们先不跟别人签，但也没明确说一定会跟我们签，而"新岗"追在我们后面要签，但我们想要的只有"翰林"，不考虑其他。

田雨岚指了指远处奔跑着的儿子颜子悠，说，唉，这小孩上次奥数"杯赛"搞砸了，现在想指望跑步再添点优势，喏，他爸也在。

南丽这才看见跑道那头颜鹏也在，他手拿秒表，在给颜子悠掐时间。

她笑道，连颜鹏也出动了？

田雨岚晃了晃头，说，他在家也没事，最近他堂弟那边停业整顿，害得他相关的业务也黄了，暂时没事干了，创业公司也关了，他这人，运气不好，互联网创业不顺转做教育吧，刚做出了点苗头，又没戏了，他这个人哪，可能是没这个运，南丽，我看。

南丽隔着运动场望过去，此刻站在那边的颜鹏，在她这话的声息里，好像果真散着一层淡淡失意的气息，在这傍晚的天色里。

南丽想到了那天自己从翰林小学考场出来坐在树荫下发出去的那条信息。想不到这是一片"蝴蝶效应"的振翅。这要命的考试，连带着每一个人哪。

超超在沙坑里跟宝宝一起玩沙子。南丽在沙坑边安慰田雨岚会好的，以后会顺的。

后来，南丽朝颜鹏的方向散步过去的时候，对他打了个招呼：进了1分大关了吗？

颜鹏说，还差2秒了，时间有点急了。

南丽看着暮色中奔跑的小男孩，对颜鹏说，已经蛮好了，别让他累着了。

他看着表，笑了笑，说，男孩子嘛，要逼的，现在让他上一个台阶，以后会好过一点。

南丽向跑道看过去，在他这话里，那奔跑的小身影好像被笼着一层忧愁、残酷的气息。

她突然就尖声说，他已经很乖很优秀了，快别跑了，别跑进1分了，他累的。

颜鹏扭过头来看了南丽一眼，她眉宇间那种冲动的怜悯，让他叹了一口气，他就告诉她，差一点点了，冲一下可能就到了，进了1分就是全市前三名的成绩就铁板进"翰林"了。她就说，你自己也不是这样冲的人哪。他感觉到了她话里的刺，他笑了笑说，哎，但我这样下到了台阶下的人，就知道了上一个台阶有多要紧。他怕她不明白，就朝沙坑那边老婆的方向努了一下嘴，嘟哝说，这年头哪怕像她那么想折腾，我闪失了一下下，也会把一家子拉到下一个台阶去。

南丽赶紧安慰他，说，以后还有机会，要不你再回报社来干？

他尴尬笑了，说，也不是你说回就能回的，你懂的，单位哪。

他看了一眼南丽，真想告诉她，还是你发展得好，那时候啊，还小，也不太懂，觉得你性格太硬是一方面，我妈嫌你是单亲家庭的这是另一方面；但哪想到田雨岚那边一大家子人，也不简单，弟弟妹妹一大堆，负担大，穷怕了，她才这么急性子，一刻不停想折腾，让人好累，而这折腾，跟这婚姻是一样的，一不留神，就可能把你拉到了另一个台阶下面……

他当然不会说。他笑了笑，对南丽说，会好的，会过去的，谢谢领导关心。

后来南丽走到沙坑边叫儿子回家，她说，超超，回家了。

超超跟小宝宝玩得满手是泥，脸上也脏乎乎的，还不肯回去。

南丽哄他，说，以后带你去海边沙滩玩。

超超说，你从来不带我去，也没带姐姐去过，迪士尼也没去。

田雨岚在一旁笑，帮着南丽哄道，超超，你"幼升小"立功了，你妈妈马上会带你去的，而我们小宝宝可没得去了，就让他在沙坑里玩玩算了，原来阿姨是准备带他去塞班岛的，可是现在没钱了，只能在沙坑里玩了，哈哈。

南丽也"咯咯"笑了，因为这"塞班"是有出处的：最近小长假，单位里有两个女同事徐莲、陈凤娇，一个带着16个月的宝宝去了越南岘港洲际半岛酒店，说是让娃去玩沙，另一个立马带18个月的娃奔赴塞班凯悦酒店门前的沙滩，惹得办公室里一班人笑她俩不肯让宝宝输在起跑线上，玩沙也不能输。

南丽牵着超超的手，跟田雨岚和小宝宝道别，她说，以后，我们一起去海边玩沙。


这个傍晚，在离商业学院运动场3公里远的少年培训中心门口，刚从里面走出来的张雪儿，看见颜青又在台阶下等自己了。

他已经好久没来了。

张雪儿知道最近"加速度"遇上了事，在整顿。

张雪儿对他笑了笑，说，怎么，还来拉我入伙？说真的，我自己都想不做了。

颜青眯着眼睛笑，说，这次没想拉你了，只是过来看看你。

张雪儿想起了上次的话，说，算我输了，我认。

他睁大眼，笑道，我也没赢呀。

他告诉她，我有听说你不想做了，所以过来看看你。

张雪儿心想，他消息倒是灵的，但这也不奇怪，他们做这一行的，对别人的信息、动向，有可能清楚得赛过自己爸妈的生日。

果然，她见他手里抱着一捧报纸。她知道那里面是花。

她还在犹豫等会儿要不要收，而他已笑着把花束递向了她。

她还是接过来了。她晃了一下头，说，谢谢了，记得我刚开业那会儿，也是你跑过来送花的，而现在我准备关门了，你又来送花了，是祝贺我关门不跟你们争了吧？呵，开玩笑。真不好意思，我是不想做了。

她向他解释自己没这个心情了，越来越没了，不知怎么搞的，当然也是太累了。

他知道她如今情绪的大致方向，因为他听说她的"雪孩子数学课"做到暑假就不做了。

他看着她有些疲惫的脸色，说，这我知道的，所以过来给你加一声油。

哦，是这样。她说，好的，谢谢你，你也加油吧。

跟颜青道别后，张雪儿去了好友华梅梅那边，把向她借的一些资料还给她。

华梅梅对她的决定有些吃惊,问,不做了?那你准备去哪儿?

张雪儿说,我再去问问风帆小学周校长,看他还要不要我了;我也可能去应聘少年宫的岗位,教孩子们一些真正好玩的东西,要不,我就先放空一段时间吧,去各处看看,先透口气再说。

华梅梅睁大眼睛,问,你是累了吧?

华梅梅说,雪儿,其实这两年你一个人这么做,业绩还算好的,比你在学校收入总要高很多吧。

华梅梅还说,再说,雪儿你都出来了,公办学校那种氛围还能适应吗?

对于这些问题,张雪儿都没响。她想了一会儿后告诉华梅梅,自己这人跟她不一样,很多事做着做着就感性了,可能是小时候读《红楼梦》读多了。

后来张雪儿在走的时候才终于忍不住了,告诉这闺蜜,最近自己情绪不好,跟一个叫米桃的学生也有关系,那小孩不对了,自己心里痛到没法做了。

其实最早注意到米桃有点不对劲的,是欢欢。

因为她发现米桃越来越背不出课文了。

而以前米桃可不是这样,她总是背得又快又顺溜,但从一个月前开始,她背书变得卡壳了。

看着她卡壳,语文课代表欢欢其实想让她蒙混过关,好朋友嘛,但米桃可没想让自己过,她背着手,站在欢欢座位旁的过道上,两眼看着天花板,脸上有惶恐和羞涩,坚持要背下去,她一遍遍地回过去重来,但仍卡壳,最后吐吐舌头,回到她自己的座位上,隔了一会,她又过来,没有别的话语,张嘴就对欢欢轻声开背,然后又背不下去了,又回到她自己的座位上,隔了一会儿,她又蹑手蹑脚地过来,站到欢欢的桌前,说,我背书。就又叽叽咕咕地背起来……

欢欢还是小孩,当然不太明白原因,只是觉得她把自己搞得好辛苦。

接下来,有一天欢欢在收同学作文时,瞥了一眼米桃的作文,感觉很奇怪,因为每一个字都认识,但每一句话都不知道写的是什么意思。

欢欢试着把它读出声来,每一个句子都像押了韵一样朗朗上口,但不懂它们想表达什么。

然后,有一天,班主任何老师让米桃爸爸来学校接米桃,说,好像不太对。

米桃爸爸米宝山就匆匆赶到学校。校医告诉他,可能是青少年突发性忧郁症,学习压力太大,好好去医院看一看。

米宝山忧愁地领女儿回家。同学们还不太懂事,觉得这情形有些奇怪,他们就跟在后面看这对父女俩。他们看见米桃走到校门口突然不走了,站在5月灿烂的阳光下,她指着校门边一个水果摊,说:"爸爸,我要吃香蕉。"接着他们看见她爸颤巍巍地从口袋里掏钱。

几天后，欢欢听班主任何老师在班上说，米桃回老家了，调养一下，会好起来的，让我们一直等她好起来。

米桃被爸爸送回了老家。

张雪儿老师对欢欢说，米桃跟妈妈一起种种茶，会好的。

但在米桃没好起来之前，张雪儿老师的心痛是不会好的，所以，她想让自己停顿一下，想一想，人嘛，又不是机器人，心痛了还能往前冲。

除了张雪儿老师之外，深深感觉到了惶恐和伤感的，还有夏家屋檐下的三个人，夏君山、南丽、欢欢。

超超还小，所以没跟他说这事，他很喜欢这个来做作业的小姐姐，所以得瞒着。

谁不喜欢这个乖巧、要强的小女生呢？

谁都记得她坐在这里做作业的情景，她埋头写字，写得飞快。

谁都能回想起她像小小鸟雀一样轻声细语说话的样子，那些半懂事半懵懂的话里，常会有一言半语不经意中触到你心里的怜意。

这情景，就在前几个月。回想起来，近在眼前。一屋子做作业的小孩，夏家坑班。

尤其妈妈南丽，想着这情景，无法遏制自己的叹息和泪水。

故事进展到这个阶段里的南丽,越来越控制不住自己的眼泪。

她最泪崩的一刻,是接下来,发生在翰林中学的校门口。

那一天,夏欢欢得到了翰林中学的"面谈"通知,其实在这之前,她已经在不同的通道经历了与翰林中学有关的多场"测试",但均无声无息,没能得到一丁点儿签约"上岸"的信息,所以,这一次,再去考一场,试试。

这一次,欢欢是被关在翰林中学本校内部考的,被关进去的小孩据说人数达4000名之多,单看等在校门外的家长,就是黑压压的一大片。

校方说,家长在门外等,没事做的话,可以一起来写个感受。也即,写作文。

吸取上次做逻辑题的教训,这次学校给出的题目很人性化,保证每个家长都有话说。这题目就是请家长给正在里面考试的孩子写一封信。

于是,校门外,家长们就一个个散落在街边、树下、围墙角、马路牙子上,用手机开写。

南丽写着写着就泣不成声了,她这样写道:

"亲爱的欢欢,妈妈的宝贝,此刻,你在里面面谈,妈妈在外面给你写信,思绪万千。

"这些年,你就像一头小鹿,在往前冲,你的辛苦,妈妈一点不拉地全看在眼里,妈妈心疼,为你加油。

"做妈妈的小孩,要做没完没了的作业,补没完没了的课,妈妈小时候也没这么辛苦过，妈妈觉得很愧疚，对不起，因为妈妈没别的办法。

"你千万别说妈妈是虎妈，等在这里的每个妈妈，此刻脸上的那种温情和无措，都不像是虎妈，宝贝，你是冥冥中上天给妈妈的宝贝，如果不疼爱，哪会守在这里，愁肠百结。

"欢欢，别怪妈妈，在我们这儿，人生早早就得开跑了，对于童年的你，这是多么不幸运啊，也可能，这是我们的命，是我们从小就得受的磨砺，既然它来了，我们也只能去扛。

"妈妈相信你这次面谈一定不差，当然别的孩子应该也比较优秀，无论结果如何，我们都记住，只要尽心尽力，就可以无怨无悔……"

这一天考完回到家，眼睛通红的南丽被儿子超超发现有哭过的迹象，超超问妈妈，你哭过了吗？

刚才连考3小时考晕乎了的欢欢，这才看到妈妈红红的眼睛，她紧张地问，妈妈，你接到电话了？

但想想也不是，才考完，怎么就没戏了呢？

欢欢就继续紧张地问，是桃李中学给你打电话了？

南丽摇头，不好意思地对女儿和站在一旁的老公说，是刚才写作文给写得，写哭了。

欢欢、夏君山和超超都忍俊不禁。

见他们在笑，南丽就自嘲说，呵，看样子我写了一篇好作文，把自己写得坐在马路边像个疯子似的"哗哗"哭，什么效果，肯定高分，如果看我这篇的状态，欢欢可能有戏了。

夏君山和欢欢好奇地要求看。不就在你手机里吗？

南丽就把手机递给他们，父女俩的头凑在一起看，看了一会儿后，欢欢抬起头对妈妈说，这个题目跟我们刚才在里面做的题目是配套的，我们的是给在外面等的爸爸、妈妈写一封信。

南丽叫起来，啊？这样啊？原来是亲子对话，欢欢，你觉得你写得怎么样？比妈妈写得好吗？

欢欢嘟嘴说，我没你写得这么好，我乱写的。

南丽有些得意，问女儿，那你讲给妈妈听听看，你怎么写的。

欢欢笑了，告诉妈妈，我乱写的，我前面的题目都来不及做，所以作文乱写的，我可能就开头和结尾写得比较好，中间乱写的。

欢欢指了指爸爸，说，他教我的。

夏君山已经看完了老婆的作文，他问女儿，你开头怎么写的？

欢欢闭上眼睛，回想，哦，想起来了。她就对他们读出来：

"妈妈，此刻你在门外等我，我在考试；两天前，你在门外等我，我也在考试；五天前，你还是在门外等我，我还是在考试……我们都在等，一次次等着，妈妈，我就是一条挣扎的小鱼，一次次被抛弃在海岸上，期待下一次涨潮被卷回大海。"

坐在沙发上的南丽捂住了嘴，顷刻泪崩，泪水在她脸上纵横，无法收拾，吓坏了欢欢、超超甚至夏君山，他们手足无措，说，什么了，什么了？

南丽呜咽道,你比妈妈写得好太多,欢欢,你写得太好太好,妈妈受不了了……

因为这么一天连续泪崩两场,所以到晚上南丽的情绪还没平复下来,上床后一直无法入睡。

她悄悄起来吃了药,还是没用,心里在"突突"地跳。

她躺在床上,睁着眼睛,感觉辛苦无边无际,跟夜一样漫长。

夏君山静静地躺在一旁,因为老婆的辗转反侧,他也没睡着。他知道她最近单位里、家里两头事都多,压力大,甚至在吃药稳定情绪。

他还知道她今天被催爆了泪点,情绪难安,千愁万绪。

后来他坐起来,对她说,南丽,我看这样吧,我从大学辞职,去翰林小学好了,你就别愁了,两个小孩都会好的。

她没响。

他说,否则,除了眼前这个"小升初",后面还有一个"小升初"、两个中考、高考,这一路愁过去,等愁完了,我们也老了。

她坐起来,伸手抚了抚他的脸颊,说,你去翰林小学当那个副校长?

他点头说,我想好了,我很愿意的,哪怕聘不上副校长,当外语老师也行。

她捂嘴哭起来。不知是因为感动,还是觉得无奈,或是可怜。

于是他让自己对她笑起来,说,还是高薪呢。

他扶住她的肩膀,让她躺下。他说,好了,赶紧睡吧,你明天一早不是还要去北京出差吗?

# 深呼吸

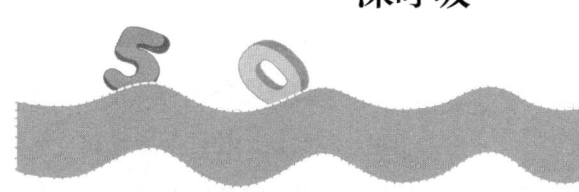

第二天一早,夏君山被老婆南丽从睡梦中叫醒。

南丽早已起床了,她对他说,我马上要去机场了,所以这事还得跟你说一下,你去翰林小学上班这事,我们不考虑。

夏君山揉着眼睛,说,怎么了?我愿意去。

她说,我想了一夜,不考虑。原因不仅是因为你去那儿等于放弃了你自己的专业,也不仅是去民办学校你就丢了事业编制,更主要的是,这是犯傻。

夏君山支棱着眼睛和耳朵,看着她,觉得本来都在犯傻,怎么都会是傻的。

她说出她的理由:你这大学教授,一步步评出来,得来不易,我们这么培养欢欢、超超,他们以后如果能是大学教授,我们指不定有多高兴了,但现在,你说我们不要了已经有了的"教授",去换还压根儿没影的未来"教授",这不是在犯病吗?哪怕是自己的孩子,也不至于不要自己了,去换给他们。

夏君山明白她的意思。

每逢这种时候,他都能感觉到她清晰的理性,也因此,更感慨她这些日子以来常被焦虑裹挟的双重内心。

他想,女人啊,脑子清晰的时候,蛮清晰,一急的时候,左右都不靠,就被情绪绑架了。

他就坐起身,点头,说,那好,那从现在开始,南丽,戏结束了,到此为止了,好不好?

戏结束了?南丽站在他的面前,瞪大了眼睛,啥?

因为我想结束了。他解释道,既然你现在这么说了,那么从今天起,你就别那么非要进什么学校、什么班了,才那么点大的小孩,要那么急干吗?我们现在就随它去了,顺其自然吧,尤其不要那么补课了,我最受不了了。

她哭笑不得,看着他的脸,感觉他简直像个讨要糖果的小孩,刚告诉他一点退一步想的想法,他就得寸进尺了。

她在床边坐下来,瞅着他说,你以为我不想顺其自然?你这么说,好像都是我在搞事情,你以为我想补课?

她一边说这话,一边心想,怎么他又不明白了?都两年下来了,他怎么一夜回到解放前了?现在的环境,你家小孩不补跟得上其他同学吗?

她扬起眉,对他说,我不想让你委屈你自己的感觉去小学工作，不意味着可以让两个小孩落下来，这是两个概念。

她说，你又不是不知道，现在不补课，就跟不上别人的进度，你怎么又怪我了？是我想让他们这么累吗？你心疼小孩，我怎么不心疼？我作文里不都写了。

她直硬的口气，让他也一下子懵了。他心想，怎么又绕回去了？怎么又不明白了？这题目还要做下去？

他说，你作文里是写了，但写了又如何，还不是被欢欢的一句话就给劈翻了？为什么？你好好想想。因为它有小孩的那颗心。可有谁注意它在痛了？它痛到如何程度了？

她嘟哝道，有没搞错，小孩读这点书搞得这么辛苦，怎么变成是我的原因了？我怎么成你的对立面了？

她说，不跟你吵了，再吵下去飞机赶不上了。

她赶紧拎起放在衣柜边的拉杆箱，往外走，她嘴里说，我两天后坐高铁从北京回来，欢欢明天上午还有一场桃李中学的"面谈"，考得不好的话，你多哄哄她。


老婆出差去了，屋檐下，现在有这样三个人：

一个心情郁闷的爸爸，一个忧愁等待学校消息的女儿，和一个被关在家里不上幼儿园的小男孩。

在老婆出门去后的这第一天里，夏君山除了消化自己一早跟老婆拌嘴后残留的情绪，还要安抚女儿，因为她老是在问：爸爸，你说我进翰林中学有希望吗？他们这次会通知我吗？

他对女儿点头，说，有希望，有希望。

小女孩支着下巴，继续问，那么，爸爸，有百分之几的希望呢？

他已经有回答经验了，你说80%，她都会不高兴，所以他说，100%，当然是100%。

于是，小女孩就笑了。

那天真的笑脸，让他无限怜悯，为此，他甚至又在想了：要不还是去翰林小学上班吧？

除了女儿，他还需要应对儿子超超的小心思，因为妈妈不在家的这个晚上，儿子超超一定要跟他睡，小孩入睡快，迷迷糊糊快睡着了的时候，又突然睁开了眼睛，问他，苗苗以后不好了的话会怪我吗？

其实，这个问题最近小男孩已经不太问大人了，现在满脸睡意，却又问了，说明印在心里了，还没放下。

于是，爸爸夏君山就坐起来，拿过桌边的一张纸，在纸上画了一个圆圈，给超超看，并告诉他，进翰林小学只有5%的小孩，这是圆圈内的，那么圆圈外的是不是以后都不好了呢？谁说的？张苗妈妈说的？她是世界上最会算命的？超超，世界上所有的教育家都不会这么说，因为这不对。这个世界上的人，如果画下来，这样的纸几万张都画不下，圆圈外面的人怎么就不如圆圈里面的人了呢？何况，这个小圆圈是在你们现在才6岁的时候画的。

毫无疑问，夏君山在说这些的时候，其实也是纠结的。

那种令人头痛的氛围充溢在这屋子里，甚至好像透过窗子漫延到了窗外。

第二天上午,欢欢参加桃李中学"面谈",因为题目难度大,她回来后又陷入忐忑,她问爸爸,有没有希望?

夏君山安抚她说有"100%的希望"的时候,心里突然崩出了想逃的欲望。

是的,这屋子,这被困的天地,这头痛的氛围,受不了了,要把头脑搞坏了,偏执了。

他突然说,欢欢,别管它们了,爸爸带你们逃吧?

逃?欢欢和超超奇怪地看着爸爸,见他头发直竖,怪怪的样子。

夏君山对他们笑道,你们不是想去海边吗?爸爸这就带你们去,现在,立刻,马上准备起来,趁妈妈不在家。

两个小孩狐疑地瞅着老爸,不信,但又觉得好玩,还趁妈妈不在呢。

夏君山扬起眉毛,对女儿说,欢欢,我们不去想"面谈"的事了,就坐等后面的摇号吧,摇上了就读,摇不上难道就不过日子了吗?所以,现在爸爸要带你们去海边啦,马上去,放空自己,放松心情。

超超显然听不明白爸爸的意思,但他跳了起来,耶,他感觉是真的。大海边呀。他说,好。

欢欢是听懂了爸爸要带自己去放松,她惊喜地问,现在就去?去哪儿?迪士尼?

夏君山说，不，是真正的大海边，真正的沙滩，我们现在行动起来。别告诉妈妈。她打电话回来，也不说，否则泡汤。

欢欢对爸爸吐了吐舌头，说，可是，我明天还要上学呢。

夏君山说，我跟你们班主任何老师请假，相信她会答应的，因为现在你最需要的是放空。

哗。两个小孩在屋子里蹦跳。

他们像两只小鸟欢快叽喳，向老爸保证，对妈妈保密。

夏君山飞快地在手机上用万能的淘宝订好机票、酒店。

他是学英语的，这些年也经常出去开会，熟悉旅行的一切。

而欢欢就带着弟弟，赶紧收拾出门需要的衣物，按爸爸的要求，衣服只带夏天的汗衫裙子，还要带上泳衣、棒球帽、小墨镜。呵，看样子，是真的要去海边了。

欢欢问爸爸，我们到底是去哪儿？

爸爸咧嘴笑，说，泰国皮皮岛。

什么时候去？现在吗？

爸爸说，就现在，今天傍晚还有一个航班飞普吉岛，刚好有位置，我们先到普吉岛，明天早上坐船去皮皮岛。

欢欢说，很美吗？

爸爸说，美到无法言喻。

多年前，夏君山曾去过那里，那片碧蓝的海给他留下了深刻的记忆，而如今去泰国又是落地签了，成行更方便了。

接下来，夏君山给欢欢班主任何老师打了电话，请了假。

之后,他对欢欢说,现在你带着弟弟在一边给我安静地待着,爸爸要以最快的速度给妈妈写一张留言条,她明天回来的时候可以看到,等爸爸一写完,我们马上去机场,出发。

说罢,夏君山在桌边坐下来,拿过笔,在一张纸上写起来。

第二天中午,南丽从北京坐高铁回家。车过了济南之后,她感觉心在"突突"地跳起来。

作为女人,她一向有超敏感的直觉,她想,有什么事吗?

这两天出门在外,她跟家里的老公其实也一直在用微信联系,微信里老公说家里好的,一切都好,女儿桃李中学的"面谈"也是好的,女儿上学也是好的,儿子在家也是乖的。昨天傍晚他还微信过来说,带小孩去看电影散散心,人在电影院里,你别打电话过来。今天上午,她打电话给他,告诉他自己傍晚到家。他在那头说,知道了。她说,你那边是什么声音那么大?他说,水声,我在洗衣服,你回来冉说吧。

出差的这几天里,虽然老公说一切都好,但南丽心里好像一直有隐约的不安。她想,可能是女儿"小升初"学校还没定,心里放不下吧,所以快快回家。

车快到南京的时候,心里还在"突突"地跳,一下,两下。

南丽掏出手机给妈妈赵姨打了个电话,问妈妈,你还好吗,小孩还好吗?

她听见妈妈在那头说,好的,家里好的,小孩蛮好。

其实,昨天下午夏君山在机场已打电话交代过岳母赵姨这事了。赵姨对女婿带小孩去海边玩,没说别的,只叮嘱他们路上注意安全。赵姨答应女婿对女儿保密。她也觉得小孩需要透口气。她说,这考小学、考中学的,要把小孩考疯了。

当南丽坐在飞驰的高铁上,感觉心跳的这一刻,隔着万水千山,在泰国皮皮岛北部海滩,穿着泳裤的夏君山,带着穿戴泳衣、泳帽、泳裤的一双小儿女,像领着一对活蹦乱跳的小鸭子,在海水中、沙滩上玩耍嬉戏,碧波浩荡、阳光灿烂,玩水、玩沙。

他还让小孩学自己的样子,面朝湛蓝的大海,伸开双臂,仰脸对着阳光,给自己一个深呼吸。

他指给他们看这片浩瀚的大海和天空,他告诉他们,有没有发现,人在这里就很小,是不是?小得像一个点,而我们每天担心的那些事,就更小了,而试卷上比别人少的1分、2分,就是更小更小的一点点了……

这个傍晚,南丽拖着拉杆箱,打开家门,面对空无一人的房间,和桌上的那张纸时,她就明白了,在北京、在高铁上,自己心里为什么总有隐隐约约的不安。

天哪。搞什么呀?老公。

她惶恐地看着那张纸。纸上的留言,一行行,乍一眼,简直以为是诗:

每一个人都该有自由的灵魂

个性，无畏，生命的想象，还有野性

所以无法忍受这样的补课、筛选和焦虑

舍不得这样被掠夺、消磨、损耗的童年

舍不得，因为他们还小

他们该有这一生最初的轻快

为了那么一点点的得，被舍的又是什么？

如果舍才是上升的通道

那么它得到的又是怎样一代未来的接班人？

逐利者最会变现家长的焦虑

我们嘴里的别人，是我们自己

不是小孩需要补课

是你大人才最应该好好地给补补了

我不想再玩，因为舍不得了

不陪再玩，因为不想被绑架了

我们就先给自己一个深呼吸吧

先静一静，想一想，这接下来的后面怎么做

所以，我们去泰国皮皮岛了

现在出发

 

  南丽拿着这张留言条，看着窗外已转暗的天色，心里冒火，差点疯掉：这玩的是哪一出呢？走人了？

  她拿起手机，飞快地给老公夏君山发了一条：有没搞错？！

  "嘟"，1分钟后，那边回过来了，没字，是一张照片，碧海蓝天白沙。

她盯着这照片,确实美翻,但她心里的恼火直冲脑门。

她回:疯掉了,还要不要参加后面的"面谈"了?!

"嘟嘟嘟嘟嘟",瞬间,那边回过来5张照片,海浪,白沙,戴墨镜的小孩在跳跃。还是没有文字。

她一张张细看,眼睛凑得更近了,两小孩像蓝波里的两条小鱼,活蹦乱跳,潮水在脚下闪光。

她回:还要不要上学了?

"嘟嘟嘟……",那边回过来了10张,连珠炮似的。

照片中,是鸡蛋花树下的笑脸,碧水中的搞怪泳姿,做V字形的手势……依然没一个字。

她终于看到了两小孩没戴墨镜的小脸,笑得欢天喜地,白齿红唇,才这么一天就晒红了,总不会不知道涂防晒油吧?

她回:难道我是坏人?你们要这么一声不吭地逃走?你们给我回来。

"嘟嘟嘟……",那边又发了一堆照片过来,没有字,看样子,今天他们准备让她看图说话了。

现在的照片中,小孩在捉螃蟹,在玩堆沙堡……手上、脸上都是亮晶晶的沙。天呀,这么细白的沙。她欢喜地看着超超的那只小胖手,因为小手里正拎着一只小螃蟹,而小脸上是龇牙咧嘴的表情。

她回:无语。有没理性思维?啥意思?

"嘟嘟嘟……",那边又发了一串串美图过来。

现在照片中的欢欢、超超在喝冰沙,是芒果冰沙吧,而老公面前的餐盘里有一只红彤彤的螃蟹。

她都不知怎么说他们好了。无语。

她就发了一串又哭、又笑、又囧、又脸红、又拜的表情符过去。她也不知道表达什么意思。

而那些照片还在过来,像潮水一样涌过来,或者说,像暴雨一样,像机关枪的子弹一样,打过来,每一颗都打在她的心头。她抬头环视这屋子,没法再待了,待不下去了,她低头继续看手机,那个远在天边又近在咫尺的世界,那片美丽的碧海蓝天,那三个牵动她此生依恋的、在这世上与她朝夕相处的身影,一个爸爸,两个小孩……

窗外已沉入黑夜,这些照片陪她在进入这个情绪千回百转的夜晚,她对他们发出的言语从"难道不去'面谈'啦"、"你们给我回来"的发号施令,转向"干吗瞒我"、"干吗不让我去"、"你们怎么就不知道带妈妈深呼吸"的埋怨,后来她终于发出了:我也要来。

她回:我必须来。

她回:别跑,我明天就来。

这是一个情绪饱满、脑洞大开的夜晚,她立马收拾行李,拉杆箱就在身边,刚从高铁上下来,只需替换夏天的泳装、沙滩裙、草帽。这些东西好久没用了,还够时髦吗?她把从衣柜里翻出来的沙滩裙穿到了身上,她戴着草帽在镜子前走动,后来她就靠在床上,想让起伏的情绪安静一下,但她发现根本静不下来,因为她不时地去看手机，那些亮晶晶的、闪着阳光质感的照片，让她心里交错着甜蜜忧愁依恋茫然迷惘种种滋味，它们从心里甚至充溢到了口腔。她亲了亲手机屏上小孩子那欢笑着的小脸。

她让自己闭一会儿眼睛，那片海水就涌到了面前，泪水也禁不住夺眶而出。她终于有一种从旋涡里浮出水面，透出一口气的感觉。她的生命力仿佛骤然蓬勃起来。她好像看见明天的自己正坐着船在靠近皮皮岛北部的那片透蓝水域，她好像看见欢欢、超超在沙滩上向自己奔来，她挥着手，在透彻的阳光下，眯起眼睛对他们呼喊——

宝贝。